華 KARIN 凜 II

日記をひもとく心と旅の物語

高橋道子

鳥影社

華凜 II

――日記をひもとく心と旅の物語――

目次

華凜 II

――日記をひもとく心と旅の物語――

第一章　結婚式

昭和三十六（一九六一）年三月十一日。明日が、一郎と私の結婚式だという日の夕暮れ、海辺に座って、私はしばらく西の彼方の富士山と、茜色に染まった美しい空を眺めていた。「明日、愛ちゃんが綺麗な花嫁姿になるの、楽しみにしているよ」と言って、一郎は海辺を歩いて帰っていった。

悔いもなく娘時代に別れ告ぐ
我には永久《とわ》の美しき夢

うずくような、波うつような、何とも言いようのない気持ちで、しばらくの間、黄昏の海辺で、私は夕焼け空を眺めていた。

翌日、三月十二日はとても良い天気だった。一郎と愛子の結婚式の日がとうとう訪れたのである。

朝起きて、私が一番最初にした事は、母の髪を結う事だった。母は私に髪を結ってもらうのがとても好きだった。着物に合うように、きれいに結い上げると、母は嬉しげに「ありがとう」

と言ってくれた。私は母のうしろで母の肩に手をあてたまま、「お母さん、長い間お世話になり、ありがとうございました」と言って、そっと涙ぐんでいた。

「からだに、気をつけるんだよ」と母が言って振り向いた。「お母さんも気をつけてね」

朝のひとときの、束の間の母と娘の会話。

父母《ちちはは》と別れゆくとも不安なく
わが夫《つま》の胸に飛びこみてゆく我

義姉の美智子と七時十五分に我が家を出、スタア美容室に向かった。

花嫁の着付けが終わったのは十時。角隠しをし、うち掛けを掛けて、美しい花嫁姿ができ上がった。自分ではないみたいだ。

腰越《こしごえ》の表通りの中ほどで車を下りて、親友小夜《さよ》の家に寄って友の母親に挨拶をしてから、通りをゆっくり歩いて我が家に戻ったのである。

会う人が皆立ち止まって「きれい」と言ってくれた。家の外にはたくさんの人が集まっていて、兄がカメラをかまえて待っていた。

父と母に花嫁姿を見てもらい、姉の洋子と春子につきそわれて、近所廻りをした。

親戚の人も心から喜んでくれたし、会う人々が「綺麗よ、綺麗よ」と言ってくれて、嬉しくて、笑みが、こぼれそうだったと思う。

奥の座敷に椅子を出してもらって、座って外を見たら、垣根の向こうにいっぱい人がいて、びっくりしてしまう。その中に職場の先輩の細谷夫妻もいて、私を見て合図をした。

お昼近くには外に出て、写真を撮った。

父母や兄姉と写真を撮り、車で鵠沼の式場へ向かった。胸がいっぱいで、いつものようにおしゃべりができなかったみたいだ。

結婚式は、午後一時から厳《おごそ》かに始まった。結婚行進曲のメロディが流れ、仲人に伴われて、一郎と私は入場し、金屏風の前に並んで立ち、人々の前で彼が誓いの言葉を述べた。

指輪を左の薬指にはめてもらう時、かすかに手がふるえたように思う。こうして、一郎と私は、長い交際の末、結婚式を上げた。

記念撮影は中庭で親戚と友人、合わせて三十人くらいが並んでカメラに収《おさ》まった。

披露宴では、仲人、来賓の挨拶があり、一郎の友人の大木が録音してくれていた。

私たちの席にもマイクを持ってきて、「旅行はどこへ」とたずねたりした。

テレビ局に勤めている大木は、なれたもので、マイクを人々に向け、録音をしていた。

まだ、ビデオカメラのない時代のことだ。

披露宴が終わると、花嫁衣装のまま車で私は家に戻り、スタア美容室の先生に衣装を脱がせてもらい、旅行の身仕度をした。

両親は新婚夫婦の旅立ちを見送るものではないそうで、兄姉が二人を車の所に見送ってくれた。藤沢の駅には、大木と幸枝と夫の妹の雪代の三人が待っていて、東海道線のホームで、見送ってくれた。

「明日、愛ちゃんお誕生日ね、重ねておめでとう、これお二人で召し上がってね」とチョコレートと、すみれの花束を贈ってくれた。

東海道線、四時五十八分発の電車に乗車した私たちは、グリーン車の心地よい椅子に腰を下ろすといっぺんに緊張がほどけて、ぐったりした。

伊東駅で下車し、ハイヤーで今井浜の宿に向かったのだが、私は一郎の肩にもたれて、眠ってしまったらしい。

伊豆の東海岸を走って、夜八時に今井荘に到着した。静かな、大変落ちついた宿だ。

窓辺の文机に、すみれの花を飾って、私たちは、結婚の初夜を迎えたのである。

「愛子の花嫁姿、本当に綺麗だったよ。箱にしまっておきたいくらいだった」と一郎が言った。

「嬉しいわ、夢みたいな一日だったわ」

すべてを一郎にまかせて迎えた初夜。初恋から九年目にして結ばれた二人の思いはひとつ、この上なく幸せを感じていたことだ。

翌朝、沈丁花の甘い香りの中で目を覚ました私は、愛する人の妻になった喜びを感じていた。

文机の上のすみれの花が可憐に、はずかしげに私に微笑んでいるように見えた。

朝食前に、二人は今井浜を散歩し、ブランコに乗ったりした。私たちははだしになって、誰もいないきれいな海辺を二人で足跡をつけて歩いた。互いの胸に、愛する喜びが、泉のように湧いてくるのを感じていた。

ここから二人の五十年の歴史が始まった。その足跡は二人でともに歩んできたからこそ、尊いのだと思う。

宿に戻り、朝食をすませ、ゆっくりくつろいでから私たちは十時のバスで下田に向かった。下田で、土肥にゆくバスに乗り替えた。土肥にゆく前に堂ヶ島で下車し、遊覧船に乗ることにした。堂ヶ島天窓洞を見物した。

丘の麓にある自然の洞窟で、仙洞と呼ばれている所である。

洞窟の一部に天井が陥没してできた、垂直の孔があって、天窓のようになっているので天窓洞の名がついたらしい。

海の底まで見えるくらい水がきれいなのに驚いた。船が描き出すさざ波がとてもきれいだ。

船から下りて、休み屋で休憩してから、タクシーで土肥に向かった。

途中、黄金崎で車を止めてもらい、美しい景色を眺めた。

このあたりには、カーネーションや、グラジオラスの花の温室がたくさんあって、東京方面に相当出荷されているらしい。

タクシーは土肥温泉の明治館に到着した。

ここは、うしろに達磨《だるま》山、猫越《ねっこ》岳を控え、前に駿河湾が広がっていて、気候が温暖で、大変いい所だという。

一郎と私は、すぐ桔梗の間に通された。

部屋には、古めかしい長火鉢があって、赤々と炭がおこされていた。

窓のすぐ外に大きな夏みかんの木があり、黄色の実がたくさんなっていた。

私たちは長火鉢をはさんで座り、まず冷たい手をかざして温めた。

「愛子、幸せ？」と一郎が優しく問いかけた。「ええ、とても幸せよ」と私が言う。

「愛子の幸せは、僕の幸せなんだよ」

「もったいないくらい、私は幸せよ」

「何だか夢のようだね、二人がこうして一緒になれたこと本当に嬉しいよ。待ったからね」

「私は貴方だけのものよ」

「この手を絶対、離しはしないよ」

雨の音が、葉ずれの音と重なって聞えた。

「夢のようよ、とても幸せで」

「これからは、ずうっと二人で一緒に生活していくんだ。淋しい思いをすることはない」

「ただの一度も、間違いもなく、長い年月を過ごして、こうして一緒になれてよかったわ」

第一章　結婚式

「愛子は偉かったね」

「ううん、貴方が偉かった。辛抱強かった」

「苦しいこと、辛いこともあったけど、本当の幸せを得るために頑張った気がする」

「だから、こんなに大きな喜びを感じることができたのね」

「幸せだよ」と一郎は優しく、私を見つめて言った。暖かい火鉢をはさんで向き合っていた。

翌朝、雨の音を聞いて目を覚ました。五時半であった。三月の半ば、雨のせいか肌寒さを感じ、私たちは熱い身体を寄せ合っていた。

身も心も充実して、肌に艶やかさがこぼれるようである。こんなに充ち足りた気持ちを味わうことができるのだから、結婚は絶対するべきだと思う。

深い愛の心が、冷たい三月の雨の宿で熱く燃えたのであろう。

夫に寄りそって、いつまでもこうして甘えて生きていきたいと私は思っていた。

窓から外を見ると、雨はかなり強く降り出していた。片づけに入ってきた宿の女中さんが、「一昨日はあんなに晴れていましたのに、今日は雨で春は本当に変わりやすいものです」と私に言った。

土肥の明治館を十時に出て、私たちは修善寺へと向かった。修善寺でお土産をいろいろ買ってから三津浜にゆき、おいしいお寿司を食べた。そして船に乗り沼津港に向かった。

ひなびた漁港を船から眺めた。春の風が何とも快い昼下がり、午後二時に船は沼津港に着いた。

バスや、車や、船の旅であった。

三時半の東海道線で私たちは藤沢に帰った。

二人の新居は、藤沢駅から十分くらい歩いた所にある、弁護士さんのアパート「藤沢荘」である。

アパートの窓の外には、大きなヒマラヤ杉の木があった。

旅行から帰った次の日の朝、私は真っ白い割烹着をつけて、ごはんの支度をした。

俎《まないた》にキャベツをのせ音を立てて刻んでいると、一郎が寝床から「なかなか割烹着が似合うよ。すっかり奥さんらしくなったね」と声をかけた。

まだまだ料理をする手つきもおぼつかないし、まるでままごとをしているみたいだ。

その日、母と義姉がさっそくアパートを訪れ、ふとんの衿をつけてから、私に着物を着せてくれた。一郎の実家に挨拶に行くことになっていた。

一郎の家には親戚の人が十五人あまり集まっていた。たいそう豪勢な祝膳が並べられていた。

結婚式に来てくれた人が「ガラスのケースに飾ってしまいたくなるように、綺麗で可愛い花嫁さんだったよ」とまわりの人に言っているのを耳にした。

「一郎、お前は何て幸せ者だろうね。こんな可愛いお嫁さんをもらってさ」と彼の伯母が言っていた。一郎はとても幸せそうだった。

みんないい人ばかりで嬉しかった。

次の日は私の実家にお礼に行ったのだ。

「ちゃんとごはん炊けたの？　一郎さんにおいしいものをこしらえてあげたかい？」と母は私の顔を見るなり心配気に聞いてきた。

「大丈夫！　これでも一年間料理学校に通ったから何でもできるわ、ご心配なくお母さん」と言ったものの、実は鯵の捌《さば》き方は、一郎に教わったのだ。

結婚のための休日もあと一日になり、その一日も挨拶まわりで忙しく過ごしたのである。

第二章　共稼ぎ

いよいよ二人の共稼ぎの生活が始まったのは、三月十八日土曜日のことだった。

仕事は午前中で、お祝いをいただいた人にお返しの品を配った。守衛さんも、床屋のおじさんも、心から「おめでとう」と言ってくれて嬉しかった。

その日の夜は、仲間が集まって、私たちの結婚披露宴を催してくれることになっていた。

私は四時まで、休んでいた間にたまってしまった仕事を片づけ、学友が待つ不二家へと向かった。旅行の写真を見せて、二時間二人の学友と楽しく過ごしてから、会場に向かう。

会場の「秋田」に十二名の友人が集まった。一緒に旅をした仲間と、私の学友たちである。

全員で乾杯をし、心から「おめでとう」と祝福された。秋田料理で宴もたけなわ、歌も飛び出し、話もはずみ、皆大変楽しそうだ。

大木がハンカチを出して、手品を始めた。結んで、それがほどけると思いきや、かたく結ばれてしまった。「このようにかたく結ばれた二人のために、皆様拍手をお願いします」と大木が言って、皆を笑わせた一幕もあった。

結婚式に録音したテープを流したりして、けっこう楽しい宴となった。

素朴なきりたんぽなべを囲んで、楽しいひとときを過ごしたのである。そして、サイン帳に全員がそれぞれに祝いの言葉を綴ってくれた。九時に「秋田」を出、九時三十五分の小田急で帰ってきたのだが、途中の道で、大木が私に「幸せそうだね。幸せをしょって生きているみたいだ。羨ましいな」と言った。

次の日は日曜日だった。

バラの花模様のカーテンを通して太陽がさんさんと差しこんでくる部屋で、まるで、ままごとのような暮らしが始まった。

私が買い物に行っている間に、一郎は棚を作ってくれた。夕飯はすきやきを作って食べ、片づけてから、近くのお風呂屋に行くのだ。

洗面器をかかえて、カランコロンと下駄の音をさせ、二人で風呂屋に行くのは、まるで「神田川」の世界、そのままだ。

次の日から、横浜まで二人で通う共稼ぎの生活が始まった。夫は横浜で下車し、私は品川で山手線に乗り換え、代々木で下車し、南新宿の小田急電鉄の本社まで通うのだ。

代々木から清水さんによく会い、話をしながら行くことが多かった。

清水さんは後に小田急百貨店の社長になった人だ。結婚した私をからかいたくて仕方がないふうだった。三矢課長は、ぜひ感想を聞かせてほしいと若い私をつかまえて言うのだ。

床屋のおじさんも「どうだ？　幸せそうだね」と声をかけてくれる。

地下室の小使いのおじさんたちは「愛ちゃんは結婚しても少しも変わらないので、ここでは人気があるんだよ。ちっとも気取らないから好きだよ」と声をかけてくれる。

よその課の人も、気安く私に声をかけてくれるので、いつも私は明るく社内を廻り、先輩の女の人たちとも親しく話し合っていた。

そんなある日、勤めから帰ると、姉の洋子が中庭で私の帰るのを待っていた。

話しにくそうだったが、姉は同棲していた彼と別れることにしたのだと、話し始めた。

死んだ兄の健之助が大反対していた人と、暮らして、遊び人の彼に幻滅を感じていたけれど、誰にもこぼすことができなかったという。あちこちに借金をした揚げ句、急に四国に行こうと言い出したらしい。

姉は別れる決意をし、私にそのことを伝えにきたのであった。

誠実さのない、尊敬などできない男のために三年もの歳月を姉は同棲という形で尽くしてきた。心から愛した最初の人は二十五歳で自殺してしまい、二人目の男は、捨てるように四国へと去って行ったのである。

姉洋子が可哀想で仕方がない。女の人がこういう悲しみを味わうことは、どんなにつらく、耐えがたいことであろうか。

その日の十二時頃、姉は帰っていった。

「僕は愛子に絶対、苦労はかけないよ」と一郎が言ってくれた。「このこと、母が知ったら、きっと悲しむわ」私が涙をぬぐうと、「何だ、愛子泣いてるの？　泣き虫さん」

「だってお姉さんが可哀想ですもの、お母さんにこういう心配は絶対かけたくないわ」

「洋子さんの話し相手になって慰めてあげるといいよ。絶望のとき、姉妹はありがたいし、どんなに心強い味方かしれないと思うよ」

「貴方はいつも優しいわ。私は幸せよ」

「愛子がそうやって泣いていると、まるで子供のようだね。さ、涙をふいて」と言われて私は、いつか、兄を亡くして、有楽町の駅の近くの喫茶店で泣きじゃくったことを思い出していた。あの時恋人どうしだった二人が、今はこうして、仲むつまじい夫婦になれたことが嬉しい。

「生涯、二人は幸せに生きていくんだよ。決してこの手を離しはしない。大切にするよ」

夫の一郎の言葉をかみしめて聞いていた。

仕事を終えて、藤沢のアパートに帰るのはだいたい夜の七時頃である。

私はすぐエプロンをつけ、夕飯の支度に取りかかる。一郎が早く帰った時は手伝ってくれるので、速やかに夕食の膳につけるのだ。

いろんなこと話しながら本当に楽しい食事をすませ、まだテレビのない時のこと、ラジオから流れる音楽に耳を傾け語り合うのだ。

こうして夢のように新婚の一ヵ月が過ぎて桜の季節を迎えたのである。

ある日、一郎の父と義母と妹の和子が来て、午前中は、アルバムを見たり話をしたりして過ごし、午後から五人で鎌倉に花見に出かけたことがあった。

大仏殿の境内で写真を撮り、鎌倉の街を散策して楽しい一日を過ごしたのであった。

二人の生活を見て一郎の家族は安心して帰っていった。

電気釜も、レンジも結婚祝いで戴いたものである。帰るとすぐ電気釜でごはんを炊く。

キャベツを刻む手つきもだいぶ板についた。鯵の捌き方も夫から習って上達した。

料理をするのも楽しいし、食卓にいろいろごちそうを並べて夫を待つのも楽しいと思う。

　妻として生くこの喜びの豊かさに
　乳房までもふくらむ想い

二人ですごす夕餉《ゆうげ》のひとときはこの上なく楽しいのであった。

新婚生活だから甘い甘い会話も仕方ない。

「僕は愛子を奥さんにして本当に良かった、好きだよ」

「嬉しいわ。私も貴方が大好きよ。優しいし、何でもできるし、世界一の旦那様よ」

「愛子もすばらしい奥さんだよ。九十八点」

「うっかりやさんで、ちゃっかりやさんだから二点引いたのでしょ？」

「そうだね。百点満点の人よりいいと思う」

「少しぬけているって言いたいのでしょ？」

「あとの二点は、愛敬があるってことさ」

「私たちは幸せね」

「何年経っても、二人の間にはあきることのない、つきない会話があるね」

「退屈することがないくらい私たちよく話し合うし、共通する思い出をいっぱい持っているわ」

「いつか大涌谷《おおわくだに》で愛子が風に飛ばされそうになったこともあったね」

「貴方に支えられなかったら、あの時谷底に落ちていたでしょうね」

「あれが二人の恋のはじまりだった」

「貴方が十八、私が十五、二人とも純情だったし、本当にまじめに、恋を育んだのね」

「いつまでもこの幸せを大切にしようね」

四月の終わりの日曜日には、一郎の妹の雪代が婚約者を連れて遊びにきた。すき焼きなべとおさしみで、もてなした。月の美しい夜、九時頃、二人は帰った。

一郎の友人の大木と、私の友人の幸江が遊びに来たのも四月中頃のことだった。

私が買い物に行っている間に、一郎はたけのこごはんを作ってくれたりした。

私が洗濯したり、片づけたりしていると、彼はガラスみがきをしてくれる。そして「御苦労様。よく働くね」と心から労ってくれる。夫の思いやりの心が私を幸せにした。

五月になってから、私の仲良しの里美と澄子が私の家に遊びにきてくれた。

たったひと間の部屋なのに二人ともが声を揃えて「わあ！　素敵」と言ってくれたのだ。

「ああ！　私も結婚したくなったわ」と里美が言った。「本当、羨ましいわ。素敵よ」と澄子が言った。スパゲッティと五目うま煮とサラダを私が作って食卓に並べた。

「お二人で、長い間努力してきたのですもの、こうして結婚できて、本当に幸せね」

「ありがとう、自分たちの生活をこうして持ててよかったわ。つくづく幸せだと思うの」

仲良しの友人たちは、心から二人の幸せな生活を喜んでくれた。

結婚式の写真や、旅行のアルバムを見たり、レコードを聞いたりして、楽しく過ごした。

第三章　弘報室

五月五日の子供の日に、友人の大木と幸江と私と一郎の四人は正丸峠《しょうまる》へ出かけた。

私の結婚式で会った大木と幸江は何となく気が合って交際を始めたらしい。

西武線で吾野《あがの》に出、バスで正丸峠へ向かう。バスを下りて、ほこりっぽい坂道を歩いた。

そして目的地に着いたのはちょうど昼頃だった。楽しく語り合いながらお弁当を食べた。楽しい一日を過ごし、池袋には六時に戻った。

共稼ぎの毎日が続き、ある日雨が降っていた。駅までの道で、私は夫の傘に入って彼の腕に自分の手を組んで歩いていた。

「愛子は代々木からは誰かの傘に入って、自分の傘はぬらさないつもり？」と夫がきく。

「そうなの、いつも誰かの傘に入っていく」

「女の人？　男の人？」

「さあどちらでしょう」

「これはおだやかじゃない」と夫はわざと心配しているふうを装うので私は笑い出す始末。

そして代々木駅に着いて歩き出すと、肩をたたかれる。総務課の清水さんだ。

「どうです？　眠いですか？」と笑って聞くので「いいえ、眠くなんてありません」

「さあ、どうぞお入りなさい」と大きな傘を差し出して私を入れようとしたので、私は思わず笑い出して夫と朝話し合ったことを言ってしまった。「朝は相合傘で一緒に駅までというわけか、羨ましいな。独身者には朝からちと刺激が強すぎますよ」と言うのである。

「私は自分の傘をさします」

「そしてさっそく電話しておくといい。彼、心配しているといけないから」そんなことを話し合いながら歩いていたら会社に着いてしまい、二人で顔を見合わせて笑ったりした。

清水さんはいつも私に気安く話しかけ、よく代々木から会社まで話した人だけれど後に、小田急百貨店の社長にまで出世したのである。この時はまだ独身で若かったから、新婚の私をからかってばかりいたのである。

弘報室のメンバーも私をからかうのが面白いらしい。万《よろず》さんが「愛ちゃんは会社でもよくやるし、家でも大サービスするので、この間、目まいを起こして倒れたんだよ」と係長に言った。すると係長は「さっそく、弘報室情報第九号で流さなくては」と笑って言ったりする。そして松井さんも「本当に恋愛して結婚した人は羨ましいよ。見合いとは違うね」と言う。このところゴールデンコースの宣伝のために新聞社にアンケートを送る仕事で残業することが多かったので、室長も課長も「大丈夫かい？　旦那さんに怒られないかい？」と心配してくれるのだった。

万さんが「とても理解があるから大丈夫ですよ」と私の代わりに答えてくれる。

残業のとき、皆ですぐ近くの寿司屋に行った時のこと、帰りに洋裁店の人と立ち話をして、皆より五、六分遅れて職場に戻ったら、係長に怒られたことがあった。

「だまって遅れて来ては困る。残業の間は、私用は許されないんだ。遊び半分で仕事をやられては迷惑だ」虫のいどころが悪いのか、たいそう機嫌が悪かった。

「さっき、皆より少し遅れて戻ったことは悪かったと思います。でもあんな言い方はないと思います。毎日一生懸命仕事をしているのに遊び半分だなんて、ひどすぎます」と私は係長に言ってそのまま帰ってきてしまった。

次の日一日中、私は係長とは口をきかなかった。そして、心を冷静にしてから夫に話をしたのである。夫はけっして妻の私を甘やかさないで、こんな風にたしなめてくれた。

「係長の立場として一応注意したのだから、素直に聞きなさい。愛子が係長のことを許せないと思う方が間違っていると思うよ」

「でもあんな言われ方はくやしいわ」

「言い方が悪かったかもしれない。男というものは身分や地位に非常に誇りをもっているものなのだよ。それを無視されたので注意したに違いない。残業の時間にたとえ五、六分でも私的行動をとったことは許されないことで係長は当然のことをしたんだ。愛子が目くじら立てて怒る方が間違っていると僕は思う」そう言って一郎は私を諭してくれた。

「さ、機嫌を直して、元の元気な愛子に戻りなさい」と言われ「貴方にそう言われると、何だか私が悪かったように思えるわ」

「社会に出ていれば、嫌なこともある。給料はそういう時の負担に対する報酬だと割り切れば案外、平気になれると思うよ」

「私は少し職場に甘えすぎていたようね」

「ぶつかって一つ一つ学んでいくんだよ。人間は生きている限り学ぶんだ。絶えず、向上しようと努力しなくてはならないと思う」

「係長についつっかかってしまって、何だかとてもおかしかったわね」一郎と愛子は思わず笑い出してしまったのだ。

六月一日は会社の創立記念日で休日だった。私は職場の友人、澄子と二人で真鶴岬に出かけた。真鶴岬は箱根火山の溶岩が流れてできた溶岩台地である。岬の中央の小高い台地が公園になっていて、そこには、与謝野晶子の歌碑が立っている。

私と澄子は駅前からタクシーで岬の入口まで行き、そこから林の中の道を歩いて、三ツ石の海辺に出た。岩から岩へ素足で歩き、魚を手ですくったり、水の中をジャブジャブ歩いたりして、子供のように楽しんでいた。

平らな岩に腰を下ろしてお弁当を食べ、冷やしたびわや桃を食べたりした。

びわが水に流れていきそうになった時は、二人でキャアキャア言いながら追いかけた。

帰りは湯河原の宿でひと休みして帰った。

その日夫は会社の旅行で留守だったので、澄子は泊まっていくことになった。

次の日の朝、食事のとき、澄子は「一郎さんが羨ましいわ。貴方が、申し分ないくらい、可愛い奥様なんだもの」と私に言った。

新婚生活も早四ヵ月が過ぎ去ろうとしていたある日、夫の友人と私の友人がたまたま遊びにきて一緒になったことがあった。

同期の伸子は入社してからずっと保線区に勤務していたけれど、親しく話し合う機会もあって、私の結婚を祝うため訪ねて来たのだ。

「素敵だわ。本当にいい旦那様を見つけたのね。優しそうで、浮いた感じがなく深みのある実直な人という印象よ。貴方は見る目が高いわ。見直しました」と、伸子が言った。

「わあ嬉しい。そんなふうに言ってくださるなんて」と私。「こんな素敵な暮らしを見たら私も、早く結婚したくなったわ。夢があってとてもきれいなお部屋ね」

「古いアパートの一室よ。何もない部屋から二人の生活を始めたのよ」

「貴女が、知れば知るほど味が出てくるような地味な人を好きだとは知らなかったわ」

夫の友人も、楽しそうに話をして、その日は、夜十一時頃、二人の友は帰っていった。

そして、土曜の夜は、私の実家に行って、父や母や姉や兄と食事をすることが多かった。何の不安も不満もない日が過ぎていった。

昭和三十六年七月二十日は鵠沼プールガーデンの開場式の日であった。

盛大な披露宴が催された。私は弘報室勤務なので、報道関係者の接待をまかされた。とても暑い日で、たくさんの招待客で大変にぎわっていた。色とりどりの風船をいっぱい飛ばす一幕もあり、楽しい一日であった。

招待客の帰る時は、私がマイクで案内をした。終わってから、係員が集まって御苦労様会をした。部長や課長、係長たちとビールで乾杯し、明るい話題に花が咲いたようである。

鵠沼プールガーデンはその後、何十年か、子供たちにとって、大変楽しい娯楽施設となって愛され続けたのであった。

色とりどりのパラソルが砂浜にまるで美しい花のように咲いている夏の日々が続く。

一郎と私は、土曜と日曜はよく、私の実家の海辺の家を訪れていた。そして帰りは海辺を歩いて、江ノ島駅に向かうのである。

「早いものでもう四ヵ月が過ぎてしまったね。愛子、幸せかい」と一郎が私に聞いた。

「ええ幸せよ、とても。貴方は？」

「幸せだよ。こんなに幸せだよ」と立ち止まって彼は両手を大きく広げてみせた。

「貴方に早く逢えて本当によかったわ」

「十年近く愛子だけを愛してきたんだ。愛子が僕には一番大切な人だよ。好きだよ」

「私も貴方が大好きよ」。

心から今幸せだと思っていた。夫に愛され大事に守ってもらっていることを、しみじみ有り難く思っていた。

ある日二人は虎の門に「河口」という映画の試写会に行った。その帰りに交わした二人の会話。

「映画を見て、つくづく僕らの愛が理想のように思えたんだ。皆が望んでいる愛の姿かもしれない」と一郎が私を見つめて言った。

「生活そのものが二人の場合は愛なのね」

「愛があって、そこに生活が始まった」

「私たちはやっぱり幸せなカップルだわ」

「愛がなくても生活している人も多い」

「二人には愛がいっぱい」

「こんなにお互いを愛しているものね」

何ともたわいのない会話である。

八月の窓辺に、風鈴の涼しい音がしているのを静かに聞いていた。

中庭のさるすべりの木に、ピンクの花が咲いている。私は洗濯ものをいっぱい干して、青い空を見上げ、幸せな気分にひたっていた。

もうすぐ夏も終わりである。

ある日、友人五人と私たち夫婦はＮＥＴの海の家に行って泊まったことがあった。

皆でわいわいトランプをしたり、話し合ったりして十一時まで楽しんだ。次の日は女性だけで、葉山に行って、長者ヶ崎海岸で海水浴をし、「思い出」という海の家で休憩をした。ボートに乗ったりして楽しく過ごして私たちは、逗子駅に出て帰ってきたことがある。いつの間にか、一郎も夫らしくなり、私も少しは落ちついて、妻らしくなったようだ。

第四章　秋日和

中庭のさるすべりの白い花が、いつの間にか桜の花が散るように散ってしまった。

そんな秋の日のこと、一郎が金木犀の花を手折ってきた。小さな花びらから甘い香りが匂って何とも幸せな気分になったりする。

「ねえ、女ってたわいないものね。こうして花の香りをかぐだけで何とも幸せな気持ちになれるし、洗濯ものを干しながら、見上げた空が、青く澄んでいると嬉しくて浮き浮きするの。女に生まれて本当によかったと思うのよ」

「愛子はいつでも、どんなところでも喜びを感じるんだね。雨は雨で楽しいと言うし、本当に幸せな人だ」。休みの日の昼下がり、二人はソファに腰掛け、レコードをかけて過ごしていた。「聖母の宝石」「ツゴイネルワイゼン」「北上川夜曲」「誰よりも君を愛す」など、静かなひとときを過ごしていた。

娘の頃も幸せだったけれど、妻になった今は、もっと幸せで充実した日々を送っていた。

私たちが結婚した年、昭和三十六（一九六一）年には、まず、一月にジョン・F・ケネディが米国大統領に就任している。身近な事では、片瀬出身の俳優、赤木圭一郎が、東京の日活撮影所でゴーカートを運転中、鉄扉に激突し重傷を負い二月二十一日に死亡したとのニュースが流れた。地元の人なのでその母親をよく見かけていたから、大変気の毒に思った記憶がある。NHKのテレビ小説第一作「娘と私」が放送開始されたのが三十六年の四月だった。まだこの時はテレビは高嶺の花で、持っている人も数少なかったと思う。七月に坂本九の「上を向いて歩こう」が中村八大のリサイタルで発表されている。

そして、九月十六日に第二室戸台風で死者一八五人が出たのであった。たまたまこの日は残業していつもより帰りが遅かったので、台風のため、電車が動かない事故に遭遇した。小さな川が氾濫し、善行《ぜんぎょう》駅と藤沢本町の間のまくら木の上を歩いて帰ることになり、こわくて、泣きながら帰ったことがあった。一郎が心配して、藤沢駅に行ったり藤沢本町の駅まで迎えにきたりして、大変だったという。まくら木の下の濁流が本当に恐ろしく思えたのも若かったからだろう。

昭和九年の室戸台風と同じコースを通った台風十八号は近畿地方を中心に被害を残し、死者、行方不明者は二〇二人になったという。

そしてこの年、九月の終わりには大鵬と柏戸が同時に横綱に昇進し、世間を沸かしている。柏鵬時代の幕開きとなったのである。巨人、大鵬、卵焼きという流行語も生まれた。

共稼ぎの私たちはいつも一緒に家を出て会社に向かうのだが、駅までの道にサルビアの花が咲いているのを見て、夏から秋にかけて、あざやかな色で咲きつづける花の命を思った。いつまでも、こうして、夫を愛し、明るく楽しい生活をしたいと心から願う私だった。

ある日、私の高校の後輩の生徒が二人、私の職場に来たことがあった。

生徒会の副会長をしているという男子生徒と、もう一人は可愛らしい少女である。

二人を事業部に案内し、部長や、課長の話を録音した後、二人と食堂で話し合った。

十月一日の文化祭にぜひ来てほしいと言われ、私は久しぶりに母校を訪れることにしたのである。母校は日坂にある鎌倉高校だ。

小春日和のとてもいい日だった。私は和服姿で、髪は自分でアップに結って出かけた。

坂道を懐かしい気持ちで登っていくと、少女が坂の道を走り寄って来た。この前会社に来た少女で、副会長の彼もニコニコと私を出迎えてくれた。そして二人で私を案内して、会場を廻ってくれた。先生になっていた学友にも会うことができ、とても懐しかった。

講堂では、英語劇と演劇を見た。楽しい一日を母校で過ごし、後輩に見送られて、久しぶりに江ノ電に乗って帰ってきた。

次の日、着物を着て会社に行ったら、皆がとても似合うと言ってほめてくれた。

もともと私は和服が好きで、夏はよくゆかたを着ていたし、人の和服姿を見るのも好きだった。

いつものように代々木駅に着くと、清水さんが近づいて来て、声をかけられた。

「この頃、少し太ったね。すごく色気があっていいよ。秋は人の肌が恋しいんだなあ」

なんでもずけずけ言うけど、別に気にもせず私は笑って聞いて、会社まで話し合って行く。そうぃえば、少し太ったかもしれない。

この頃、お料理をするのが楽しいし、夫と二人で食事するのが何より嬉しくて、いろいろ作って楽しんでいたと思う。

私が初めて茶わんむしを作ったら、とても上手だと言ってもらったし、何でもよく手伝ってくれるので、いろいろの料理に挑戦し、食事を心から楽しめるようになっていた。

食事が終わると、二人で仲よく、近くのお風呂屋さんに行くのだ。たいてい、夫の方が早く出て待つことが多い。番台のおばさんが「待ってますよ」といつも私に声をかけてくれる。

そして私たちはおけを片手に持って、カランコロンと下駄の音を楽しみながら帰るのだ。

十月の半ば過ぎの土曜日に私たちは箱根の旅に出た。登山電車に乗って強羅まで行く途中に、垣根に萩の花がこぼれるように咲いていた。色あざやかに咲いている萩の花を見て、夫が私に「さすがにもう秋だね」と言った。

強羅から早雲山までケーブルに乗り、ロープウェイに乗るために、長い行列に並んだ。

ロープウェイを姥子《うばこ》駅で下車し、姥子山荘に続く細い道を歩いて行った。

ススキが真っ白い穂先を風にゆるがせている中を二人は静かに歩いていた。

すすきの中に紫の小さな花をいっぱいつけた植物を見つけた。夫からフジバカマという名前を教わった。何とひかえめに咲く花か。

姥子には坂田金時が母の山姥の眼病を治したという伝説があり、付近には姥子薬師や、江戸時代の植物学者、野呂元丈《げんじょう》の詩碑もある。金時や、乙女峠を眺め、姥子山荘でひとときくつろいでから、私たちはロープウェイに乗って湖尻に出て湖畔で写真を撮ったりした。そして遊覧船で元箱根に向かった。

芦ノ湖は陥落火口（カルデラ）に水をたたえた淡水湖だという。瓢箪《ひょうたん》の形をしていて、鯉、どじょう、ナマズ、ワカサギ、ニジマス、ヒメマスの養殖が行われているらしい。

元箱根からバスに乗って湯本まで下った私たちはタクシーで奥湯本の初花荘という旅館に着いた。秋の虫の音が木の繁みの中から聞こえてくる。静かな宿である。

キリギリスはチョンギースチョンギースと鳴き、くつわ虫は、ガチャガチャとうるさい。松虫はチンチロリンと可愛いし、鈴虫は、リーンリーンと涼しげに鳴いている。こおろぎはリーリーリーと音楽をかなでているようだ。初花荘の夜、二人は旅の疲れを心からいやすことができ、幸せな夜を過ごすことができた。

秋の中頃から、会社の退社時刻が四時半になり、共稼ぎの主婦の私には大変有り難い勤めになった。仕事と、家庭生活の切り替えを大変上手にこなすことができたようである。

秋雨が静かに降り続いていた日曜は、夫は日曜出勤で会社に出て、私は一人で過ごしていた。ノートにこんな歌を書き綴った。

わが夫《つま》をいとしく思い外見れば

わびしく雨の降りしきりおり

一郎はとてもいい人だと、つくづく思う日々である。結婚がこんなに楽しくて、すばらしいことは、結婚してみないとわからないと思う。ここには信頼があり、理解があり、まことの愛情があって、言葉では言い尽くせない。充実感がある。

雨が降っている日曜日、私の夢は広がっていく。緑の芝生の庭と二人だけの小さな家。いろいろの花が咲く庭をふと心に描くのだ。

いつもより早く夫が帰って来て、二人で夕食の支度をする。そして夕餉のひととき、

「ねえ？　結婚してからの私と、前の私と、どっちが好き？」と私は一郎にたずねてみた。

「そりゃ、今の愛子の方がずっと好きだよ。あの頃よりもっともっと可愛いくて魅力的さ」

「私も、今の貴方が一番好きよ」

「いつまでもこの気持ちを大事にしようね」

雨が降っても、風が吹いても、雪でも嵐でも、いつも二人仲良くしていたいと思う二人は、底抜けに明るい夫婦なのだ。

秋が深まり、枯葉が舞い散る季節になった。十一月五日の日曜日に一郎と私は久しぶりに、新宿御苑に菊の花を見に行った。

秋の空は青く澄みきって、美しい日和だ。老人や子供たちで、広い公園は賑わっていた。

菊の展示場に行って丹念に菊の花を見たらそれぞれの花に「古城の月」とか「乙女心」とか「紫苑《しおん》」とかの名前がつけられていた。

そして、いちょうの大きな木の蔭の芝生に座って私たちは恋人時代のことを思い出していた。しみじみとした心で、青い空を見上げた。

近くで、若いお母さんが子を抱いているのを、一生懸命カメラに収めている人がいた。私たちはふと未来のことを描いていたようである。まだ子供がいなくて恋人みたいな二人である。午後二時頃、御苑を出てから、地下鉄で霞が関に出て日比谷公園に行ってみた。

入口の花屋の店先には色とりどりの花が並んでいる。公園の中には噴水があり十《トメー》くらい、水が噴き上がっているのを見た。

七色の虹を見ることができた。嬉しかった。自然と二人の足は銀座に向かい、懐かしい名曲喫茶店、「らんぶる」にたどりついていた。

店内には美しい名曲が流れていて久しぶりに訪れた私たちにはとても懐かしかった。

外に出てしばらく銀ぶらを楽しみ、街角のレストランに入って食事をして帰ってきた。

こうして恋人のように二人きりで銀座を歩くことなど、これから先はできないような気がしたのは、この日家に帰り、自分たちの部屋に入った時、すごい安堵感を味わったからである。ここが今は一番居心地のよい所に思えたことは確かである。たぶん一郎も同じ気持ちだったと思う。いつの間にか、二人の愛の城はしっかりと築かれていたのであった。

第五章　楽しい生活

ある休日の一日、私は同期の友人二人と、鎌倉めぐりを楽しんだ。

澄子と加奈と私の三人は北鎌倉駅で待ち合わせ、まず円覚寺を訪れた。

境内の一番奥まったところに舎利殿がある。これは今残る最古のもので弘安五年に、時宗の子、貞時が建てたもので重層入母屋造で内陣の仏壇には、仏舎利を納めた水晶塔がまつられているという。

庭内を散策し、白鷺池や妙香池を眺めた。北条貞時が鋳造させた大きな鐘、梵鐘を見てから建長寺を訪れた。鎌倉五山の第一位が建長寺で第二位が円覚寺で二つとも弾宗の寺だ。

次に訪れたのは鶴岡八幡宮である。

頼朝は鎌倉に幕府を開くとともに多くの神社仏閣を造り、建久二年に山上に建てた社殿が鶴岡八幡宮である。祭には流鏑馬や武芸の奉納も行われている。

吉野山峰の白雪ふみ分けて
入りにし人の跡ぞ恋しき

しづやしづのおだまきくり返し
　昔を今になすよしもがな

これは、静御前が義経を慕い、詠んだ歌である。

鎌倉の歴史に少し触れて私たちは境内の喫茶店でひとやすみしてから、小町通りに出た。ぶらぶら店を見て歩き、材木座海岸に向かった。懐かしい思い出深い海辺で三人は、いろいろ話し合って、よく笑って過ごしたのだ。

帰りに私の所に立ち寄り、私の手料理で、心ゆくまで楽しんで帰っていった。

十一月の終わりに、東京会館で記者を招いて、役員の紹介をする会が催された。

とても古めかしい建物である。私は受付でお客様や役員にリボンをつける仕事をした。秘書課の人たちと私は、地下の食堂で、えび料理や若鶏の衣焼き、スープをいただきデザートに舌つづみをうって九時過ぎに会館を出た。

食前に、ミリオンダラーというカクテルを飲んで、大変いい気分になったみたいだ。

十二月には晴海のスケート場が開場し、弘報室の私は受付の仕事で一日中、晴海の会場に行っていた。

十二月二十三日には米映画「ウエスト・サイド物語」が封切られた。

そしてクリスマスイヴの日は日曜日だった。結婚してから九ヵ月経った二人にクリスマスイヴが訪れた。

料理は若鶏の姿焼きに、ポテトと人参とほうれん草のつけ合わせ。テーブルにはスイートピーの可愛らしい花を飾った。

スタンドの灯だけにして、ラジオのダンスミュージックに合わせて、ダンスを楽しんだのである。窓から月の光が差しこんでいた。

職場の仕事納めの日は、午前中は弘報室の大掃除をし、私は念入りに室長の机の上を片づけた。室長がそれを見て「とてもきれいに片づけてくれて、ありがとう。貴女のような人をお嫁さんにして、御主人はとても喜んでいるでしょょ」と言ってくれた。株式課の森さんが、家計簿を私に届けてくれた。

昭和三十七（一九六二）年の元旦は、二人で迎えた最初のお正月だ。私がお雑煮を作っている間に、夫がおもちを焼いてくれた。

静かで、とても幸せな元旦であった。

笑みかわしはしもつ雑煮のおいしさよ
夫と妻の愛の味して
正月のこのしづかさよいとしさよ
夫と妻と寄りそいており

二日の日は、私の実家に挨拶に行き、夜になって雨が降ってきたので泊まることにした。三日には私の実家から夫の実家に向かう。雨も上がり、よく晴れた天気だった。

この日は大木の家に行ったり、江の島の中村家にも行ったりして、本当に忙しかった。

そしてその夜、二人がアパートに帰ってしばらくすると夫の兄が訪ねてきたのである。

「昨日会ったのに、自分が酔っていて、失礼をしたみたいなので、今日はお詫びに来ました」と言っていた。三人でちりなべを囲んで、おしゃべりをして過ごした。

夫の兄は「弟はいい奴です。家の者は皆、弟を尊敬してるんですよ。うちの家内も、酒飲みの自分よりずっといいって言ってます」

と大変なほめようで私も嬉しかった。

一月十五日の成人式の日には私たちは街に映画を見に行った。三船敏郎の「価値ある男」と「椿三十郎」で、とても面白かった。

二月は一年中でも一番寒いときなのに、私はあまり寒さを感じない。つまり、生活に張りがあって、身も心も、充実して、生き生きしているように思う。

ある日、夫の友人三人と私たちと、五人で、横浜で集まったことがあった。

大木から「少し太ったようですね」と言われ、私は「そうかしら?」ととぼけていたが、次の日、大木が電話で「おめでたのようですね」と言ってきた。夫も間違いなく妊娠だと言うけれど、私にはまだ信じられない。

さっそく、東京医科歯科大学の附属病院の産婦人科に行って見てもらったところ、三ヵ月目に入っているとのことであった。

大変だ、私たちに子供ができた。夢を見ている心地でその日私は家に帰り、夫に報告したのである。夫は「やっぱりそうだろう？　よかった。本当によかった」と心から喜んでくれた。牛乳は今まで嫌いで飲まなかったけれど、飲むように心がけ、ビタミン剤と、ワダカルシウムを買って飲むことにしたのである。

つわりらしい症状もなく四ヵ月目に入る。サラダや酢のものがおいしくて、めざしを食べることも多くなった。ただ、ごはんが炊けた時の匂いだけが嫌だった。

休日には夫と鎌倉の瑞泉寺に梅の花を見に行ったりして、穏やかに過ごす努力をした。

さっそく、夫が洗濯機を買ってくれた。高い所に干すのは夫がしてくれる。今まで以上に私を助け、優しくしてくれる夫がとても頼り甲斐があってありがたい存在になったように思う。育児の本を買ってきて読んだり、二人にとって夢のように楽しい日々が訪れてきた。

つわりらしい症状もなく、妊娠四ヵ月を過ごした。いつも私のからだを労《いたわ》ってくれる夫の優しさが、とても嬉しい。

日曜日、私が洗濯にかかりきりの時は、部屋を片づけて掃除をしてくれるし、午後は胎教のためにと、レコードをかけ、静かな穏やかな時を過ごさせてくれる。そして共稼ぎで一緒に出かける朝には、いろいろ協力してくれる。

一緒に駅まで歩いていく道すがら私は彼に「いつもありがとう。手伝ってくださって本当に有り難いと思っているのよ」と言う。

「そうおだてるなよ、今はお腹の子のために何でも食べて、健康に気をつけてほしい」

「女と男とでは、子に対する気持ちは違うかもね。女は十ヵ月もお腹にかかえているから」「とんでもない。同じさ、赤ん坊をかかえている母親をかかえているんだから」と夫がさらりと言うのを聞いて、私はほっとした。

一郎に父になる意識が芽生えているのを感じることができたからである。

愛する人の子を身籠ることがこんなに幸せで、豊かなほのぼのとした喜びを感じるなんて知らなかった。

十ヵ月の月日に耐えて子を産もうとする敬虔な心情は、自分が体験しないとわからないかもしれない。

街で大きなお腹をかかえて歩いている人を見かけると大抵の人は自信に満ちたとても幸せそうな表情をしていることに初めて気がついたように思う。美しいとさえ感じるこの頃だ。

私のお腹はまだ大きくないので、会社に行っても誰も気づく人もいなくて助かった。

地下の床屋で、何人か男の人が集まって女性の品評会をしていたそうで、ある人に「貴女のことが話題にのぼってたわよ。とても褒めていたわ」と声をかけられたことがあった。

若いから、人に褒められれば嬉しいと思う。三階の台所では、よく女性が集まって話し合うことが多かった。私は聞かれればついつい夫のことをのろけていたみたいだ。

結婚一周年には京都と奈良に旅行をするつもりだったが私の妊娠のため行けなかった。

そして三月九日に夫は二十八歳になり、三月十三日に私は二十五歳になったのである。

「あっという間に、一年経ってしまったわ。貴方、振り返ってどうですか？」と私が聞く。

「とても幸せだったよ。愛子に感謝してる」

「私こそ、いろいろ労わってくださってありがたいと思っているわ」

「お腹の子は僕の愛のプレゼントだから、大事に育ててほしいな」

「大事にして、きっと可愛い子を産むわ」

そして一郎と私は、二人の子のために、家を建てる計画を立てたのである。

二人の夢は果てしなく広がっていく。お金もない、土地もまだないのに、私たちは何とかして家を建てることに決めた。こわいもの知らずの若さだから考えたことかもしれない。

藤沢市内に公団住宅ができて何となく申しこんでみたけれど当たらなかったので、私たちは、やっぱり一戸建ての住宅を建てたいと、考えたのである。

とにかく家を建てる土地を探すことと、住宅金融公庫から資金を借りることが当面の私たちの課題だ。赤ん坊が生まれる九月までに家は完成させなくてはならない。

毎朝通勤の途中で私たちは家の話に夢中だった。甘い沈丁花の香りがする道すがら二人の夢は大きく大きく広がっていった。

三月二十七日には、向ヶ丘遊園で防衛博の開会式が催された。宝田明が一日隊長を務めた。高松宮妃殿下もお見えになり、大変盛大な催しとなった。

向ヶ丘遊園までは豆電車も走っていたし、花の季節は、バラの花が見事に咲いて美しい公園である。一郎は学生の頃、夏は海の家でアルバイトをし、春はこの公園でアルバイトをしていたのだという。

第六章　愛の結晶

昭和三十七年の四月一日に、伊勢原の内村夫妻が私たちの所に、帯祝いに見えた。一郎の会社の上司で、仲人を頼んだ人である。「何でも新しくて素敵ね」と奥様が言って、二人の生活ぶりをほめてくれた。

夫妻が帰ると入れ違いに私の小学校の恩師が見え、びっくりしてたたずむ私だった。

その日は小学校の友人の大山さんも見えて、三人でゆっくり午後のひとときを楽しんだ。大山さんも私も先生の教え子である。

その時、瀬高先生のお年は三十五歳だった。

「結婚する気持ちは充分あるのに、残念ながら相手がいなくていまだに私はひとりよ」と先生が言って私を見た。「恋愛もできないなんて、私、頭が悪いのね」とつけ足したので、私は「先生、恋愛なんて人間がばかでないとできないみたいですよ。要するに、先生は頭が良すぎたんだと思います」と言ったのである。

そんな会話をしていた時、一郎が帰って来て、先生と大山さんに初めて会ったのだ。

「愛子さんはいつもクラスでナンバーワンでしたよ。お二人は間違いなく、生涯お幸せに過ごせますよ」と先生が一郎に言ったので、私はあわてて「とんでもない、私は音楽も体育も得意でなかったから、母がいつも、おまけの優だと言っていました」と先生に言う。

「愛子さんは優秀だったから、貴女がいないと授業が張り合いなかったのよ」と先生は、私に言った。何だかとても嬉しかった。

友人と先生を駅まで送る道すがら、先生は、「とてもハンサムな旦那様ね。静かで、とても落ちついていらっしゃるわ。幸せそうね。今日来てお二人の幸せな生活ぶりを見せていただいて、本当に良かったわ」と言って、私の手をとった。小学校の恩師の思いがけない来訪が、私の心を勇気づけてくれた。

桜の花の満開の頃、こうして、仲人夫妻や友人や、恩師に、心から祝福されて、一郎と私は、とても豊かな気持ちになれたと思う。

この年の四月八日に私の姉春子が結婚式を上げた。一度結婚に失敗し、子の死産をきっかけに離婚していた姉が、同い年の人と出会って交際し、結婚することになった。

その日の花嫁姿はとても初々しくて、誰の目にも可愛らしく映ったと思う。

たまたまその前の日、私は、職場の先輩の純子に四谷のアパートの一室で会っていた。少しも変わらないで、美しい純子が会うなり「もしかして、赤ちゃんができたのじゃなくて?」と聞かれた。「わかります?」と私が言うと「よかったわね。本当におめでとう」と心から喜んでくれた。

結婚式の写真を見せたら「旦那様、とてもすてきな人ね。お幸せそう。貴女はとても良い人ですもの、御主人も大切にしてくださるわ」と微笑んで、私に言った。

妻子ある人と交際していて、あと十年待つつもりだと、彼女は悲しい表情をして言っていた。「苦しいわ、とても苦しい事だわ」とつぶやいていた言葉が忘れられない。「貴女は本当に幸せね。いい方を御主人にして恵まれているわ。決してその幸せを離さないことね。お二人は、一緒になるために生まれてきたんだわ。御主人を大切にしなくてはだめよ」と純子は涙ぐんだ目で私を見つめて言った。

とても美しくて、心の優しい人なのに、どうして、幸せになれないのか、私には不思議に思えるのだった。「花のいのちは短くて苦しきことのみ多かりき」という林芙美子の言葉がふと私の心に浮かんだように思う。

平凡な日常生活だけれど、少しずつお腹の中で赤ん坊が育っていく楽しみがある。

愛のいっぱいある生活は、たとえ貧しくとも幸せだと思う。小さな生活の片隅の中で、小さな喜びを見いだしていく暮らしは楽しい。

夫がうたたねする枕元で、洗濯物を丁寧にたたむひとときさえも、妻には幸せなのだ。

今はもう、生まれてくる子のことで頭の中がいっぱいの私である。

日が経つにつれ、乳房が大きくなって、乳首がふっくらしてきて、次第に女らしく変化していくのが、自分でもよくわかる。

五ヵ月目の戌の日に、病院で腹帯をしてもらった。そして「順調に育っていますよ。おめでとう」と医師に言われ、何とも嬉しい気持ちで実家に行って母親に報告をした。それは、四月三十日のことだった。赤井医院には、義姉の美智子さんがつきそってくれた。

次の日、五月一日に、一郎の両親が帯祝いに来てくれた時も、義姉がいろいろ手伝ってくれて助かった。掃除や、料理を、一郎が手際よく手伝ってくれたので、私は楽だった。

五人で、楽しく会食をし、皆が帰ってから二人は、ソファに座ってゆっくり過ごす。

「僕と愛子の愛の結晶を大切に育てようね」

「貴方のために、健康な子を産むように心がけるわ。嬉しいわ。私も母親になれるのね」

「愛子の子なら、間違いなく、可愛い子さ」

「二人とも健康だから、丈夫な子が生まれるわ」「そうだね。栄養をとって、体には、充分気をつけてね」「ハイ、頑張るわ」

男の子でも、女の子でも、どっちでも良いから、元気で、健康な子が欲しいと話し合う。二人にとっては、今一番嬉しいことは、子を授かったことだった。

しかし、生きていれば、いろんな出来事がある。浮き浮きもしていられないものだ。

五月三日、ニュースで、常磐線三河駅での二重衝突事故が報じられた。

死者一六〇人の大列車事故が発生した。重軽傷者は何と三八四人も出て、大惨事となった。たまたま夫の帰りが遅くて、どんなに心配したかわからない。

信号無視で砂利山に乗りあげた貨物列車に下り電車が衝突し脱線、そこへ上り電車が線路上を歩き始めた乗客をはねながら突っこんだということである。

ひとごとではない、いつこういう目に遭うかわからないと思うと、涙がこぼれた。

戦後初めての大きな列車事故だった。

職場に出たら、この事故の話でもちきりだった。テレビがある弘報室には、いろいろの人が入れ替わりにやってきて、一日中落ちつかなかった。悲しみに打ちひしがれている人々の姿に私の目から涙がこぼれて困ったくらいだ。

さて、私たちに子供が生まれることがわかって、すぐ考えたことは、家を建てることだ。

住宅金融公庫に申しこんでおいたら、その当選通知が来たのが五月半ばのことだった。

九月に子が生まれる前に夫は家を建てたいと言うので、さっそく、土地探しを始めたのだ。

私は休みの日には、鵠沼や、緑ヶ丘など、土地を探して、歩き廻っていた。

藤沢市役所で聞いたら、善行に百四十坪の土地が百八十万円で一つだけ残っていると言われたが、とてもそんなお金はないので、あきらめるしかなかった。

一郎に話をしたら、「愛子が質に入るしかないよ」と冗談を言って、笑っていた。

ある日、私が帰ってきて、部屋に入ろうとして、壁に大きな蜘蛛《くも》がいて、こわくて外で夫の帰りを待っていたことがある。

「これから、母親になる人が、蜘蛛がこわくて、中に入れないなんて、困ったものだ」と言って、夫は、先に入って蜘蛛を退治してくれた。私は思いっきり夫に甘えて、まるで父親と一緒に暮らす娘のような気がする。

九月二十七日が出産予定日なので、家を建てるのは七月か八月にということになった。

土地を探して、どうしても見つからない時は、奏野《はだの》の親が持っている土地に建てるしかないと言われ、私はとにかく夢中で、藤沢の地に土地を見つけようとしたのである。

そろそろ私のお腹も大きくなり始めていたけれど、鵠沼海岸、本鵠沼、六会《むつあい》、長後と人に紹介された土地をあちこち見て歩いた。

なかなか気に入った土地にめぐり合うことができない。休日は夫と二人で歩き廻った。

とにかく、二人にとって、大きな目標が二つも重なったことになる。子の誕生と、家の建築である。そのために土地を何としても見つけなくてはならない。

そんなある日、私は学友の幸江の所に行って事情を話したところ、信用金庫の支店長の高橋潔さんを紹介してくれたのである。

善行に良い土地があるということで、夫と私と支店長と三人で、その土地を見に行くことになった。

小高い丘で、まだ整地されていなくて、道らしい道もなく、今まで、南向きのなだらかな斜面の畑だった土地である。

一番高い所に立って眺めたら、富士山が美しく一望でき、まだ家もあまりなくて、善行地区が眼下に広がっていた。

支店長に案内され、地主さん宅に行ってみた。斜面を八段にしてこれから宅地にするとのこと、上の方はだいたい決まってしまったけれど下の方なら、と言われた。しかし、私と一郎は、住むなら上の方が良いので、と言ってきた。

次の日、不動産屋の小室氏から、上から三番目の土地八十坪を何とかしますとの電話が入った。夫と私は良かったと、胸をなで下ろしたのであった。眺めも良いし、広さもちょうど良いと思う。その時の地主の条件は、売地でなく貸したいとのことで、権利金が三十万円、月々の地代が坪二十円で八十坪だと千六百円ということになる。夢のようなお話である。

お金のない若い私たちが、家を持つことができる。最良の条件だったわけだ。

八十坪の土地に、とにかく、夫婦と赤ん坊が暮らせる小さな家を建てることになった。

夫は農地委員会や、登記所に足を運び、借地の手続きをしてくれた。

さっそく地主の松本さんは私たちの土地に玉石を積み、丘をひな段に整地する作業に入った。

電柱もない、水道も引かれていない土地に、いよいよ私たちは自分たちの小さな家を建てることにしたのである。私の父と、夫と私の三人は、地主宅に行って、無事に契約をした。

第七章　二人の夢

北海道はライラックの花が見事に咲いているらしい。ちなみにライラックはフランス語で、日本ではリラの花という。花言葉は「愛のはじめの心」である。

私と夫が出会ってから十年の歳月が経ったことになる。しかし二人の会話はあいかわらずたわいないみたいだ。ある日の会話。

「ねえ？　私、赤ん坊を実家に預けてお勤めしてもいいかしら？」

「そりゃ無理だよ。自分の手で育てるのが一番いいに決まっているからね」と夫が言う。

「でも家を建てるにはたくさんお金もいるし、今あるのでは充分ではないから働きたいの」

「無理だと思うよ。赤ん坊は母乳で育てるのが一番だし、立派に子供を育てるために、家を建てるんだから、決して無理をして勤めることはない。無事に健康な子を産むことだけ考えてほしい」

「わかったわ。私、貴方の言うとおり、私の手で丈夫に立派に育てます」

夫は毎日机に向かって家の設計図に取り組んでいる。私は丘の上の小さな家で子育てに励む二人の姿を想像し、楽しい夢を描いていた。建築資金は二人の預金で何とかまかなえそうなので心配はない。土地の権利金は夫の親が出してくれるらしい。

ある土曜日の午後のことだった。私は仕事の帰りに、大根《おおね》（今の東海大学前）に住む、職場の先輩優子の家に行った。彼女は心臓を患っていて、二ヵ月前から職場を休んでいた。もともとほっそりとした体が、いっそうやせ細って痛々しいくらいだ。十七歳で心臓の発作を起こして二十年あまり病気と戦ってきたのだ。元気になってほしいと心から励まして大根の駅で別れ、夫の実家のある秦野に向かった。たまたま夫の兄夫婦も来ていて、六時には夫もかけつけ、家族揃って楽しい会食をした。妹三人も元気に明るく話をしてくれて、私も心から楽しく過ごすことができた。

二人の共稼ぎの日は続き、妊娠した私は藤沢から新宿に通うのに小田急電鉄で行く事にした。細矢夫妻が鵠沼海岸からゆったり腰かけて私の席を確保してくれていたので、いつも座って通勤することができたのである。

初めて私が胎動を感じたときは嬉しくて、思わず「ピクピクって動いたわ」と叫んでしまった。不思議な気がしてならなかった。

女は胎動を感じたとき初めて自分が母になることを意識するものだ。人間が自分の肉体と生命の力をこのときほど深く感じることはないと思う。運命に従順になろうとする性格を本質的にもっているように思う。

子を身籠ったとき、何のためらいも感じずに十ヵ月の月日に耐えて子を産もうとする心は敬虔と言っていいくらいの心情なのだ。大袈裟《おおげさ》な言い方をするなら、女は死を覚悟して子を産むのだと思う。幸い私にはつわりらしい症状もなく、とにかく元気に生活することができていた。二人の愛の結晶をかかえて喜びに満ちていた。

七ヵ月に入るとお腹もだいぶ目立ってきた。産前産後の休暇がとれるまで働くことにした。友人が励ましの夕食会をしてくれたりして、仕事も、家事も楽しくこなしていた。

六月二十九日には、三矢課長の送別会と、私の慰安を兼ねて弘報室全員で赤坂のレストラン「ミカド」に行くことになっていた。

「ミカドでは舞台のすぐ近くにいない方が良いよ。お腹の子がびっくりしてしまうから」と夫に言われ、私は着物でレースの羽織を着て出かけた。ミカドのような豪華なレストランに行くのは気が引けた。このころ目立って派手な社交の世界と聞いていたが、車でシアターミカドに到着したときは、あまりの豪華さに思わず目を見張ってしまった。階段を上がって二階のグリルにいくと、目の覚めるようなピンクのテーブルクロスと椅子がまるで大きな花のように美しく配置されていて、客の間を歩いているボーイやウェイトレスの服までピンクなのにはまったく驚いた。

ショーは六時十五分に開始、外国の女性のラインダンスは足が長いので確かに見事であった。朝、夫に言われた言葉を思い出してふき出しそうになった。曲芸あり、踊りありでとにかくまばゆいくらいの華やかさであった。夢の中の世界のようだ。八時にショーは終わった。

すばらしい御馳走だったが、無我夢中で出しものを見ていて、実のところ味はわからなかった。

楽しい赤坂の夜の宴会は終わった。

次の日、つまり七月三十日に大工の棟梁と設計士が私の家に来た。二人とも、夫と同じ昭和九年生まれということですぐ意気投合する。

そして夫の書いた設計図を渡し、二、三日して青写真ができてきた。約八十坪に十一・五坪の小さな家を建てることになったのである。

七月十六日から私の産休が始まった。家での落ちついた生活になると、また改めて、新婚の味をかみしめる心地がしたようだ。毎朝夫を玄関で送り出し、のんびり一日を過ごして夜、心楽しく夫の帰りを待つのである。

昼間は一人でいるのも退屈なので腰越の実家に行って海辺で本を読んだり、母といっぱいおしゃべりをしたり、友人と会ったりして過ごしていた。

八ヵ月目に入ると、赤ん坊のものを揃えるのに忙しくなった。必要なものを書いて、買い物に行っては、箱に哺乳瓶やらパウダーやらベビー石鹸やらを入れておいた。母から、布団や襁褓《おしめ》や産衣が届けられ嬉しかった。

地主さんに道路指定の申請をもって夫と出かけ、その足で家を建てる予定の土地を見に行った。丘の上なので眺めが良く、大山や丹沢や、富士山まで眺めることができた。

暑い夏の陽ざしの中で私と夫は、ここに二人の家が建つという夢を実現できる幸せをかみしめていた。南からの風が何とも快かった。

ある日曜日、私と夫は「山麓」という映画を見にいった。家に帰りほっとくつろいだ時に交わした会話は次のようである。

「僕たちのように順調にきた愛は、小説には絶対ならないね。幸せすぎて」と夫が言った。

「こういう平凡な生活が私には一番似合っているわ。山あり谷ありの人生は私はいやよ」

「山麓の映画の中で末娘の恋人が車の中で、ついて来てくれるなら頂上まで引っぱり上げるって言ってたね」「男らしいと思ったわ」

「男には仕事があるし、生きる自信もあるから、女々しい未練は捨てられるんだろうね」

「男と女の生き方の違いね。女にとって愛はすべてだから、命がけで人を愛してしまう」

「男は知恵や理性がはたらくから、女の人の感情にはとてもかなわない気がするよ」

女は単純で幸せに対して感じやすく、関心が強いものだ。生活を楽しむ能力もある。

「いよいよ、僕らの家も建つし、子供も生まれるし、いろいろ大変だね」

「嬉しいわ、こんな幸せ予想もしなかった」

「夢に見てはいたんだろ？」「そうね、いつかはこんなふうにと幸せを想像していたわ」

「子供のために二人で力を合わせていこう」

「貴方はやろうと思ったことは必ず最後までやり通す人なので私は何も心配していないわ」「ちょうど一年半で家を建てることができたね」「私たち二人の愛の巣ですもの、嬉しいわ」「九月に赤ん坊が産まれ、新しい家も完成するし今から楽しみだなあ」「しばらくの間、貴方も大変だけど頑張ってね」「愛子も丈夫で可愛い子を産んでくれよ」「ハイ、きっと丈夫で可愛い玉のような子を産むわ」「愛子の子なら間違いなく丈夫で可愛い子だと思うよ」。二人は楽しく話し合っていた。あと二ヵ月で私もいよいよ子の母親になるのである。自らの命への危険さえも顧りみずに、ただひたすら子を産もうとする運命に従う女心に自分でも驚いていた。

健康な子を産むために嫌いだった牛乳も水がわりに飲み、栄養のあるものを食べるよう心がけた。こうして母性愛というものは、めざましい勢いでふくらんでくるものらしい。母の決意が、子に対する最初の教育であろう。

子は母に対してあらゆる犠牲を要求するものだ。その犠牲に耐えてやることが子の生涯の健康の基礎になるに違いない。子のためにはどんな苦しみも厭《いと》わないだけの覚悟を持って十ヵ月の月日を過ごすのである。

昭和三十七（一九六二）年八月四日の大安吉日を選んで地鎮祭を行った。この年最高の暑さで大変だった。まわりにはまだ一軒も家が建っていないたいそう眺めのよい丘の上であった。高台なので風当たりもよい。じりじりとした日ざしが肌を焼く、青い空はどこまでも高く、雲一つなく晴れ上がっていた。

南向きの高台で駅まで七、八分、眺めもよくはるか彼方まで見渡せる。

地鎮祭も済み、いよいよ家の建築も着工の運びとなった。

次の日、夫の友人の大木と幸江がアパートに遊びに来た。夫が帰るまで二人にアルバムを見せたりして過ごした。夫は七時半に帰宅した。大木は「ようこそ、ようこそ」と言って夫を中に招き入れたので、私は思わず笑い出した。何とか何品かの手料理を並べ四人で会食をした。

「女房は持つ、ベビーはできる、家は建つといっぺんに全部揃えて大したやつだ。おい、彼を見習えよ」「あんまり僕らと差をつけないでくれよ。追い着くのに大変だからな」と大木が言っていた。

いつもざっくばらんで、ユーモアがあって一緒にいると楽しい仲間である。

この日も私は笑い通しでお腹の子もさぞびっくりしたことと思う。足をつっぱらせてぴくぴくと動いていた。元気な証拠である。

いよいよ赤ん坊が生まれる九月が迫ってきた。その支度に私は一生懸命である。

竹ごうりの中に、一枚一枚丹念に産着を重ね入れ、中衣や上着も揃えたし、襁褓《おしめ》もたくさん仕上げることができた。タオルや産衣も何枚も揃った。こうして出産日を一日一日と指折り教えて待つ母心は何とすばらしいのだろう。まるで夢を見ているみたいである。

第八章　母になる

八月七日、夜七時のニュースで、夕方五時頃、川崎の南武線が脱線衝突して、死傷者が一九〇名出たと報道され、夫が川崎に勤務していたので、心配で心配で仕方がなかった。夜十時頃、夫が元気に帰宅したので、ほっとして思わず夫にしがみついてしまった。

お腹が大きいので、夏の日の暑さに耐えるのが大変であった。連日の猛暑で、扇風機をかけたまま眠ることが多かったようだ。

九月の出産を控えて、もしも何かあったらと考えて、台所のすみずみまできれいにし、私がいなくても夫が困らないように整理整頓を心がけ、いつでも病院に行ける準備をしておいた。八月十五日の江の島の花火大会も終わり、そろそろ秋風の立ちはじめる頃となった。台風も次から次へと発生し始めていた。

出産の準備も滞《とどこお》りなく終わったし、あとの時間を有意義に過ごそうと考えて、私は「小さな城」と題して夫と過ごした記録を残すことにしたのである。ヘミングウェイの「武器よさらば」という小説では、妻が子を産むと同時に亡くなってしまったのである。やはり、いざ出産ということになると、どこか心の隅で、死を考えないことはない。私は夢中で百枚の原稿を書き綴った。

充実して楽しい時間だった。そしてある時は、一人で建築中の我が家を見に行くのである。歩いていると、汗がふき出てくる昼下がり、坂道を大きなお腹をかかえ、パラソルをさして歩いて行った。

土台と骨組みが出来上がっていた。屋根がついてようやく建て前の日が訪れた。九月八日、大安の日に建て前の祝いをした。

まわりにはまだ家が一軒もなく、広々としていた。夫の兄や、私の父や義姉が来て、にぎやかに祝いのひとときを過ごした。義姉は「眺めがよいし、静かだし、とても良い所ね」と心から言ってくれた。歌や父の都々逸も出て、たいそうにぎやかであった。赤飯の折詰と石けんを皆に配り、地主宅にも届けたのだ。

秦山木の白い大きな花が咲き、中庭の百日紅のピンクの花が風が吹くと散りゆくのを眺めていた。中秋の名月の夜、私と夫は青い月の光を静かに眺めていた。あと二週間したら、赤ん坊が生まれるのである。こんな幸せな時をさずけてくれた神に感謝したい思いだ。

次の日、夫は道路指定が遅れて、工事が中止されているというので、現場に行って来て「とにかく夜景がすばらしくて感動したよ。家々の灯がキラキラ光っていて、おまけに、今夜は満月だったから一人で月見をしてきたよ」と言って大満足の表情をしていた。

親子水いらずで新居に住む日を夢見ていた。二人で貯めた精一杯のお金で家を建てるのだ。だから余計に感激も大きいのだろう。

お産の日が近づいてきても、何一つとして不安なことはない。夫の優しい大きな愛情のお陰で、とにかく丈夫な子を産む覚悟と自信に満ちた日々を過ごしていた。

さあ、いよいよ私と夫の愛の結晶が生まれる日が近づいてきた。

お彼岸の入りの日に私は実家にゆき、墓参りをした。兄健之助の墓の前で、無事に出産できることを祈った。父がうるめいわしのおさしみを作ってくれたので、ごはんを食べてからアパートに帰ったのである。買い物をし、元気に帰り、夕飯の支度をし、夜は夫と銭湯に行った。髪を洗い、いつ入院しても良いよう準備をした。この日の夜から陣痛が始まった。次の日の昼頃には十分間隔の陣痛が続いた。

一応入院し、出産の時を夫と義姉の三人で待つこと三時間、いよいよ痛みが最高頂に達した午後三時二十分に私は分娩室に入ったのである。戦場に赴く兵士のように敢然と勇気をもって分娩台に上がった。いよいよ出産である。女の命をふりしぼるのだ。私は歯をくいしばっていきみ、何度も何度も体中の力をしぼり出す。赤ん坊が出始めたらしい。何分経ったろう。すっぽりと飛び出したと思ったら「オギァ！」とすごい声が聞こえた。胎盤もはがされ四十六分についに赤ん坊が生まれた。

私の目から涙がこぼれた。感動に心がふるえていた。目をじっと閉じて産声を聞いた。

そして、充ち足りて何とも言いようのない喜びをかみしめていた。生命の危険と、苦痛をたった今乗り越えてきた。けだるさが、私のからだの中に充満してきたように思った。

魂の深いところで喜びの涙がふき上げている感じがした。へその緒がぷつりと切れた。

一つの生命が今ここに誕生したのである。

私という人間から分離して、新しく一つの命として誕生したのである。何とすばらしいことであろう。女が母となることの人知を絶した偉大さを私はひしひしと実感していた。

おそらくこの時の感激は生涯忘れないと思う。女に生まれた本当の喜びを初めて知る思いであった。今まで愛されてきた私が、これからはこの小さな命を自分の豊かな愛で包んで、育てていくのである。どんな苦労も耐える自信はある。子は誕生と同時に大きな幸せを母に与えるものだ。一時間後に初めて対面をしたのである。暑い日であった。暑さ寒さも彼岸までというけれど、九月二十一日はとにかく暑い日であった。気がついたら、夫が枕元でうちわで私に風を送ってくれていた。

「ありがとう、よく頑張ったね」と夫が言った。「とうとう貴方の赤ちゃんが生まれたわ」「偉かったね」「全部の力をしぼり出して、今はなんだかふわふわした感じよ」赤ん坊は玉のように可愛い女の子であった。女の子を美しく、優しく育てることに、限りない夢を描いていた。元気な声が室内にひびいた。

生まれてから一昼夜、赤ん坊には何も飲ましてはいけないそうだ。ほとんど眠れないまま夜を明かした。次の朝早々に夫が牛乳とゆで卵を持って来てくれた。夫の優しさが嬉しかった。七時に夫は会社に出かけていった。十時に初めて赤ん坊は産湯につかった。体重は二千七百五十グラムで、お昼に白湯が出て、ゴクンゴクンとおいしそうに飲んだ。私の母が赤ん坊の飲みっぷりのよさにびっくりしていた。

そして二十二日の夜に初めてミルクが五十cc与えられた。赤ん坊は九月二十一日午後三時四十五分に誕生した。生まれた次の日の夜あまり泣くので私の乳をくわえさせたら、何と大変上手に口にくわえゴクンゴクンと音をたてて飲んだのには夫も私もびっくりしたのであった。満足してスヤスヤと眠ってくれた。

私は自信をもって赤ん坊を抱き、上手に乳を与えることができて充実感に満ちあふれていたと思う。赤ん坊は丸一日経っただけなのに、舌をまきつけるようにして乳首を吸い寄せ上手におっぱいを飲むことができたのである。そしてしばらくすると赤くなって力んでは潔く脱糞するので、私は小まめにおむつを取り替えた。楽しくて楽しくて仕方がないくらいであった。もう自分が眠ることを忘れて二十四時間赤ん坊のことで頭がいっぱいだった。

医師は産後の私があんまり元気なので、たいそう驚いていたようだ。病院からは一番最初のミルクだけで、あとは母乳で充分足りていたからミルクはもらわなかった。明日は退院という日に、いろいろの人が見舞いに来てくれた。あんまり可愛いので皆大喜びだった。

九月二十六日の十時に私と赤ん坊は退院した。夫と私は赤ん坊に「亜紀」と名前をつけ、市役所に夫が出生届を出しに行ってくれた。

近所の奥様が入れ替わりに来て「何てきれいな赤ちゃんでしょう。奥さんお手柄ね」と口々に誉めてくれたのである。夕方私は目を覚まし、台所でねじり鉢巻きで夕飯の支度をしている夫を見て、嬉しさに涙ぐんでいた。

夕食の膳にはチャーハンと味噌汁、おさつの煮物と湯豆腐が並べられた。

久しぶりに味わう夕食、小さい可愛い命が加わって、幸せいっぱいの夫婦がアパートの一室で夜を過ごしていた。もうすぐ丘の上の小さな家も完成し、親子三人の生活が始まるのである。こんなに充ち足りた喜びがほかにあるだろうか。その夜は久しぶりに、優しい夫の腕の中で私は安らかに眠ったのだ。

翌日、私はアパートの人々に見送られて、車で実家のある腰越に向かった。しばらくの間実家に世話になることにしたのである。

小さな家ができるまで、母に甘えて生活することにした。海辺の家での生活はにぎやかで楽しかった。一年早く生まれた兄の子もいて何かと義姉に世話になることが多かった。

私がのん気に赤ん坊と実家で暮らしている間に、夫は下水工事や電気工事、水道工事等あちこち走り廻って手続きをしていたのだ。

電柱も新しく立ててもらい、水道も新しく引いてもらった。南向きの高台に一軒だけ小さな家が建ち、まわりには何もなかった。

四方八方見渡す限り広々として眺めがよいし、急な坂道はまだ舗装されていないので、雨が降ったらひどい道になってしまう。

夫は仕事が終わってから、家の工事のことでいろいろ走り廻って、疲れ果てて実家に帰ってくるのである。ほとんどは私の実家から勤めに行くことが多かった。

ある日夫に「私、仕事を続けてはいけないかしら？」と言ってみたことがあった。すると夫は「赤ん坊は母乳で育てるのが一番良いんだよ。出すぎるほど出る母乳を止めてまで勤めに出ることはないと思うよ。母の手で、母の肌で育てるのが当り前の事だよ。赤ん坊を立派に育てることが大切だからね」と答えた。母乳で育てた子はほとんど病気をしないと聞いている。お腹のけいれん、襁褓かぶれ、胃腸障害、アレルギー、風邪などにもかかることは少ないらしい。そして大きくなっても感情のもつれを起こすことも少ないという。

つまり育児には、お金では買うことのできないものが絶対に必要なのである。それは母の愛と、母乳と、きれいな空気と、日光と、それから運動だと、小児科医が新聞に書いていたのを見たことがある。乳飲み児を胸に抱いて乳を与えている時のふくよかな気持ちこそ女性の母性愛の極限ではないだろうか。私はとうとう退職を決意したのであった。

第九章　母乳で育てる

心残りはいっぱいある。楽しい社会生活であった。つらいことや悲しいことは何もなかったように楽しいことばかりが思い出された。

友達にも、先輩にも恵まれ、上司にも大事にされていた。だから本当は仕事はやめたくはなかったけれど、母乳で赤ん坊は育てたいし、人工栄養に替えることはできなかった。

味噌汁も牛乳もよく飲んだので赤ん坊に乳首を吸わすと、シュッシュッと乳は出て、片方の乳首から噴水のように白い乳がふき出すのだ。

豊かな栄養に富んだ乳を子に与えるために魚や野菜や果物を一生懸命に食べ、太ることも気にせず、何でもおいしいおいしいと言って食べていた。ミルクで育てた子の多くはアレルギーや病気にかかりやすいらしい。乳のみ児を胸に抱いて、乳を与えている時の豊かな気持ちこそ母性愛そのものだ。どんなにむずかる子も母の乳に吸いつけば、けろりと泣きやんでしまうものである。

私は子に乳を与えながら、どうしてこんなに可愛い子を人の手にゆだねられようか、自分の手で、いっぱい出る母乳で何としても育てたいと心から思うのであった。

今こうして毎日母乳を子に与えることが、この子の生涯の健康につながると思った。

健康な体は、親としての誇りでもあり、親から子への最大の贈りもの。

十月になった。赤ん坊は満ち足りたようによく眠った。その寝顔の可愛いさに、時の経つのも忘れて見入っていた。夜中に赤ん坊が泣くとすぐ抱いて乳をあげる。母乳はすぐ与えられるので子の泣き声がひびくことはない。しみじみと幸せをかみしめながら子に乳を飲ませて、静かに波の音を聞くのである。海辺の実家に二ヵ月世話になることにした。

十月二十三日が生まれて三十三日目で、お宮参りの日であった。家の近くの小動神社に、子に晴れ着を着せて夫とお参りをした。

「丈夫にスクスク育ちますように、健康で美しい娘に成長しますように、素直で優しい娘になりますように」と私は手を合わせて祈った。

夫も私も期待と希望で胸いっぱいだった。

丸一ヵ月経って体重は三千八百㌘になり、四十日目には四千二百㌘になった。

どんなに泣いていても、私が抱けばすぐ泣きやむし、母乳がたくさん出るので、あまり泣かすこともない。よく眠るので私も安心して寝ることができた。母や義姉が大変よく世話をしてくれたので、居心地がよく、ついつい言われるまま産後二ヵ月も実家で暮らして、私と赤ん坊は丘の上の家が完成してから、十月二十九日に引越しをしたのである。

その日から夫が赤ん坊に産湯をつかわせた。私が赤ん坊をタオルでしっかり受けて、産衣を着せる。風呂から上がった赤ん坊はピンク色の肌をして本当に可愛らしい。

新居で迎えた初めての朝、東の窓から太陽が燦々と降り注いでまぶしいくらいだ。南も北も見渡す限り広々として何もない。ずっと遠くに家が眺められた。まだまわりに家は一軒も建っていなくて、我が家がぽつんと高台に建っていただけである。昭和三十七（一九六二）年の十一月に入ってすぐ、会社に退職願を出しに行った。二度も母乳をしぼり出した。懐かしい職場の友と会って話をしたり、いろいろの人に声をかけられて楽しい一日だった。

生まれて二ヵ月半で赤ん坊の体重は二倍になった。丸々と太って元気で可愛らしい。オルゴールメリーを大きな目で見つめている。

十二月になった。高台の新居には一日中、太陽がいっぱいで寒さを感じない。日光浴を日課にして、そのあとはお茶やジュースをゴクンゴクンとおいしそうに飲むのである。表情もたいそう豊かになって一日中見ていてもあきることはない。あやすと嬉しそうに笑うし、日向で裸にすると、足をバタバタして喜ぶ。

リンゴのしぼり汁を飲むときは、すっぱそうな顔もする。赤ん坊を育てることは本当に楽しいと思う。私の限りない幸福感が、つまりは母乳の分泌をうながすのか、タオルを当てるとすぐびっしょりにぬれてしまうのだ。

赤ん坊が吸いつくとシュッーシュッーとほとばしって、赤ん坊はアップアップしてしまうほどだ。

もう片方の乳首から噴水のように乳がふき出すのだ。味噌汁は二杯、牛乳も一日に二本は飲むようにしている。昔の人は「乳くれる親はあっても、水くれる親はない」と言ったということだ。赤ん坊に水分が不足すると、うつ熱が出るらしい。湯ざまし、番茶、紅茶、果汁のうすめたものを私はよく飲ませた。体に水分が不足してくると、血液が濃くなって身体に不必要な物質が尿から出なくなり、熱を出したり、吐いたり、もっとひどくなると脳症状を起こし意識がなくなったり、けいれんを起こすという。私は赤ん坊を太陽のいっぱい入る部屋で、薄着で育てることにした。

家には一日中太陽が差しこむので、夜になっても急に冷えこむ事もない。気温を計り、着るものに充分注意をして育てることにした。冬でも日中は二十度ある部屋で日光浴を欠かさない。厚着をさせない。暖房の中で育てないようにしたので、風邪もひかない丈夫な赤ん坊に育っていった。

「何だか、毎日が夢のように思われるわ。小さいけれど私たちの力で家を建てることもでき、こうして可愛い赤ん坊も生まれたし」

「愛子がそうやって赤ん坊を抱いて、乳をやっている姿は幸せそのものだね」「ええ、幸せよ。幸せすぎてもう大変よ」と私は笑う。

お正月がきて、一月も無事に過ぎ去った。木枯らしの吹く冬を、私は感じることなく、暖かい日ざしの中で赤ん坊を育てていたのだ。

いつの間にか、亜紀は竹行李《こうり》に座って、一人で遊ぶようになった。五ヵ月目に入ったので離乳食を始めることにした。赤ん坊を人混みの中に連れ出すことはまったくしなかった。藤沢に買い物に行く時は、夫の休みの日か母か姉が遊びに来た時に赤ん坊を見てもらって出かけるのである。雑沓の中に子を連れていくことはとてもできないと思った。

離乳食は午前十時と午後三時に与えることにした。ミカンの汁、野菜スープはとても上手に飲むし、野菜の裏ごし、味噌汁、スープおとうふやパンがゆ、ごはんがゆも食べられるようになった。時間をかけてゆっくり離乳食をひとさじひとさじ与えることも楽しい。

母親が愛をこめて調理し、心をこめて食べさせれば赤ん坊は好き嫌いなく育つ。

母は決してめんどうがらず、根気よく、細心の注意を怠らないで自分も楽しみながら離乳食を与えることが大変重要なことである。

昭和三十八（一九六三）年三月十二日は私たちの結婚二周年の記念の日であった。

この日はめずらしく雪が降り、夕方までに大分積もった。帰ってきた時の夫の頭が真っ白だったので「わあ、おじいさんみたいよ」と私は思わず言ってしまったほどだ。お祝いの膳を親子三人で囲んだ初めての結婚記念日である。

亜紀が生まれて半年経ったことになる。

「二人の結婚二周年をお祝いして乾杯」と二人は、盃を合わせた。「幸せかい？」と夫が聞く、「ええ、幸せすぎてこわいくらいよ」「毎日育児御苦労さん」「不安のない平和な今の生活がいつまでも続いてほしいわ」「いつまでも今の明るい気持ちを大切にしてほしいな」「貴方に愛されていれば私はいつまでも明るいわ」「これは責任重大だ。愛子の暗い表情はとても想像できないよ」「私は幸せ者だわ」

夜も深《ふ》けて、雪はしんしんと降り続いていた。二人の結婚二周年の夜は、静かで優しい語らいのうちに過ぎていった。

次の日の朝、庭は二十センチの雪が積もって真っ白であった。坂道はまるでスキー場のゲレンデのようだった。十三日は私の二十六歳の誕生日である。ひざに抱く子のぬくもりが、雪の日にとてもとても温かく感じられた。

赤ん坊は二十一日に生後六ヵ月経って何でも喜んで食べるようになっていた。体重は八・一キロで標準をずっとオーバーしていた。

赤ん坊を抱いていると人が気安く声をかけてくる。「まあ可愛らしいこと」「女の子はおとなしくて、きれいで良いわね」「目が大きくてまつ毛が長いから外人の赤ちゃんみたい」といろいろ言われて大変である。

歩行器でしっかり立っていられるし、行李の中に座らせておくと一人遊びもできる。

当時は紙おむつなどないので、布のおむつを私はタライで洗うのだ。歩行器に入って動き廻るので疲れると両足を前の台にのせ頭をうしろにもたせかけ、いかにも、「ただ今休憩中」という顔をして私を見ていたりする。

この頃は調子をつけて歌うまねをしたり、キャッキャッと笑うこともする。夫は子を目の中に入れても痛くないくらい、可愛がっている。

夫の幸せそうな表情を見るだけで、私は子を産んでよかったとつくづく思ったりした。

この年の四月十四日は、夫の友人の大木の結婚式で、私たちは赤ん坊の亜紀を連れて、東京丸の内の東京会館に出かけた。

訪問着で行った私は、乳が張ってしまい、胸に当てたタオルがびっしょりになって、家に帰った時、着物にまでしみて困ったりした。八ヵ月経った赤ん坊の体重は八・七キロで十一ヵ月の標準に達して、歯も生え出していた。髪の毛がうすいので、まんまるの顔に大きな目で、まるでキューピーのようだった。

初めて知恵熱を出した時も、上機嫌だし、食欲もあって何も心配はなかった。六ヵ月過ぎると母親から受けた免疫がなくなるので、予防注射をしなくてはならない。まずは、生ワクチンを二回と腸チフス・パラチフスの注射をした。

そして、いつ乳を離したのか気づかないくらい鮮やかに、赤ん坊は母乳から牛乳に切り替えていた。ごく自然に私の乳も張らなくなった。

女の子は生まれつき神経が太いらしく、テレビの音もどんな音も気にせずよく眠る。

第十章　ベビーギャング

七ヵ月経ち、授乳もなくなり、離乳食に本格的に取り組む日々であった。元気なのでいたずらも思いっきりするようになった。

電気をつけたり消したり、新聞をちぎって散らかしたり、パウダーの粉をふりまいたり、おむつのかごをひっくり返したり、日ごとにいたずらはひどくなっていった。手帖や、万年筆や財布を私の手から取ってしまう。まるでベビーギャングのように強くなったと、私は夫に言ったりした。小さな手鏡が好きで、自分の顔をしげしげと見つめたりしている。

六月になり梅雨が本格的になると、困るのはおむつの洗濯である。ようやく雨が上がって、青空が出て、庭でおむつを干していた時、通りかかった人と目があったら、何と中学時代の友人で最近建った家に引っ越して来たばかりだという。本当に懐かしい友人だった。一軒しかなかったこの高台に、下に一軒、上に四軒の家ができて急ににぎやかになり、隣近所のおつき合いが始まったのである。

友の秋子はまだ子供がいなかったので、毎日私の家に来て、お互いに学生気分になって文学の話をしたり、テレビの話をしたり、夫のことを話し合ったりして過ごしていた。

亜紀はこの頃は知恵もつき、自分で鏡台のひき出しをあけ、中のものを出したり、ハタキをふり廻したり歩行器で動き廻り、牛乳も手に持って飲んだりしていた。チャキチャキができるようになり、昼間はよく動き廻って、疲れて夜はぐっすり眠ってくれるようになった。よく食べ、よく遊び、よく眠る習慣がいつの間にか身について私も大変育てよかった。しかし、思いがけない事故はあるものだ。

三十八（一九六三）年七月十四日に高校時代の友人典子が亜紀と同じくらいの子供を連れて遊びに来た。

一泊した次の日の朝、一歳の子の動きが、とてもはげしいので気にしていたのだが、亜紀を座らせ、夫を玄関に送って戻った時、魔法瓶を亜紀が倒してしまったのである。

ギャアッと亜紀が泣き出したので友人が亜紀を抱き上げ、私がかけつけたのが同時だった。

厚手のズボンをはいていたけれど熱湯をあびたのですぐ近くの病院に連れていった。

「三分の一やけどすると命にかかわるのですよ」と言って医者は足に薬をぬってくれた。

びっくりして私はへなへなと座りこんでしまった。平塚の皮膚科を紹介されたので、車で専門医に見せにいったところ、大したことはなく、たまたまはかせていたズボンが熱湯を通しにくい布だったので指先を少し赤くしただけで済んだのであった。

「お母さん、これなら心配いりませんよ。電話ではもっとひどいやけどかと思いましたが大丈夫、跡も全然ないですよ」と医師に言われ、ああよかったと、一度に緊張が解けて私は子を思わず抱きしめたのである。母が心配して来ていて、友人は夕方帰り、姉もかけつけてくれた。翌日は兄も心配して見舞いに来てくれた。いやはや大変なさわぎだった。

亜紀がやけどをしなくて本当によかった。

とにかく赤ん坊の怪我はすべて母親の責任である。たまたま友人の子にばかり気を遣っていて、うっかり自分の子のそばに魔法瓶を置いていたことがいけなかった。下に魔法瓶を置く事など絶対に許されないのである。

七月の庭に桔梗の紫の花が美しく咲いた。

亜紀も丸十ヵ月経って歯も出て、器にあてカチカチ音がするのを喜んでいる。ソファにつかまって立ってバタバタやっているうち、うしろにひっくり返ってしまう。少しも目が離せない状態である。前より忙しくなった感じがする。「ママが一日中亜紀に追い廻されて遊ばされているみたいだね」と夫が私に言ったりするのだ。忙しいけれど楽しく充実した毎日である。チャキチャキ、ニギニギ、オツムテンテンを上手にするようになった。上の家で女の子が生まれた。上の子は一歳になる男の子である。

そのうち遊び友達になると思う。上下二本ずつ前歯が生え揃った。片時も目が離せない。

用事をする時は危ないので、竹行李の中に座らせるか室内ブランコにのせるかして、動かないようにしておくのだ。十キロ近くある子をおんぶして台所仕事はとてもできない。

この夏に我が家に冷蔵庫が備わった。何と便利なものか、子は大変興味を持ち私がドアを開けると歩行器で飛んで来て中を見ようとするのだ。つかまりながら歩いて来たりする。太っているのであまり這い這いはしない。

そして九月二十一日、一歳の誕生日を迎えた。お客様は七人、家族は三人、全部で十人がお祝いの膳を囲み、楽しいひとときを過ごした。バースデーケーキには、一本のローソクがともされた。キューピーや大きな犬や靴や、靴下、お菓子、コトコト歩行器など贈られた。一升もちを持たせると重くて動けない。何も持たないと歩いて見せる。

ちち、ははの愛は豊かにひとり子の
上に注がれひとゝせ立ちぬ

秋晴れの美しい一日だった。

第十章　ベビーギャング

やがて、秋も深まり、枯れ葉が舞う季節になった。秋風の立つ頃、ある日突然に鎌倉高校の後輩が二人訪ねてきた。いつか職場に来た人たちである。二人とも若々しく、とても元気だった。私もすっかり学生気分になりいろいろと思い出話に花が咲いた。一年間ただ育児だけに夢中だったので、思いがけない来客にどんなに嬉しい思いを抱いたかわからない。

一歳になった亜紀の生活は大変規則正しいものだ。起床、食事、昼寝、遊び、食事、睡眠とだいたい時間も一定し、今のところ歯車は狂いなくかみ合って廻っている。何かが一つ故障するとすべてが狂ってしまうものである。だからどんな小さな事にも充分に気を遣わなくてはならない。何でも習慣づけるのが良い。排便、排尿のしつけもあまりあせらないで、した方が良い。それぞれ個人差もあるので、あまり無理をしないで習慣づけていきたい。

いつの間にか、亜紀は倒れずに歩けるようになった。一年と十五日目のことである。

何かを持って歩くのが楽しいらしく、庭も室内もたいてい何かをぶら下げて歩いている。

ようやく歩き出したので、私は一年ぶりで小田急電鉄本社を訪れた。玄関を入るなり、守衛さんや運転手さんに囲まれ、大さわぎされた。床屋のおじさんや、小使いさんたちまで私を大変気持ち良く迎えてくれたので、涙が出そうになったくらいである。友人や先輩にも会い弘報室でも皆に会ったりした。室長がお昼をご馳走してくれた。亜紀も皆にちやほやされていてとても嬉しそうだった。こうして一歳を過ぎると安心して子を連れて出かけられるのだ。

久しぶりに職場の仲間に会えて本当に楽しい一日を過ごすことができた。

しかし、それから一ヵ月もたたない（一九六三年）十一月二十三日の出来事は、生涯決して忘れられない大事件となった。アメリカのケネディ大統領が暗殺されたのである。世界中の人々が悲しみにうちひしがれた出来事である。突然に世界が暗くなり、行き場のない悲しみを味わうことになった。世界中の人々に愛され、信頼されていたケネディ大統領の葬儀の日は、冷たい秋雨が降っていた。十一月二十五日はジョン坊やのお誕生日でもあったという。

テレビを見ていて、涙がこぼれて仕方がなかった。五歳のキャロラインちゃんと三歳のジョン坊やのことが痛々しくて涙があとからあとから私の頬をぬらすのであった。

少し前の十一月九日には鶴見で横須賀線上下線が脱線し、貨車と二重衝突をして、死者一六一人も出たニュースと、同じ日に九州地方大牟田市の三池三川炭鉱で大爆発があり、四五八名が死亡したというニュースが報道されたばかりであった。世の中に悲しいニュースが流れていたけれど、我が家は可愛い子を中心に和やかな明るい生活が続いていた。師走になり、町は騒々しくなってもこの住宅地は何とも静かで平和そのものだ。

一年と十五日で一人歩きをした亜紀は三ヵ月経つともう、どこへでも歩いてついて行くようになった。元気いっぱいでよく歩き廻るので、お腹が空いて、大変よく食べてよく遊ぶのである。育児ノイローゼなんて、およそ、私には縁遠いものだった。つまり、太陽と遊び場を与え、充分な休養と栄養をとらせていれば、運動は思う存分できるし、丈夫な体に育っていく事は間違いないのである。

子供が健康であれば親は育てる事をつらいとは思わない。私は毎日毎日、子の健康をどれほどありがたいと思ったかしれない。

子が起きている間は片時だって目を離したり油断はできない。子が昼寝をしている間に正月の準備をする。いろいろの事のあった一九六三年も暮れようとしていた。

新しい年が明けた。風もなく穏やかなお正月である。親子水いらずで新居で迎えた元旦。亜紀はママの帽子をかぶって、ハンドバッグを腕にかけ、すまして歩き廻り夫や私を笑わすのである。床の間に飾った菊の花びらはいつの間にか全部むしりとられてしまった。米びつからお米を手づかみでつかんでまわりにばらまくのである。スカーフをかぶって手鏡を見たりして実に面白いしぐさをするのだ。

言葉もはっきりとワンワンとかブーブーとかマーマとかパーパとか言える。小犬を飼ったらとても喜んで追いかけまわしている。

小犬の名前はジョン。お人形も大好きだ。お人形をおんぶして、かごにあめを入れて、歩き廻り、夫や私を楽しませてくれる。

この頃は食事も自分でいっぱいこぼしながらするし、どこへでも歩いてついて行く。知らない人にもバイバイしたり、とにかく亜紀のいる生活は楽しくて、明るくて、もう子のいない生活は考えられなくなっている。

夕食はパパが亜紀の世話をしている。だからお父さん子になりつつあるみたいだ。夫もわが子が可愛いくて、何でもしてあげるし、甘えさせてけっこう楽しんでいるみたいだ。

亜紀の一歳の誕生日にはお客様が七人も見え、いろいろプレゼントされ、とても嬉しそうだった。「ひととせの歩みをここにしみじみと思うや子の母我も子の母」と私は短歌に喜びを綴った。まったく世話なしに母乳から牛乳に切り替えができた。体重は標準を二ヵ月もオーバーしている。病気らしい病気もしないし、医者にかかったのは、魔法瓶を倒した時くらいである。食事、昼寝、遊び、寝る、という習慣が正しく守られている。人見知りはしない。パパとママの愛情に包まれて幸せいっぱいの毎日を過ごしている可愛い亜紀。

いたずらもすごい。テレビの音を大きくしたり小さくしたり、タンスの中のものを引っぱり出して散らかす。牛乳瓶を両足ではさみ手をたたいて喜ぶ。チロリン村がテレビに流れると歩行器でテレビの前に来て手をたたいて見ている。亜紀のしぐさがどれも可愛くて仕方のない私である。育児は本当に楽しいと思う。毎日が夢のように楽しかった。

第十一章　楽しい育児

一歳を過ぎると、亜紀のいたずらは激しくなり、夫に言わせるといたずらをするのにファイトを感じさせるらしい。いたずらをしている時の亜紀のほっぺは赤く上気し、目はキラキラと輝いている。買い物につれてゆくと手の届くものを下に置いてしまったりして、ゆっくり買い物もできない。一年三ヵ月、立って歩くのも一人前になった。何でもよく食べ、よく動きよく遊び、オムツをはずすと急いで逃げてゆく。ママが追うとキャッキャッと喜ぶ。

ツイストは両手とおしりを振って、大変上手に踊ってみせてくれる。カーテンにかくれて、バアと顔を出したりする。おにごっこは大好き。ママが追いかけるとキャッキャッ声をたてて笑いながらころがるようにして逃げていくのだ。外が好きで庭で一人で遊んでいる。

言葉もいくつか覚えた。タータ、ワンワン、マーマ、パーパ、ウマウマ、バイバイ、ブーブー、キャーキャー、メーメー、モーモー、などである。夫も大変な可愛がりようで亜紀もよくパパになついている。三月三日の初節句には九人のお客様が見えにぎやかにお祝いをした。お雛様は私の実家の父母が買い揃えてくれた。お客さまからいろいろお祝いをいただいて、とにかく幸せいっぱいの一日だった。

第十一章　楽しい育児

一年半経つと、近所の子供たちと外で遊ぶことが多くなり、ハタキやほうきを持って掃除を手伝うまねをし、洗濯かごを持ち歩いたりするようになった。ときどき米びつの米を面白がってばらまいたり本棚の本を引っぱり出したり、茶筒をもって来てそれに座りタオルでゴシゴシ体を洗うまねをしたり、ママを笑わすことが多い。困ったことと言えば玄関のたたきにはだしで下りて、ママの靴を全部出してはいて喜んでいる。台所に来て、塩の入れものをひっくり返したり、流しにいろいろのものをなげこんだりして、いたずらしている事だ。人の言う事を理解できて、ママが頼むと、何でもしてくれるのである。

夏には庭に芝を植えるときれいな緑の芝生になり、夫が亜紀のために砂場を作ってくれた。そこで近所の友達とあきることなく遊んでいる。いつの間にか排尿、排便も教えるようになった。食事もエプロンをつけ、こぼしこぼし一人でするようになった。言葉もいろいろ覚えママとしっかり会話ができるようになった。

もうすぐ二歳の誕生日を迎える頃、亜紀に妹が生まれ、由美と名付けた。

次女由美は九月十日に誕生した。体重は長女と全く同じ二七五〇㌘である。

生まれて丸一日は何も与えられず、指を音をたてて吸っていた。泣くのも元気だ。丸一日経った夜中からママのお乳を上手に飲み始め、たらふく飲んではよく眠り、目を覚ますと、おむつを取り替え、また眠るという習慣が始まった。病院は四日目の朝退院し、五日目に臍の緒がとれた。お風呂が大好きで少しも泣かないでおちょぼ口をして、気持ちよさそうにしてパパに産湯に入れてもらっている。

九月二十一日は亜紀の二歳の誕生日である。赤ん坊が生まれると急に亜紀は甘ったれになりママにつきっきりになって赤ん坊はネンネとママに命令するのである。母乳をやっていると何度もチッコチッコと言ってママから赤ん坊を離そうとするのだ。これは二歳児の特徴で赤ちゃんにママをとられてしまいそうで心配で仕方がないのだ。昼間テレビの前にママを連れていって、一緒にテレビを見ようとする。

一九六四（昭和三十九）年、この年の十月十日に第十八回オリンピック東京大会が開幕している。

赤ん坊は母乳をたらふく飲んで昼間は、とてもよく眠ってくれるので、ママはほとんど、亜紀とテレビを見たり、本を読んだりして過ごしている。一日中、ママを自分の方にだけ向けようと努力している様子は涙ぐましい。

二歳を過ぎた亜紀はどんどん言葉を覚えていくのでびっくりしてしまう。「ママおそうじした？」とか「パパカイシャ？」とか、言葉をはっきり言う。首をかしげて、アクセントをつけて言うのが何とも可愛らしい。お人形におむつをしたり、服をきせたり、ママのまねをして一人で楽しんでいる。二人の娘を優しい、美しい娘に育ってほしいと、今一生懸命願っている私は育児を楽しんでいるのだと思う。赤ん坊の世話で大変だったので、昼間亜紀を公園で遊ばせたりするのに実家の近くの松本のおばさんが通って来てくれた。お陰で赤ん坊にゆっくり母乳をあげたり、オリンピックをテレビで見る事もできたのだ。

男子体操が、団体と個人総合で日本が優勝した時は本当に感動した。日本女子バレーボールも日本が優勝し大感激した二十四日に、国立競技場で東京オリンピックは閉会式をした。

この時、生きているうちには日本でオリンピックは二度と見られないだろうと、多くの人々は思っていたようだ。しかし、その五十七年後に再び東京オリンピックが開催されようとは、本当に夢のような事があるのであった。

アジア初のオリンピックとなった東京大会の参加国は大会史上最大（当時）の九三ヵ国で参加選手、役員は七四九五人を数えたそうである。競技内容も充実していた。一八七のオリンピック新記録と四〇の世界新記録が生まれ、陸上と水上のほとんどの種目でオリンピック記録が塗り替えられている。日本は金十六銀五銅八をとる大健闘をしたのであった。海外旅行自由化や東海道新幹線開通など、敗戦からの奇跡の復活を象徴する出来事が相次ぎ、昭和三十九年にその総仕上げともいうべき第十八回オリンピック東京大会が十月十日から十月二十四日まで開催され、日本中が熱狂の渦に巻きこまれたのであった。

九月十日に生まれた赤ん坊はみるみる太って十月の終わりには、五㌔になり、声を出して笑うようになった。

長女は、赤ん坊とお人形の区別がつかないみたいだ。すごく赤ん坊を可愛がっているかと思うと、お人形の方に気持ちを移してしまうのだ。二歳一ヵ月になった亜紀は言葉もたくさん覚えて

「これはパパの茶わん」「これはママのおはし」「これはアキのスプーン」とはっきりと言うようになった。小首をかしげて、考え考え言葉をつなげて話す様子は何とも愛らしいと思う。子育ては本当に楽しいと私はいつも思っていた。しかし時々は、しかられると怒って癇癪をおこすこともある。手におえないくらい駄々をこねたりするのである。

ママに頬ずりして甘えたり、お馬になってとか抱っこしてとか、とにかく二歳児は世話がやけるけど可愛いものだ。

十一月秋の気配が色濃くなってきた。私は赤ん坊を抱っこし、二歳の亜紀を連れて公園にゆく。小春日和の暖かい一日を過ごす。

帰る時、元気にお散歩の歌を歌う亜紀、歌もいろいろ覚えてよく歌っている。

十一月九日は私の兄、健之助の七回忌で姉と二人の子と実家に行った。二十九歳で亡くなった兄を偲び涙を流した私だった。

そして十五日は七五三のお祝いで、鎌倉の八幡様へ二人の子と夫と四人で出かけた。亜紀には実家の母に作ってもらったきものの晴れ着を着せた。暖かでとてもよいお天気の一日だった。日曜日と重なって人々で大混雑していて、写真を撮るのも大変である。着物で慣れない草履で歩くのは亜紀にとって、とてもつらくて結局、夫が抱っこして歩く事になった。

由美はおとなしく眠っていた。ピンクの晴れ着を着てとても可愛らしい寝顔であった。

赤飯で七五三のお祝いをして、無事に、美しく健康に育ってほしいと夫も私も願っていた。次女もよく眠り、よく笑う元気な子だ。

笑い顔は亜紀の赤ちゃんのときと全く同じでこの頃は声を出して笑うようになった。

赤ん坊の由美はとてもよく眠る子で、六、七時間ぶっとおしで眠っていることが多い。

健康にスクスクと育っているのでママの私も大変楽である。熱を出すことも、怪我をすることもなく昭和四十（一九六五）年の正月を迎えた。

二日は夫の実家にゆき、三日は私の実家に行ってみんなと楽しく過ごし、二人とも大喜びだった。父や母も孫たちに囲まれて幸せそうだった。六日の朝は雪が降って庭は真っ白だった。

上の娘は初雪を見て大喜びである。すっかり言葉も覚え、何でもママと話し合えるようになった。くつ下をはくのが嫌いで元気に動き廻って夜は疲れきって早く眠りにつく。

いたずらも激しくなり、赤ん坊のベッドをゆらして起こしたり、シッカロールを赤ん坊の顔にふりかけたり、ママは片時も亜紀から目が離せない状態である。長女は二歳四ヵ月、赤ん坊は生後四ヵ月経った。育児に全神経を使っている私、二人とも元気なのでありがたいと思っている。赤ん坊は誰があやしてもよく笑い、とても愛嬌がある。表情の一つ一つがとてもいとしいと思えるのだ。

亜紀は近所の友達とよく遊ぶようになった。近くの原っぱで、楽しそうに遊んでいる。三月三日の雛祭りにはお友達を招いて、にぎやかにお祝いをした。七段飾りの前に座って写真を撮ったりして、よい思い出づくりをすることができた。春がきて、いろんな花が庭に咲いて、嬉しい時が流れてゆく。

三月十二日は私たち二人の結婚四周年の日である。子供たち二人と夫と私の四人の日々の生活は間違いなく幸せである。笑いがあふれていて、安らぎのある生活だと思う。子たちと夫を心から愛している今の自分をいとおしくさえ思うこの頃である。次の日つまり三月十三日は私の二十八歳の誕生日であった。夫も私も充実した日々を過ごしていたと思う。夫が帰ってくると亜紀はすぐ玄関に出ていくのだ。子を抱いてニコニコと夫が入ってくるのだ。愛のある生活はまことに明るい。風が吹いてもびくともしない、安定した生活である。

ようやく桜の花が咲いた。例年よりずっと遅れて咲いたのに雨が降って、もう散り始めていた。三寒四温の言葉どおり、ゆきつもどりつの春の日々はすぎていった。亜紀も由美も風邪もひかず元気いっぱいに育っている。「今のところ我が家では理想の育児をしているネ」と夫が私の育児に太鼓判をおしてくれたのだ。

第十二章　季節保育園

ある日私は、夕刊の「母子カルテ」に自然な育児をテーマにした次の記事を見つけた。「育児には買えないものが絶対必要なのです、母乳です、母親の愛情です、きれいな空気です、日光です、運動です、これらは育児に欠くことのできない絶対条件なのです。皆さんは赤ちゃんを買ったのですか？　夫婦の愛情の結晶として授かったのでしょう？　ですから金で買えるようなものでは絶対に育たないのですよ」という記事を見て前に長女が生まれた時も私は大変感動し、夫に見せた事があった。「母乳で育てるのが一番さ、よく母乳が出たお陰で理想の育児をしたことになるね、子は肌と肌のスキンシップで育てなくてはと思うよ」と言ってくれた。亜紀も由美もお風呂に入れるのはいつもパパで、ママはタオルでよくふいて産衣を着せるのがならわしの我が家である。長女の時も全く同じに育児をしてきたのだ。自然な育児を心がけて、母乳で育ててきた。

次女の由美も大変世話なく育っている。どんな物音にもびくともせず、六、七時間も、眠っている事もある。乳が欲しい時とおむつがぬれた時は、元気な声でけたたましく泣く。

下の子が生まれる前は、上の子は一人で何でもする子で一人遊びもよくしたし、一人で近所の友達の所にもゆけたのにママが赤ん坊の世話をしていると必ず邪魔をしてママにいろいろ要求するのである。公園に行ったり庭でおにごっこをしたり部屋でお馬さんごっこをしたり、とにかく一日中遊び相手をしてくたくたになる日が続いていた。しかし三ヵ月過ぎた頃には、亜紀もまた、一人で近所の友達の所に行くようになり、ママを一人占めしなくなった。上の家には男の子と女の子がいて遊ぶのにちょうど良い友達である。このところ急に家も増え、子供たちの遊ぶ姿が見られにぎやかになり、赤ん坊の世話もゆっくりできて助かったと思う。とにかく二人ともとても元気だった。

三ヵ月経った由美の体重は六八〇〇グラムで抱っこするとずっしりと重いのだった。

よく太って声をキャッキャッ声を出してよく笑うようになり、本当に可愛いと思う。十二月には四人で横浜の高島屋にゆき三輪車と積木を買ってきた。こうして幸せな家族四人の生活は続いて一九六五年、昭和四十年の年は明けたのである。一月六日に初雪が降り、一日中降り続いて、一面銀世界になった。

二歳四ヵ月の長女は雪を見て大喜び、若いママも子供と一緒に銀世界を見て喜んでいた。亜紀にとっては生まれて初めて見る雪だ。二年前の正月に大雪が降ったが四ヵ月の長女には雪がわからなかった。二人ともとても元気に育っていてママは何も心配することがない。

しかし亜紀のいたずらにはほとほと手をやいていたようである。ソファに御機嫌でお座りしている由美をころげ落としたり眠っている赤ん坊の顔にシッカロールをぶちまけたり、ベッドをゆらして起こしたりお姉ちゃんのいたずらから目を離せない毎日であったようだ。

近頃は長女も女の子らしくなってお人形を抱いて遊ぶようになったが、どうかすると赤ん坊の由美の方が動いたり、笑ったりするので可愛いと思うらしく何かと世話をやくようになった。いくら乱暴に扱っても元気な赤ん坊は喜んでキャッキャッ笑っているので、ママも怒れないで二人の娘にけっこういやされている。それにしても育児は楽しいと思う。子は可愛いから、どんなにつらくても、一生懸命育てるみたいだ。夫の優しい愛に支えられ育児と家事に専念していた日々、夫に感謝して、少しでも優しいよい母、妻になろうと心がけていたと思う。夜中に起こされ、目をこすりながら赤ん坊のベッドに行って、ニコニコと笑ってる由美を見て何とも言えない幸福感を味わうことがよくあったと思う。六ヵ月目の由美と二歳六ヵ月目の亜紀の二人の子供のお守りで充実した毎日を過ごすことができた。二人の娘と夫を心から愛している。今の生活をとても大事に思っていたと思う。

冬は過ぎて春が来た。ひと冬、誰も風邪をひかず元気に過ごした。庭のネコヤナギの花が風にゆれている。桜の花が咲いて暖かな日陽しが何とも快い季節になった。近くの伊勢山公園に長女とパパはお花見に出かけた。次女と私はお留守番、次の日に実家の母と一枝ちゃんが魚やわかめをたくさん持って遊びに見えた。一年先に生まれた一枝と亜紀は姉妹のように仲がよい。泊まっていったので、二人は公園に行ったり砂場で遊んだりすごく楽しそうだった。

桜の花も散って四月も終わりなのに、まだ肌寒い日がつづいていた。六ヵ月目の赤ん坊は上手にお座りもできひとりでおもちゃで遊んでいる。いつもニコニコして笑っているので可愛いと思う。五月四日にはパパと亜紀は上野動物園に出かけた。帰ってくると嬉しそうに「キリンさんとゾウさんがごはんを食べていたヨ」「カバさんはねんねしてた」とママに報告をするのだった。おしゃべりもいつの間にか一人前になったみたいだ。

葉桜の美しい季節になった。庭にはあじさいの花がたくさん咲いた。桔梗も咲いている。ひかえめな女の美しさを思わせる花だと思う。二歳八ヵ月の亜紀はスタミナのかたまりみたいに元気な子、八ヵ月の由美はとても愛敬のある子でよく笑うので誰にも可愛がられるみたい。長女が四月から季節保育園に行くことになり、帰ってくると「さあみなさん、よく手を洗ってのこさず食べましょうね」なんて先生の口真似をしてママを笑わせたりする。

水道の蛇口から水がたれているのを見て、「ママ、お水が遊んでいるよ」と言ってきたりする。子供の言葉はそのまま詩になるみたいだ。六月八日から四十日間、季節保育園で午前中だけ過ごして、長女は一日も休まず通って七月二十三日に修了証書をもらってとても嬉しそうだった。

この年の八月十五日には夫と私は実家に行き二人の子を預けて私の兄の墓参りに行き、その夜の花火は実家の前の浜で楽しんできた。

十三回も二人で眺めた江の島の花火だ。夫は三十一歳、私は二十八歳になっていた。私の兄健之助は二十九歳で亡くなっている。兄のことを偲び、今こうして幸せな生活を送っていることに心から感謝したのであった。

秋風の立つ、こんな言葉を思い出す季節になった。次女の成長ぶりはめざましく、カタカタを押して歩いたりつかまり立ちも上手になった。長女はモンキーダンスやツイストを上手に踊ってみせてくれる。食事のときは、妹にごはんを食べさせたり世話をやいている。

昭和四十（一九六五）年九月十日で由美は満一歳になった。

長女亜紀はひと晩だけ熱を出したことがある。いろいろ知恵がつく頃で、知恵熱と言われるものだった。由美はようやく立って二、三歩歩いて自分で座ブトンに倒れかかるのだ。まだ熱を出した事はなく元気な由美、すごく甘ったれでママにすぐしがみついてくる。言葉も少し覚えて、ブーブー、ウマウマ、マーマー、パーパーなど、はっきり言うようになった。

亜紀も由美も夕方放送される、ひょっこりひょうたん島が大好きだ。二人が仲よくテレビを見ている間にママは夕飯の支度をする。

次女はようやく一人歩きが上手になった。ヨチヨチ歩く姿の何とも可愛らしいこと、いたずらもいろいろするようになり、見ていて楽しい。お人形を抱っこして、かごをもって部屋の中を歩き廻っている。

十一月のある小春日和の日、家族四人で小田急で新宿に出かけた。伊勢丹でパパの背広を新調し、パパの妹が伊勢丹の婦人服売場に勤めていたので立ち寄ってみた。そして新宿御苑に行き広々とした芝生に座ってお弁当を食べた。

一歳二ヵ月の由美は一生懸命歩こうとするので学生さんや若い女の人が可愛い可愛いと言って寄ってきたりした。菊の花の展示会場に行って美しい花々を観賞して過ごしてきた。昔よく入った「もとはし」であんみつを食べ、元気な娘たちと小田急で帰ってきたのである。

長女の体重は十五・五キロで次女は十キロになっていた。二人ともかた太りでいかにも、健康そうな体に成長していると思う。

クリスマスにパパの妹の保子さんが新調したパパの背広を届けてくれて、亜紀にはぬいぐるみのハンドバッグを、由美には可愛い人形をプレゼントしてくれた。

サンタさんを信じきっている二人の枕元にはパパが買ってきたものを置いた。亜紀には可愛らしいお人形、由美にはすてきな靴だった。パパには二人とも目に入れても痛くないくらい可愛い子たちである。

昭和四十一（一九六六）年の元旦を迎えた。部屋から見る富士山に陽が輝いて美しい。

元旦は家族四人でのびのびと楽しく過ごして二日は私の実家に年始の挨拶にゆき、三日は仲人宅に立ち寄り、昼頃夫の実家に年始の挨拶にゆくのが習わしになっている。そして四日から育児と家事に追われる忙しい毎日が始まるのである。いつの間には私は子の母になりきっていた。とにかく一生懸命の毎日だった。

二月四日の夜、ボーイング七二七型機が羽田沖に墜落し、乗員、乗客一三三人全員が死亡とのニュースが流れた。その前日ソ連のルナ９号が月面軟着陸に成功したというニュースの後だけに、非常に驚かされ、悲しい出来事として心に残ったのである。

一日一日、親子四人無事に過ごせることに感謝しなくては、とつくづく思ったりした。

広い庭があって砂場もあって二人の子はよく近所の友達を交えて長い時間遊んでいる。女にとって育児はとても楽しいことで、忙しいけれど生き甲斐を感じることができる。一日が無事に終わると私は何かに手を合わせたいと思うのだ。私にも秘かに信仰心が芽生えていたのかもしれない。心から信頼できる夫がいて、健康で可愛い二人の娘がいて、広い芝生の庭と、きれいな花壇があって砂場には陽よけのヒョウタンの木がある。これ以上何も望むものはないほど幸せな生活である。母親が子を思う気持ちの限りない大きさに驚いている。

第十三章　祈りたい心

三月三日雛祭りの日、私の大好きな職場の先輩、純子さんが遊びに来てくださった。ちらし寿司とサラダとスパゲッティの御馳走が並んだ、おひたしやおさしみもあって子供たちは大喜びである。お客様は夫の妹たちも揃って大変にぎやかであった。前の年は近所の友達が何人も来て楽しかったし、今年はおばちゃんに囲まれて甘えて大変だった。お土産がたくさん雛段の前に並んで二人とも大喜び。

三月五日には夫の父の還暦祝いを鶴巻の光鶴園で催した。大変にぎやかで楽しかった。桜の季節になり、四月九日には腰越の義経祭に参加し長女が稚児姿で私の姉と街をねり歩き、私はカメラを持って二人を追った。

四月のある日曜日、夫は庭で草花の手入れをしていた。二人の子は砂場で何やら作って楽しんでいた。私はみんなのお弁当作りに精を出していた。そしてみんなで近くの森にハイキングすることになった。二人ともすごく元気に歩いている。団地の奥の林の道を行くと広々とした草原に出た。陽の当たる草むらに座ってお弁当を広げた。ゆで卵やソーセージ、おにぎりに果物、お菓子もいっぱいかごの中に入っていて長女も次女も嬉しそうだ。

すぐ近くの農家には牛やにわとりがいて、結構楽しかった。五月になると急に気温も上がり初夏の陽ざしに変わり、庭には可愛いすずらんがいっぱい咲き、芝桜で一面ピンクに染まり、こでまりや、あやめも咲きそろった。

五月晴れの気持ちのよい日が続いていた。この年テレビの朝ドラは「おはなはん」で私は毎朝見るのを楽しみにしていた。

三浦綾子の『氷点』の本を読んだりテレビドラマ化された「氷点を」見てポロポロ涙を流したりしていた。この年も前の年もベストセラーの一位は『人間革命』である。ちなみに『氷点』は三位だった。信頼できる夫と健康で可愛い娘たち、太陽がいっぱいの坂の上の小さな家、芝生と美しい花が咲いている花壇のある広い庭と砂場とヒョウタンのなる棚、私には、もったいないくらいの幸せの条件がすべて揃っていた。

いつも私は何かに手を合わせて感謝したい気持ちがいっぱいあったように思う。昼間よく遊ぶので二人の子は夜になると疲れたらしく、ぐったりとして早く眠ってしまう。育児から解放されて、夫婦はこんな会話をしていた。

「僕ははたちの頃、この人なら絶対大丈夫、誰に何と言われようと結婚しようとはっきり決めてたよ」と夫が言う。「貴方はとにかく誠実だったワ」「もし今この幸せを失ったらこれ以上の幸せはないと思う。とにかく二人で長い年月かけて築き上げたものだもの」「そうね、かけがえのないものだわ、一朝一夕に得たものではないと思う。長い年月かけて努力して作り上げたものなのね」「いつか年をとって、書いたら良いと思うよ」「そうね、書くわ、まず青春物語を書くわ」

この時、夫は三十二歳、私は二十九歳であった。長女は三歳八ヵ月、次女は二歳八ヵ月になっていた。

「純粋な心で恋はすべきね。その恋を二人で育てて、結婚するのが良いのよ。自分の一生をこの人とともに生きていきたいと思う人に出会ったら、大事に育てていけばいいと思う」「毎日の生活が淡々としていてつまらないと思う人もあるだろう。その生活の中に思いがけない喜びを見いだす人もいる。人それぞれによって幸せの感じ方は違うものだと思うよ」「今のこの生活をお互いに精一杯大事にしたいわね」「そうだよ、いつまでもね」と二人のたわいない会話は続いていた。

二人の子を中心に、夫と妻はこの上なく明るく楽しく毎日の生活を営んでいた。毎日何かに手を合わせたくなる心境だったと思う。

「子を育てることはとても楽しくて生き甲斐があるわ」「子を育てるとは親も共に成長し学んでいくことで、小さい子も一つの人格を持っているからめんどうでも一つ一つ丁寧に説明し、教えてあげなくてはと思うよ」「子を育てながら私自身が成長していかなくてはね」

一九六六（昭和四十一）年、この年の六月に私の母が静脈血栓になり、戸塚の国立病院に入院した。足がすごく腫れて歩けなくなってしまったのである。お見舞いに行くと母は「彼岸花の根をすり下ろして貼るといいらしく、おじいさんがたくさんもって来てくれたよ、何でも創価学会の人がいっぱい根を届けてくれて、みんなで早く治るよう祈ってくれているって、嬉しいねえ」と母は人々の温かい気持ちがよほど嬉しいとみえ涙ぐんで私に言っていた。父が泊まって母を看病していたのである。母の足が早く治ってほしいと私は心の中で祈っていた。何度か見舞いに行った。二人の子は実家に預けていった。

次女がもうすぐ二歳になる夏の日々、二人ともすごく元気である。公園や近くの草むらで近所の友達と走り廻って遊んでお昼に帰ってきてごはんを食べると疲れてぐっすり眠る毎日である。長女はこの頃おしゃれになり、髪の形までママに注文する。リボンをつけるのが大好きだ。次女はお口がだいぶ達者になり知恵も発達してママの言うことは何でも理解できるようになった。とにかく世話なしに育っていつの間にかおむつがとれ、よく歩くしこの頃はすっかり手がかからなくて、ママもとても楽になったと思う。パズルで遊ぶことも覚えたし、何でもお姉チャンのまねをして喜んでいる。そして二人ともよく食べるので健康そのものの体格をしている。二人でよく遊ぶのでママは大助かりである。テレビのオバQが大好きで二人でQチャン踊りをしてママを楽しませてくれる。

九月に入ってすぐの土曜日に親子四人で、箱根旅行を楽しんだ。パパがのり巻きといなり寿司を作り、ママがサンドイッチを作り、ゆで卵やお菓子や果物をつめて、九時に元気に家を出発。小田原には十一時に到着した。小田原から登山電車で強羅に行って急な坂道を歩いて強羅公園にちょうど十二時すぎに着いてまずお弁当を食べることにした。噴水のまわりには赤いサルビアの花が咲き揃っていた。

九月で四歳と二歳になる娘たちはもう嬉しくて公園の中を走り廻っている。私は夫としみじみと幸せをかみしめて二人の子の姿を眺めていた。二時間も公園で過ごし泊まる宿「函養荘」に行った。門を入ると玄関まで植えこみになっていて大きな木があり落ちついた雰囲気の宿である。すぐ百合の間に通された。夫の会社の保養所である。子たちは初めての旅行で、宿に泊まるのも初めてで階段や長い廊下がすっかり気に入って二人でキャアキャア言って遊んでいた。お風呂に入ってから夕方広い庭を散策して、庭の片隅にひっそり建っている茶室を見つけた。なかなか風流な日本庭園である。

翌朝、目が覚めたら深い霧が立ちこめていた。

九時半に宿を出た私たちはケーブルで早雲山にゆき、ロープウェイに乗って大涌谷に出た。娘たちはゆき交うゴンドラを見て大喜びだ。桃源台に着く頃にはすっかり霧も晴れていた。芦ノ湖でパイオニア号（海賊船）に乗り元箱根に出て、バスで箱根湯本に戻ったのである。

小田原の駅前で昼食をとり、二人の子は近くの城跡公園まで元気に歩いていった。大きな象がいて二人とも大喜びである。小田原駅まで歩いて午後二時四十八分の湘南電車で帰ってきた。

本当に楽しい初めての家族旅行であった。九月二十九日は仲秋の名月であった。近くの原っぱでススキをとってきてお団子を作り窓辺に飾った。長女は四歳、次女は二歳になった秋のことである。二歳の子は「ママ抱っこして」とよく甘えてくるし四歳の子はいろんなことをママに聞いてくる。例えば「夜はどこから来るの？」とか「朝はどこから来るの？」とか「お空に雲があるのはどうして？」とか返事に困るような質問をして来るのだ。二歳の娘は目が覚めるとすぐ「オネエチャマオハヨウ」と姉を起こすのである。口も達者でけっこうお話ができるまで成長している。一日のうち一時間くらいは二人の娘の言いなりになっておんぶしたり、本を読んだりおにごっこなどして遊んであげて、あとは二人が自由に遊ぶようにしむけている。だから私には育児がとても楽しいのである。

十月の半ばに中学時代の友人早苗さんが健二君を連れて遊びにきた。男の子の動きは、めまぐるしい。娘たちと庭で元気に遊んでいたので、私と早苗さんは思い出話に余念がなかった。「よく長谷の桂木洋子の家に行ったり、由比ヶ浜の淡島千景の家に行ったりしたわね」「鶴田浩二や佐田啓二のところも行ったわ」「いつか子供に手がかからなくなったら何かしたいと思わない？」と私が彼女に聞いた。

「私は勉強がしたい、このまま老いるのはいやよ」と彼女が言ったので私は「いつか、シナリオの勉強がしたいと思っているのよ」と自分の心を打ち明けたのである。お互いに頑張りましょう、と励まし合って別れたのである。

次の日、鎌倉の姉が交通事故に遭い蔵並医院に入院しているという知らせがあり、私はすぐ飛んで行った。大学生の車にはねられ、赤ん坊は脳内出血で危ないとの事、無免許の大学生は逃げてしまったらしい。

「どうか姉と赤ん坊を助けて下さい」と私は手を合わせて祈る気持ちであった。十一月十五日は七五三のお祝いで八幡様に出かけた。由美には着物、亜紀にはママの作った服を着せて鎌倉に出かけ、小町通りの入り口の「いわた」でひとやすみして八幡様まで歩いた。由美は草履で歩きにくいのに文句も言わず歩いた。

昭和四十一（一九六六）年の年の瀬を迎えた。娘二人はちゃんと留守番をしてくれるようになり、ママは一人で藤沢に買い物に行くことができた。買ってきたものは玄関の外に置いて「ただいま」と大きな声で言ったら二人が「おかえりなさい」と元気よく玄関に出てきた。クリスマスイヴの日である。「ねえママ、サンタのおじいさんはどこから入ってくるの？」と娘にきかれ「そうね、いつもママが眠っている間のことでわからないけど」「アキちゃんサンタさんに会いたいなあ」と可愛い目をくりくりさせて言った。「誰もサンタさんには会えないのよ。皆が眠っている間にそっとプレゼントを置いていってくれるのよ、その代わり悪い子のお家は素通りしてしまうの」「すどおりって？」「通りこしてしまうの」と言うと長女は大きな目でママのことを見つめていた。絵もとても上手に描くので「これなら亜紀ちゃん学校に行くようになっても皆におくれる事はないわね」と言うと「亜紀ちゃんおくれるといけないからバスに乗っていく」と言うのである。子供と話していると表現が面白いのでとても楽しいと思う。歩くお人形のプレゼントを手にして二人は大喜びであった。クリスマスツリーに電気がついてテーブルにはご馳走とケーキが並び、家族四人で大変楽しく過ごしたクリスマスの夜であった。「ボクはシアワセダナー」と言う言葉を覚えて亜紀が言ったので大笑いする一幕もあった。子供たちのために夫と妻は精一杯努力してクリスマスを迎え、そしてお正月を迎える準備で忙しい年の瀬を過ごしていた。

一九六七（昭和四十二）年が私にとってどんな年になるのか楽しみであった。

第十四章　創価学会に入る

昭和四十二（一九六七）年の元旦はあいにく雨の一日だった。おせち料理もお雑煮も結婚して六年経つので我が家の正月料理として決まったものになった。家族四人で迎えた元旦である。

午後は雨も上がり、夫と二人で書き初めをして床の間に飾ってから出かけたのである。伊勢原の内村宅と秦野の実家に行った。

「女の子はきれいでおとなしくていいね」と十九歳の息子がいる御主人が心から言っていた。奥様は三味線の師匠で粋な人である。

昼には秦野の夫の実家に行って皆でにぎやかに過ごし、三日には私の実家に四人で出かけている。二人ともよく歩くのでとても助かる。

四歳と二歳の娘二人はとても仲良く毎日一緒に遊んでいる。ままごとやお客様ごっこをして姉が妹に「さ、ユミチャンいらっしゃいマーケットにいきましょ」と言って引っぱり廻している。仲良しの五月ちゃんが遊びにくると大喜びではしゃぎ廻っている。

二人にはお友達がたくさんいて、毎日七人も集まって砂場や芝生の上で楽しく遊んでいる。二歳の娘のおしゃべりも楽しい。「あのね、ユーチャンネ」と甘えて言うのが何とも可愛い。「あたしね」とか「いたいわ」なんて言うようになり、いろんな歌も歌っている。「ママとゴーゴー」の歌がこの頃大変上手になった。

ママとゴーゴー

作詞　丘灯至夫　作曲　越部信義

ママ　ママ　明るいママ
ママ　ママ　嬉しいママ
花のようなママ一緒にうたおうゴーゴー
タンポポママさざんかママ
アネモネママ　しらぎくママ　ひまわりママ　チューリップママ
ママはいっぱい　いるけれど
ママ　ママ　元気で　若くて
ママ　ママ　ちょっと怒りんぼ
うちのママ世界一
さあ　一緒にうたおう　ゴーゴー
ママ　ママ　楽しいママ
ママ　ママ　ゆかいなママ

エプロンかけたマーマ
一緒にうたおうゴーゴー
コロッケママ　ハムエッグママ
トーストママ　ホットドックママ
サンドイッチママ　オムレツママ
ママはいっぱいいるけれど
ママ　ママ
甘くてからくて
ママ　ママ　ちょっとけちんぼ
うちのママ世界一
さあ　一緒にうたおう　ゴーゴー

私の二人の姉は前の年に春子が男の子を産み、今年一月二十二日に姉の洋子が女の子を産んだ。私は姉の赤ん坊の世話をするため二人の子に留守番をさせて何日か通ったのである。

「ママ、おなかを大きくして赤ちゃんをもう一人産んでネ」と四歳の娘に言われたりした。春はそこまで、三寒四温をくり返しながら、ひと雨ごとに一歩一歩近づいてきていた。ある日、新聞の片隅にこんな句を見つけたのである。

「雨降れば雨も春めく昨日今日」未曽二

そして二月九日の朝、雨が雪に変わった。

私は雪降る中、姉の所に通って赤ん坊の世話をした。とても可愛い女の子で嬉しくて仕方がなかった。雪はその日降り続き十センチも積った。こんな句も新聞で見つけた。

「いくたびも雪の深さを尋ねけり」子規

「春の雪波の如くに塀をこゆ」素十

十一日、十二日と、三日間雪は降り続き、何と二十七センチも積もったのである。この雪は昭和二十九年一月二十四日の三十九センチ積もって以来の大雪の記録となった。つまり十三年ぶりの大雪で解けるのに時間がかかった。二人の娘は銀世界に大喜びである。

庭に大きな雪だるまを作ったりした。下の子が近頃「いたいわよ」とか「あたしもいく」とか「まってちょうだい」なんて言うようになってママもびっくりした。言葉はいつの間にか自然に覚えるらしい。長女はパパにそりを作ってもらって坂道を上手にすべったりしていた。次の日、屋根に積もった雪が解けて大きな音で落ちたり、つららがまるで水晶のように美しく軒下にできていた。久しぶりの雪に家族四人いろいろと楽しむ事ができた。

二月十五日に姉春子の折伏で私と由紀と久美の三人が創価学会に入会したのである。

この事は私の人生において歴史に残る重大なこととはあまり考えないで入会した。前の年の六月に母が静脈血栓で入院し、十月には姉が交通事故で赤ん坊と二人で大変だったけれど、赤ん坊は無事で姉春子も軽く済んだ。

これは奇跡としか考えられなかったのだ。姉も母も信心をして何年か経っていて、赤ん坊が奇跡的に助かったことを喜んでいた。

「貴女はずっと幸せに生きてきて今も申し分なく幸せだと思う。でも人間生きていればいつどんな目に遭わないとは限らないわ。この幸せがいつこわれるか分からないと思うの、でも信心していたら、波乗り板で海をすいすい泳いで行くみたいに、人生を思うように生きていけるのよ。今まで貴女には入りなさいって言ったことないけど、今回、母も私もこうして助かったのでぜひ愛ちゃんにも信心してほしいとつくづく思うのよ。一郎さんや二人の子のために信心していきましょう」と姉に言われて私は大変素直に「信心するわ」と返事をした。

まだ雪が解けていない田舎の道を姉の案内で平塚の大経寺に行って御本尊様をいただく御受戒を受けたのである。ころばぬ先の杖、と心の中で思ったけれど、夫にいつまでも元気でいてほしい、子供が病気をしないでこのまますくすく育ってほしい、そういう願いをかけて信心をする決意をしたのである。

その日の夜、夫に話をしたのだが反対はされずに済み、本当によかったと思うことができた。三月三日の雛祭りには二人の友達が来てたいそうにぎやかに過ごした。次女だけ着物を着てお雛様の前にかしこまって座っていた。

ちらし寿司を皆で食べてから歌を歌って過ごした。大きな声で一人ずつ上手に歌うのでびっくりしたり喜んだり。

この頃は男の子ともよく遊ぶので次女がやたらとぼく、ぼくと言うようになった。とにかく二歳の由美はいろいろ言葉を覚えて面白い。

三月の半ばに市役所の人が見え「お宅のお子さんが二人とも保育園に入《はい》れました」と知らせてくれた。二人とも大喜びである。何かお願いごとがあったら御本尊様に祈ることにしているので入《はい》れた事は本当に私にも嬉しいことであった。市役所に行って入園手続きを済ませた。保育料は長女が二千九百円で次女は三千百円で合計六千円ということだった。朝と夕、私は必ず御本尊様に手を合わせて家族四人が一日無事に過ごせるよう、過ごせた事に感謝するのである。四月から二人の娘は保育園に通い始め、私はパートで働き出した。外に出て働く事が条件で保育園に入《はい》れたので、とにかく私はすぐジューススタンドで働く事にした。

青葉の美しい季節、五月のある日、家族で上野動物園に行った。長女四歳半、次女二歳半、二人ともよく歩く。園の中を歩き廻って、鹿やチンパンジーやロバや羊を見たりした。大きな象さんを見てキャーキャー大さわぎしている。キリンや熊やライオンを見て大喜びである。

五月半ば、夫がたまたま休みで久しぶりに、二人で向ヶ丘遊園に行って楽しんだ。ぼたん、チューリップ、バラ、しゃくなげ等いろいろの花が咲いていてとても美しい。

六月に入って、純子さんの所で赤ちゃんが生まれたので二人の娘を連れてお祝いに行ったり、大木夫妻が家に遊びに来たりして、懐かしい友と会う機会があった。六月十六日に夫の妹雪代が男の子を出産し、いとこがだんだん増えてきて喜ばしい日々であった。七月十四日は、腰越の夏祭りで昔から大変にぎやかな江ノ島の神様と通りをねり歩くのである。いとこは一枝、武男、亜紀、由美、正之、かなえと六人揃ってゆかたを着て祭りを楽しんでいた。

私のすぐ上の兄の徹は太鼓たたきが大好きで必ず太鼓をたたきに祭には来ていた。

二十九歳で亡くなった兄健之助のことが偲ばれた。父と母は年老いて孫たちが来てにぎやかに過ごすのを目を細めて喜んでいたのである。ジュースタンドは一ヵ月でつぶれてしまい私はパートの仕事を探しながらシナリオの勉強をしたい、と書くことへの意欲を燃やし始めていた。新聞で見て思いきってシナリオの学校を受けることになり、夏のある日、大森の近代芸苑に出かけてみたのである。私の受験番号は百二十番、審査員は八人、「私の抱負」という題で原稿を書き皆の前で読まされた。映画やテレビ局のプロジューサーや監督さんがいろいろ質問をするのだ。次の試験場には一人の先生がいて結果を説明してくれた。「今までの中で初めて秀という成績が出ました。すごいですね、貴女が今までの中で一番よかったわけですよ」とニコニコして私に言った。そして「ぜひ夜のシナリオ教室に来てください」と言われてしまった。監督さんにも「とにかく二十一日の二時にもう一度来てください、ゆっくり話し合って決めましょう」と言われ、夜はどうしても出られないと一応伝えて帰って来たのだ。夫に話をしたけれど、夜出ることは許されずシナリオの勉強はあきらめざるをえなかった。二十一日にもう一度大森に出かけ、あの時の審査員の一人、佐藤プロデューサーに会ったら「とにかく貴女には皆が期待しているんです。作文もよかったし貴女の態度もよかったのでぜひ貴女に勉強してもらいたいというのが皆の意見でして、昼間に講座は持てないので気軽に遊びに来ていただいて、ここで働いていただけませんか」と言われた。

「時間はいつでもいいし、気ままにしていいんですよ。月謝はいらないし給料を出します、ここで働いてください」と何度も言われた。

シナリオライターになるのは夢だったので、自分としては働きたいと思ったが通うのに遠すぎるのでとりあえず返事は保留にして帰ってきた。

二人の子は喜んで保育園に通っているのでママは仕事をしなくてはならない。シナリオの学校の仕事は降って湧いたような良い仕事だったのに私は返事をためらっていた。後日、佐藤プロデューサーから電話があり「ぜひ近代芸苑で働いてください」と熱心に頼まれ「はい」と承知したのである。

第十五章　三人の娘

八月から大森の近代芸苑のシナリオ教室に通い始め、午前十時半から午後三時半までパートで働くことになったのである。

仕事の内容は夜間のシナリオ教室で先生が講議したテープを聞いてそれを原稿に書く事だ。

八月中は何とか大森まで通うことができたけれど、たまたま三人目の子を身籠もってしまい病院に行ったら五ヵ月目に入っていたので残念なことに仕事は続けることができず、八月いっぱいでやめることになった。

シナリオライターになる夢は消え、九月から藤沢の長島屋で呉服の仕事をすることに決めたのである。長女は五歳になり、次女は三歳になって二人とも保育園生活にもすっかり慣れて仲良く楽しそうに保育園に通っていた。

シナリオライターになることは私の前からの夢だったけれど、今はとにかく体を大切にして無理のない仕事を続けるしかないと思い藤沢駅に近い呉服店で働く事にした。

秋風にやさしくゆれるコスモスの

花に朝露きらりと光る
ガーベラの花の命を思うとき
いついつまでも咲いてと願う

子育てと仕事の忙しい合間に私は育児日記をつけていた。亜紀と由美の成長記録も四冊目になった。十月で仕事はやめて、三月の出産のために家でゆっくり過ごす事にした。

十一月五日の日曜日に家族四人で新宿御苑に行って広々とした芝生で楽しいひとときを過ごして、帰りに懐しい友達、大木夫妻とゆかりちゃんとロマンスカーでたまたま一緒になった。

青空に雲一つなく菊薫る
寝そべって思う今の幸かな

そしてこの年のクリスマスにも二人の子にプレゼントを用意し、クリスマスツリーに電気をつけ明るくにぎやかなイヴを過ごしたのである。長女の亜紀は「ママ、ドアを少しあけておいてね、うちにはエントツがないから」と寝る前にママに言っていた。可愛い子たちだ。

そして昭和四十三（一九六八）年が明けた。

元旦は暖かでおだやかな天気であった。

二人の子は庭の芝生の上でパパと羽根つきをしたり、すもうをしたりして遊んでいた。私は身重で思うように動けないのに体をよく動かしていたように思う。公園に行ってブランコやすべり台や鉄棒で遊ぶ子らを見て楽しんでいた。九日に初雪が降り十五日には十七年ぶりの大雪になった。昭和二十六年以来の記録的な積雪量になった。夜通し吹雪いて十時頃停電になる。こんな大雪はこの辺では本当に珍しいことだ。次の日電車も止まってしまった。五歳と三歳の娘たちは、大喜びであった。

三月になった。大雪もすっかり解けた。そして春一番の風が吹いた日の朝三時十七分に三人目の女の子が誕生した。三月五日、うそみたいに安産であった。隣りのベッドの人と夜中までおしゃべりしていて、痛さをすっかり忘れてしまっていた。大きな目の可愛い女の子である。十時に乳をあげたら上手に吸いついた。母乳で育てるので病院から出るミルクは隣のベッドの人にあげてしまった。

あんまり母子とも元気なので五日目には退院できたのである。やはり風の強い日であった。

退院しても夫がよく家事をしてくれたので安心して休養することができた。ラーメンを作ったりスパゲッティを作ってくれたり、赤ん坊を産湯につかわせたり、手慣れたものである。朝も皆にごはんを食べさせて、会社に行くのが夫の日課となった。

まるい目のまるいお顔とまるい鼻
お七夜までにすずと名付けし

入院する時は固いつぼみだった庭の沈丁花が花開いて春の香りをあたりいっぱいにただよわせている。三女すずは二千四百グラムであったのにあんまり元気な産声をあげたので先生は母子手帖に未熟児扱いせずと記入していた。九日目で二七六〇グラムになり三六〇グラムも増加し一日に四十グラム増えていたことになる。母乳もよく出たし、上手に母乳を飲む力があったお陰だと思う。よく眠ってスクスク育っている感じであった。

この日々の心の充ちていとおしむ
女の命と母のよろこび

美しく優しく清くすこやかに
三人姉妹を育《はぐく》みゆかん

春風に甘く香りし沈丁花
母の心の希望の如し

三月十六日は保育園でおわかれ会があり、次女の由美は主役の赤ずきんちゃんを演じることになっていた。ところが風邪で熱を出し、休むことになってしまった。午前中寝て過ごし、少し良くなったらしく、保育園に行くと言い出し、小野寺さんのおばちゃんにおんぶされて保育園にゆき、おうたと童話劇の赤ずきんちゃんをしっかり演じて帰ってきた。

もう一つの劇では大きなカブさんになった。とても上手に演じきったという事で、なかなかの頑張りやさんだという事がわかった。

娘三人を育てていく楽しみで自分の夢はもう忘れていたみたいだ。

赤や黄の花壇に咲きぬチューリップ
娘の如く愛らしきかな

ひととせの子の成長のめざましさ
卒園式にしみじみ思ほゆ

愛らしく片隅に咲くさくら草
春風受けてやさしくゆれて

まんまるの目を見開いて母を見て
　にっこり笑ういとしわが子よ

五歳の長女は、大きくなったらデパートの店員さんになりたいと言い、三歳の次女は学校の先生になりたいと言っている。子供のいる生活は、本当に楽しい、赤ん坊の世話もとても楽しいことだと思う。四月十日には赤ん坊の体重は三七五〇㌘になった。そして五月十日の二ヵ月の検診で体重は四六〇〇㌘でかた太りでとても健康だと言われた。

上の二人がどんなにさわいでいても赤ん坊は平気でよく眠ってくれるのでとても助かる。

パパは帰ってくると三人の子をお風呂に入れるのである。ママは娘たちがお風呂から出たらよくふいてあげる。毎日の日課である。五月の終わりの日曜日にパパが長女と次女を連れて産経ホールに木馬座公演を見にいった。出し物はおやゆび姫で、二人とも大変喜んでいた。ブーヨンのおもちゃを買ってもらい元気に帰ってきて次の日保育園で先生や友達におやゆび姫を見たことをお話ししたらしい。

三つ子の魂百までというけれど、由美はいつも小さい頃から学校の先生になるのだと言っていた。本当に先生になるのが楽しみだ。

六月五日にケネディ上院議員が銃撃で死去したというニュースが流れた。四年前の十一月二十二日にケネディ大統領が暗殺され世界中の人々が悲しみにくれたのに、またしてもとつらいニュースであった。六月、庭のあじさいが咲き、百合も咲き始め夏の訪れを感じるようになった。「今年の梅雨《つゆ》はママみたいに陽気な梅雨だね」とパパが娘たちに言っていた。雨も降ってもすぐ止んで晴れるのでありがたいこと。まだ紙おむつのない時代の事で陽気な梅雨は本当にありがたい。毎日おむつの洗濯は欠かせない。そして七月になった。

新しい仕事が舞いこんできた。次女の友達のママから頼まれて、人形作りの内職の世話をする事になった。何とこの仕事は七年も続いて、五十人から六十人の人が家に出入りしてけっこう忙しい日々が続いていた。

保育園では九月二十一日運動会があり、長女の亜紀が代表で宣誓をしたことが嬉しい出来事であった。長女もこの九月で六歳になり、二人の妹のめんどうをよく見るようになった。

そして十月十三日からメキシコでオリンピックが開幕し、テレビ放映が楽しみであった。特に体操の選手のチァスラフスカの活躍がすばらしく、アップにした髪と容姿が大変チャーミングで印象に残っている。

庭には真っ赤なサルビアが一面に咲き、マリーゴールドもいっぱい咲き揃っていた。パパは休みの日は庭の花の手入れで忙しい。

十一月十日にはパパが長女と次女を連れて、藤沢市民会館に「ジャックと豆の木」を見にゆき、私の母が実家の孫を連れて遊びにきていた。三女のすずを抱っこして「可愛い可愛い」と大変な可愛がりようである。生まれて八ヵ月経ちつかまり立ちも上手になった。離乳食も一日二回食べ、よく眠るし順調に育っている。一人遊びもするので、内職の世話も難なくこなすことができていた。十一月の終わりには、夫の父親も三人の孫の成長ぶりを見にきてくれた。

申し分なく幸せな毎日であった。忙しいけれど仕事にも慣れ充実感のある生活だった。

昭和四十三年のベストセラーは『人間革命四巻』であった。四年続いて一位でびっくりした。そして流行歌は「ブルーライトヨコハマ」と「恋の季節」で、たくさんの人々に歌われていた。

子供が三人、家も狭くなったので夫と話し合い子供部屋を増築することに決めたのは、この年の暮れのことである。

大工の菊地さんと打ち合わせをし、来年の二月から工事を始めることになる。いろいろの人が出入りするので大変忙しい生活に変った。

外国に輸出する可愛い人形作りで内職を希望する主婦が多くて、作り方を教え、作ってきた人形を東京の会社に納品し、新しい人形の作り方を覚えてくるのが仕事である。人形の納品に横浜の中川さんが来てくれた。

赤ん坊の世話と六歳と四歳の娘のことと、たくさんの人々のつき合いで、目がまわるくらい忙しかった。しかし毎日がとても楽しかった。

昭和四十四（一九六九）年の一月の終わりから増築の基礎工事が始まり、二月四日の大安の日に建て前をした。その日は大工さんが六人来てトントンと景気よくかなづちの音をひびかせていた。

　そしてそれから毎日大工さんが二人来て、子供部屋と玄関の増築工事が続いていた。二月の終わりと三月のはじめに大雪が降り、雪が積もって大変だった。冬来たりなば、春遠からじ、冬は必ず春となる。希望に胸がふくらむ思いでとにかくすべてに一生懸命だった。

第十六章　人形の家

昭和四十四年二月十五日のちょうど二年前のこの日に私と長女と次女の三人は創価学会に入会した。

つまり我が家には、大切な曼陀羅があって朝に晩に手を合わせる習慣になっていた。

「日蓮がたましいをすみにそめながして、かきて候ぞ信じさせ給へ、仏の御意《みこころ》は法華経なり、日蓮がたましひは、南無妙法蓮華経に、すぎたるはなし」という経王殿御返事の御書を姉から習って一年間はただ南無妙法蓮華経と手を合わせてきたのである。まったく素直な気持ちであった。ちょうど一年経って気がついたら思いがけない仕事が舞いこんできて、内職の請負業をすることになっていた。パートで外に働きに行かなくても家で仕事ができてたくさんの人に喜んでもらえるようになっていた。その時は気がつかずにいたが、これは確かに入信した最初の功徳であったと思う。人形の家として七年間も続けることができてパートで働くよりもずっと多い収入を得ることができた。

二月の始めから三月一日まで増築の工事が続いていた。終わってほっとした。玄関が新しくなり八畳の洋間ができ上がり子供たちの部屋ができて娘たちも大喜びであった。二日の日曜日には仕事を紹介してくれた友人とお子さんを招待し我が家でお雛祭りを催した。五日は三女すずの誕生日で満一歳になり、一升もちを用意し、かつがせて歩かせたけれど無理だった。長女も次女も一年十五日で歩けたのできっと三女もその頃に一升もちをかついで歩けるだろう、ところがすずは少し早く一年と十日で一人歩きができるようになった。

この年の四月に長女は小学一年生になった。この頃は母親は着物で黒い絵羽織を着ていく人が多く、実家の母に泊まってもらい、着物を着せてもらって入学式に出たのである。

一歳のすずは母にお守りをしてもらい助かった。初登校の日は近所の男の子の友達が二人迎えにきて三人で仲良く坂道を下っていった。門で見送った私は胸がいっぱいになり涙ぐんでしまった。最初の子が入学すると、こんなにも感動し涙が出てきて困るものなのだ。

三月の終わりに夫の家族や私の家族がたくさん来て、長女の入学と増築のお祝いと二人の結婚八年目のお祝いをしてくれて、にぎやかで楽しい一日を過ごしたのである。元気だった私の母もこの頃はよく来てくれて庭の草むしりをしたり、ふとんの手入れをしてくれていた。相変わらず仕事は忙しく、輸出人形はとても可愛いので作る内職の人もどんどん増えていき、六十人くらいの人が入れ替わり立ち替わり出入りしていて大きな袋に二つも三つも人形を詰め横浜から取りにくる中川さんに渡していた。

夫が庭に仕事場を作ってくれてメルトンの生地を型にぬく仕事は団地の森さんが毎日通って来てくれていた。私は新しい人形作りを皆に教えて材料を渡すのが仕事で、月の終わりには給料を計算し、一人一人に手渡すのである。一年もするとだいぶ慣れて、来る人皆と親しく話ができ楽しい職場になっていった。亜紀は毎日赤いランドセルをしょって元気に学校にゆき、由美は保育園に通った。「日曜はなくてもいいから毎日学校にゆきたい」と言うので、「先生に指されたらちゃんとお答えできるの?」とママが聞いたら「さされたら死んじゃうよ、お母さんたらバカみたい」と言われる。思わず大笑いしてしまう。この頃はママと言わずお母さんと言うようになって「ママもお母さんて言いなさい」なんて言ってきた。学校に行き出して変わったと思う。帰ってくるといろいろ報告してくれるので楽しい限りである。

四月の半ばに雪が降った。三女がいろいろいたずらをするようになる。口紅を食べたり、元気に歩き廻っている。

大きなまあるい目を輝かせて遊んでいる。バイバイもするしオツムテンテン、ニギニギが上手にできるようになった。一歳検診では八キロだった。万年筆のインクを顔につけたり、クリームや口紅をぬったりいたずらもはげしい。でも可愛いことこの上なしである。

長女亜紀は六歳、次女由美は四歳、三女すずは一歳、三姉妹を育てているけど、未来がとても楽しみだし、今もこの上なく毎日が幸せである。長女はきはきしていて何でも思った事を言う。次女はとてもしんの強い子、さわぎ立てしないで我慢強い。三女はわがままで甘ったれ、さあどんなふうに育つのであろうか。せめて、美しく優しく育ってほしい。

夏が訪れた。学友が子連れで来て遊んでいったり、夫の妹和子さんが来て泊まっていったり、実家の父母も見えたり、にぎやかに人々が出入りしていた。八月には熱川や今井浜に家族旅行をし、夫の兄妹の家族と一緒に夏を楽しんだりした。八月の終わりに夫の妹の和子さんに亜紀は新宿に連れていってもらい、白雪姫の映画を見てきたりした。そして九月半ばの日曜日には亜紀と由美の誕生会をして友達をいっぱい呼んで御馳走をした。長女は七歳、次女は五歳になった。十月に入って平塚の梅屋に行って七五三の着物を買った。白地に手鞠の可愛らしい柄である。十一月十五日に八幡様にお参りに行って父と兄の子たちに逢った。あんまり着物姿が可愛いので、次の日は明治神宮にお参りにいってしまう。何も知らない私には大失敗であったと反省した次第。

クリスマスイヴには長女は自転車、次女にはリカちゃん人形とお店、三女には大きなくまさん人形をプレゼントしたのだ。そして二十五日にはひとみ座の公演を市民会館に見に行った。出し物はヘンデルとグレーテルだった。

昭和四十四（一九六九）年も終わろうとしていた。

この年のベストセラーの第一位は『人間革命』であり、はやり歌は由紀さおりの「夜明けのスキャット」である。国民的アイドルの「寅さん」の「男はつらいよ」がスタートした年であり、高倉健が「昭和残侠伝」、「網走番外地」でクローズアップされている。江利チエミと昭和三十四年に結婚し四十六年に離婚をしている。いろいろのことがあった四十四年も終わろうとしていた。暮れから天気の日が続き、翌年の一月三十日まで雨が降らず、何と五十三日ぶりに雨が降って、昭和三十二年の記録を破ったとか。仕事も大変順調にいっていて、伏水株式会社と直接取り引きするようになっていた。二月の中頃、中学時代の親友京子さんが子連れで遊びに来たことがあった。いろんな事を話し合ってとても懐かしかった。そして二月二十二日には家族五人で湯河原に旅行して、寒桜や梅や桃の花が見事に咲いている風景を眺め、堪能してきた。一足先に、ここには花の咲く春が訪れていたのである。

三月五日がきて三女すずも二歳になり、七歳五歳二歳と三人の子は順調に元気に成長していて、何も心配事はない生活を続けていた。

長女に「ママは幸せネ、パパと結婚してさ」と言われた時は驚いた。いつも歌を口ずさみ、元気で底ぬけに明るいママ、いつも笑っているので娘からも幸せなママに映ったのであろう。三月十四日から大阪で万博が始まり、夫は会社の人とゆき、まだ元気だった父も出かけている。昭和四十五（一九七〇）年春のことである。その時のテーマは「人類の進歩と調和」である。

大阪府千里丘陵に造成された三三〇平方㍍の会場の中心には、岡本太郎設計制作の「太陽の塔」が建てられ一一六のパビリオンが展示されたという。一八三日の期間中の入場者数は何と六四二一万人で目標の五千万人を大きく上回る結果となったということである。

日本万国博覧会ＥＸＰＯ'70は無事終わった。私は三人の子がいて、万博には行けなかったけれど、父や夫が行く事ができよかったと思う。この頃《ころ》は私の仕事も安定し、生活もいくらか豊かになり、充実した毎日を送っていたと思う。自分ではその時は気づかなかったけれど、信心をして二年経って、いろいろと良くなってきた事が初信の功徳であったと後で気がついたのである。

この年の事件といえば三島由紀夫の割腹自殺や、赤軍派の日本初のハイジャックがあげられると思う。日航よど号の乗客と乗務員は全員七九時間ぶりに解放されたのであった。

仕事も一応安定し、育児にも慣れ手がかからなくなると、さて、気になることは自分の趣味だ。若い頃お琴を習ったことがあるけど久しく手にとることなく過ごしていた。ある日、お琴の先生に出会い、習う事にしたのがこの春の終わりの頃だった。さっそくお琴を買い、習い始めたのである。趣味を持つということは、日常を心豊かに生きる事だと思っていた。仕事も伸び、すごい数の人形を会社に納入するので社長に直接おほめの言葉をもらっていた。

月に一回池袋の会社に行って新しい人形の作り方を教わり、毎日たくさんの主婦に教えて材料を渡して、できた人形を受け取るのである。子育て中の主婦にはとても楽しい仕事だったと思う。私の収入もどんどん増えた。

ある日、お琴の先生が三人の娘を見て、「こんなに可愛いお子さんを三人も持って貴女は幸せね、私には子がないの。だからお子様を見ていると涙が出るの、マリア様みたいね、いいお顔してる。三人ともとてもきれいね」と言ったことがある。子の事をほめられるのは自分の事よりずっと嬉しいものである。その夜、夫に「六段の調べ」を弾いて聞いてもらう。

次の日夫に子たちを見てもらい、久しぶりに鎌倉を訪れ、十二所《じゅうにそ》の石渡先生の家にゆく。奥様を亡くされ何日か経っていた。奥様の御霊前に座りしめやかに線香をあげたのである。

たまたま、新しく妻になるらしい人がみえていて、複雑な気持ちで先生と話し合ってきた。鎌倉の町は思い出がいっぱいある町である。小町通りの入り口の「いわた」という喫茶店もなつかしい。駅前の「門《とびら》」も懐かしい。しかし家で待つ子たちのことが心配でまっすぐ帰ってきた。

三人ともパパとちゃんと留守番ができていた。三女のすずのいたずらも面白い。ママが水仕事を始めると椅子を持ってきて並んで水で遊ぶのだ。何か気に入らないと水でぬれた手でママをピシャピシャたたくのだ。とても元気できかない子、次女の由美は保育園の年長組で背が一番高い。ママのお手伝いが好きで、人形の袋入れなど最後までいつも手伝ってくれるが、長女はすぐいなくなるみたいだ。この四月から市制のモニターに採用され研修会に出たり、長女の授業参観に行ったりお琴のけいこに行ったり、フォークダンスをやりに県立競技場に行ったり、とにかく忙しい毎日を過ごしていたようだ。

長女の家庭訪問では先生に、学校ではとてもおとなしくて、一つ一つの事をゆっくりだけどきちんとできると言われる。積極性が少し足りないらしい。家では二人のお姉ちゃんでけっこう積極的に妹たちのめんどうを見てるので、あまり心配はしていない。月水金に内職の人々はたくさん来ていて火木土日は充分娘たちと過ごしたり自分の趣味に使うようにしていた。

六月から長女はピアノ教室に通い始めピアノも買うこともできた。いろいろと生活面で守られていたと思う。やっぱり信心をすることはすごいと実感していた。すべての事がうまく運び、何も不満のない生活が続いていた。

娘三人と夫と妻と幸せいっぱいの生活だ。

第十七章　小さな物語

夏休みになった。娘たちは元気に遊び、次女と長女がけんかをすると三女が飛んでいって「メッ」といって仲裁しているのが面白い。

八月六日に高校の親友、井上さんが小林さんと遊びに来た。嬉しくて話が尽きないくらいだった。

夏休みの旅行は箱根の強羅。公園下でケーブルを下り宿まで歩く。ひぐらしが鳴いていた。三人の娘は久しぶりの旅行で大はしゃぎ、二泊三日の旅を楽しむことができた。

夏休みには一日おきぐらいに、鵠沼のプールガーデンに行っていた。近くに細矢夫妻が住んでいたので、ある日三人の子と熊のぬいぐるみを持って、玲子ちゃんに届けたことがあった。細矢夫妻は愛情豊かに赤ん坊を育てていた。将来どんな娘に育つか楽しみである。

プールガーデンでこんなことがあった。三女のすずがプールから上がってきたので、タオルで体をふいていたら隣にいた婦人に「女の子は可愛くていいわね」と声をかけられたので「ハイ」と言って顔を見たら、女優の淡路恵子さんだった。ニコニコして私と娘を見ていたので、びっくりした事があった。息子さんを三人連れてプールガーデンに来ていたのだ。白のビキニ姿でとても美しく日焼けしていたので、さすが女優さんだと思った。

秋になって、ある日池袋の伏水株式会社に行くと、社長が待っていましたとばかり私に声をかけてきた。「おしゃれ動物をたくさん作ってください、五十万頑張れば、貴女の収入も十五万円になりますよ。貴女さえやる気なら、いくらでもめんどうをみますよ」と言われたのだ。

いつしかシナリオライターになる夢はすっかり忘れ、人形の家の経営者として、頑張っていた。毎日が大変充実して楽しかった。

長女亜紀は八歳、次女由美は六歳になり、三女すずは二歳半になり可愛いさかりだった。亜紀は「あたしパパみたいな人がいいな、ママにとても優しいから」と言って「うちのパパとママはけんかしないでうまくいっているネ」なんて生意気な事を言うようになった。

夕食のとき娘たちのおしゃべりを聞いて、思わず笑い出すことが多くなった。三女も「すずちゃんのパパ」「すずちゃんのママ」とはっきりいろいろ話せるようになっている。

私の仕事もいよいよ繁盛し、習いごとと、仕事と育児に目のまわるような忙しい日々であった。秋冷という言葉がぴったりの季節になった。夏の間はよく小田急の鵠沼プールガーデンに子供たちと通った。あの夏の陽ざしが懐しい。人形の家に訪れる人も多く、内職で仕上げたお人形がたくさん集まって大きな袋にいっぱい詰められて、物置にどんどんたまっていく日々であった。この年に夫の妹が伊勢丹をやめ、来年結婚することになり、我が家に何日も泊まっていくことになり、大変助かっていた。

この年保子さんの身の上にいろいろあって大変だったことは夫も私も充分承知していた。娘三人は保子さんになついて、楽しい毎日を過ごしていた。来年はきっと幸せが彼女にめぐってくる事を信じていた。

この年の敬老の日には百歳以上の人は全国で二五二名と発表された。この時はまだ人生百年時代がよもや訪れようとは思われなかった。この年昭和四十五年に初めて日本の輸出額が百億ドルを突破して、人形の輸出も向上し、伏水株式会社も大変景気がよくなって、自然に私の仕事の収入も増えていった。パートで仕事に出るよりもずっと多くの収入を得る事ができ生活も安定したようである。

暮れの十二月十日には三億円事件が起きた。白バイに乗った偽交通警官が現金輸送車を襲って、三億円を奪った史上最大の現金強奪劇がニュースで流れたのである。

さて、世の中は何かとさわがしかったけれど、平和で楽しい生活を続ける事ができた。それも何の迷いもなく、姉の折伏で三十歳の時、創価学会に入ったお陰だと思う事ができて、本当に良かったと胸をなで下ろしていた。生きていればいろいろの事に出会うと思う。これからどういう事に出会うかまるでわからないけれど、こうして信心をしてゆけばきっと未来は明るいと、心から思うことができた。一ヵ月に一回、座談会があって、皆とても明るくて楽しい集まりだった。

最初はあまり出席しなかったが次第に人々に慣れると出るのが楽しみになってきた。

三女すずは福子《ふくし》で、お腹に宿った時に母親が入信し、御本尊に南無妙法蓮華経と題目を上げてきているので、生まれながらに幸せな子だと言われている。娘は三人とも健康で大変元気でとても可愛いと思う。

長女亜紀はおっとりとして落ちついた子、とてもオシャレで几帳面である。

次女由美はとても優しいし、お人よしだがとても強情で、しっかりしている。泣き虫ですぐべそをかく、テレヤでハニカミヤ。

三女すずは、オチャメでチャッカリやさん、人に可愛がられる要素がある。泣き出したら、なかなか泣き止まないけれどしぐさが可愛い、要領がよく甘えん坊である。

三人の娘たちを私も夫も大事に育てていた。にぎやかで、明るくて、毎日が楽しかった。

私は何より書く事が好きで、三人の育児日記のほかに、小さな大事な物語と題して、少女時代から結婚するまでの若き日のことを、書き綴っていたのである。昭和四十五年の頃、ラジオ歌謡で「小さな物語」という詩が歌われていた。気に入ったので記しておいたのが次の詩である。

小さな物語　ラジオ歌謡

書き手はあなたとわたしだけ
聞き手もあなたとわたしだけ

地球の小さな片隅の
そのまた小さな物語

小さな窓辺に寄りそって
キラキラ星空眺めてる
きょうはここまでまたあした
つづいて切れない物語
二人が白髪になるころは
分厚い本になるでしょう
そしたら読みましょ二人して
ながい思い出物語
小さな大事な物語

いろいろ楽しい事もあることだろう。悲しい事にも出会うことだろう。しかし、今この時の私はとても幸せだった。優しい夫と可愛い子たちに恵まれて大変幸せだった。

このころ、カツラが流行し始めて、デパートで私はショートヘアのカツラを買ったことがある。

いつも私は長い髪をアップにしていたので、ショートヘアがとても気に入ったのだ。

夜、夫が帰ってきて、カツラをつけた私が玄関に出ていくと、「あ、間違えました」と言ってドアをしめて外に出たことがあった。わざとした行動だったが、まるっきりいつもの私でない人を見て、びっくりしてしまったのである。大笑いして夫が入ってきたので、私がカツラをとると、亜紀がそれをかぶって皆を笑わせたことがあった。この年には、我が家に今までなかったものがいろいろ加わった。

まずカラーテレビが入って、今までよりも美しい場面を見ることができた。私の趣味にお琴も増えたし、亜紀のためにピアノも買った。

つまり人形の家が繁盛し私の収入が増えたので、何でも思うように手に入れることができたのだ。ピアノは夫がボーナスで買ったし、増築した部屋に、机や椅子やソファーなどもいろいろ買い揃えることができて、満足していた。家にいて仕事ができるのは最高である。

とにかく一生懸命人形の仕事をして、たくさんの人々と知り合う事ができて、嬉しくて仕方のない日々だったと思う。娘たちも健康で、病院に行くこともめったになかったし、夫も私も健康でこの上なく元気だった。

自転車も買って長女は乗りまわしている。三人の娘が美しく優しく成長していく事を願って、私は手を合わせて祈っていた。もちろん夫の健康を心から願って、毎日手を合わせていた。

第十八章　着付け教室

昭和四十六（一九七一）年の元旦は前日の雨も上って、とても素晴らしい天気だった。

いつも元旦の朝は着物を着て、割烹着をつけ、いそいそと台所に立つのが、ずっと続いていた習慣である。夫も娘たちも元気よく「おめでとう」と言って挨拶をする。正月料理がテーブルに並び、私と夫は屠蘇の盃を交わすのだ。

楽しく話し合いながらお雑煮やご馳走を食べ、食事が済むと庭に出て、ゴルフのまねごとをする。部屋に入り娘たちは書き初めをする。

私は今年の目標を決めてノートに記した。
一、家族の健康管理
二、時間を上手に使う
三、仕事は月水金の午前中にする
四、趣味で始めたお琴を一生懸命やる
前の年から夫はゴルフを始め、十日のゴルフ大会で見事に優勝し、優勝カップを我が家に持ち帰った。夫の職場の友の岩崎さんや山内さんとよく練習場に行き、コツコツ努力していたので、さすがに嬉しそうであった。

一月半ばに人形の家に集まる人で新年会をし、楽しいひとときを過ごすことができた。

内職で人形作りをする人たちで子供も大勢集まって、大変にぎやかであった。一月の終わりに夫は職場の旅行で箱根にゆき、いつものゴルフ仲間を連れて帰ってきたので、私は心からもてなしをして、とても喜ばれたりした。

夫が休みの時は、娘たちはパパにつきっきりでいろいろ遊んでもらっている。だから私は自分の仕事を精一杯頑張ることができる。内職をする人たちといろいろ話をしたり、人生相談にのったり育児の話をしたり、とにかく楽しく会話して仕事を明るく、元気にこなしていたのである。

二月に入って家族旅行で来宮ホテルにいった。熱海から梅園までバスに乗った。すごいにぎわいである。ちょうど梅の花が満開で梅祭りの真っ最中であった。ここから来の宮ホテルまで歩いて七分くらいだ。すぐお風呂に行って、夕飯までボウリングや卓球をして楽しんだ。

食後七時半までアタックナンバーワンをテレビで見てから、娯楽室に行ってボウリングを楽しんだ。この時、ちまたではボウリングが、大変流行っていた。汗をかいたので、もう一度家族風呂に入ってから寝たのである。

いよいよこの年は次女の入学式が迫ってきて、入学前の身体検査や、知能テストを受けに学校に行った。とてもしっかりとテストを受け、身体検査も無事に済ます事ができた。

二月の終わりにこのあたりに大雪が降り肌寒い天気だったけれど、娘たちとお雛様を飾った。

毎年我が家では七段飾りのお雛様を飾り、いろいろの人を招いて雛祭りを楽しむのである。この年は世話になっている杉山さんと森さんを招待し、私の友人の幸子母子と笠松さん母子が参加してくれた。にぎやかで楽しい雛祭りを過ごしている。娘たちが嫁ぐまでこの行事は続けようと思う。華々しくて可愛くて、三人の娘の成長が何より楽しみな行事だと思っている。夕方夫は岩崎さんに送ってもらってゴルフから帰ってきた。

俗に雛祭りを桃の節供（節句）とも言って、菜の花とともに春到来（芽生え、生命のよみがえり）をあらわす華やかな行事ということだ。

どこからとなく沈丁花の甘い香りが匂ってくる三月は、三女と夫と私の誕生日で五日、九日、十三日と続いている。三月九日は夫の妹保子さんの結婚式で、小田原城の近くの料亭で催された。留袖を私は自分で着ていったのだ。

次女由美の卒園式には私が父母代表で謝辞を述べることになった。二歳半から四年も通った保育園を去る日は、やはり感無量で涙がこぼれた。何もできなかった二歳児が、こうしていろいろ指導され、素直に、のびのび育つ事ができてもうすぐ一年生になるのである。嬉しかった。ちょうど一年間市のモニターをして、最後に、市長を囲む会に出席し、大変有意義なひとときを過ごす事ができた。いろいろ勉強させてもらったと思う。さて今度は何をしよう。

私の好奇心はとどまる事がないのである。藤沢に京都きもの学院ができて、着付けの勉強ができるらしいと聞いて、すぐ私は着付けに興味をもち、習いにいく事に決めた。

藤沢の地に最初にできたのが京都きもの学院で、毎週月曜日の午前中に通い出したのだ。まだ三歳の三女は保育園に行っていないので、連れて行かなくてはならない。すずは大変個性的で、口をきき出してすぐ言った事が、バレエをやりたいという事だ。私はいろいろバレエ教室を探し歩いた。

なかなか見つからず日は過ぎていった。

いよいよ四月一日、次女由美の入学式の日が訪れた。着付けの学校の友達の息子さんが、すぐ近くに美容室を開いたので、娘の髪をカットしてもらい、私の髪も結ってもらった。

二人目の入学式でも私は感動して涙をこぼしてしまう。先生は背が高くてがっちりした青木先生、四月五日から小学校の生活が始まり、赤いランドセルを背負って元気に坂道を下っていく娘を、私は見送った。長女亜紀は三年生次女由美は一年生、三女すずは三歳の春であった。近くピアノの発表会があるので、毎日長女は練習に余念がない。母の日には三人はそれぞれ私の顔を描いてプレゼントしてくれた。四月十七日には腰越の義経祭に参加して三女のすずに稚児の衣裳をつけ街を行列して歩いた。長女も次女も経験しているので、三女にも可愛い稚児姿をさせたのである。

四月の終わりの日曜日に亜紀の初めてのピアノ発表会があり、実家の父母が孫を連れて見にきて大変喜ばれ、母はとても上手に弾けたと言って、娘を励ましてくれた。私の手作りの黄色のワンピースがとても似合って可愛かった。五月の子供の日には、家族でよみうりランドに行ってきた。五月晴れの美しい日であった。

人形の家の仕事も順調に伸びて、私の収入も増えたので私は思い切って、自分の好みの着物を買ったりしている。「すずの木」の原さんが私に似合う着物を選んでくれたのである。

藤沢に初めてできた京都きもの学院には、まだ幼稚園に行っていない三歳の三女すずを、連れて行った。二時間も大変おとなしく待っていてくれたので私も助かった。着付けの勉強は楽しくて、すぐ二時間が過ぎてしまう。

長女も次女も学校の成績はとても良かったので、学校の事で心配はなく、夏休みに入ると近くの公園に、ラジオ体操に毎日出かけていた。

長女は洗濯ものを上手にたたんでくれるし、次女は串カツを上手に作ってくれる。

二人とも忙しいママのお手伝いを、とてもよくしてくれていた。長女は八歳、次女は六歳、三女は三歳で元気に素直に育っていた。

世間ではこの五月十四日に、車で八人の女性を誘拐し殺害した大久保清が、逮捕されている。

同じ日に大相撲の横綱大鵬関が引退した。三十歳で優勝三二回ということである。子供の好きな「巨人、大鵬、卵焼き」と言われ一時代を築いた人の引退は大きなニュースだった。

着付け教室の本科の卒業式が八月十四日にあり、実技で袋帯のふくら雀を舞台で結って、私が何と一位になり、師範科の一ヵ月の月謝が免除されたのであった。そして八月十九日には着物師範科の入学式が行われている。

相変わらず人形の仕事は忙しくて、子供たちに袋入れを頼む事もあったが、長女はすぐいなくなって、次女は私が「もういいわ」と言うまで手伝ってくれた。仕事の合間に着付け教室に通い、とうとう娘に七五三の着物の着付けを、することができてよかったと思う。

昭和四十七年のお正月には、初めて人様の振袖の着付けをし、喜ばれ、成人式の着付けも頼まれた。一月十三日に着物の師範科の卒業試験があって無事卒業することができたのである。

一月十五日に振袖の着付け第一号を成功させ、何となく自信を持てた気がするのであった。

この年の一月二十四日に、元日本兵横井庄一さんがグアム島で保護されたというニュースが、世間をさわがせていた。そして二十九日には、徳島県で穴を掘って「横井ごっこ」をしていた児童七人が生き埋めになり、四人が死亡したと報じられ涙を流したことがあった。

終戦から二十八年も経って、兵隊さんが穴から出てきたニュースは、国民に大きな衝撃を与えた。

さらに二月二十八日、連合赤軍の五人が長野県軽井沢町の河合楽器の保養所「浅間山荘」に、たてこもるという事件が起こっている。

警官隊が突入し武装した一、五〇〇人の警官がかたずを飲んで見守る中、ガス弾を打ちこみ、クレーン車に据えつけた二トンの鉄球で、山荘の壁を破壊したのである。テレビにくぎづけになった一瞬であった。連合赤軍のメンバー全員が報道陣の前に姿を現したのは、午後六時二十一分であった。全員が逮捕され、十日間に及ぶ籠城と銃撃戦は終わったのである。

一月二月は、何かとさわがしいニュースが続いていた。春が来て、三女すずは四歳になり、夫は三十八歳私は三十五歳の誕生日を迎えた。

四月から三女すずは幼稚園に行くことになり、私は京都きもの学院を卒業し、着付け教室を開くことになった。折込広告を八千枚作り朝日新聞に四千枚、読売新聞と毎日新聞に二千枚ずつ配ってもらったのである。

お陰で十五人の生徒が集まり、四月六日に開講の日を迎えることができた。学院の局長も見え、最初から十五人もの人が集まるのは、前代未聞の事だと言って、私を励ましてくれた。

こうして私は、人形教室と着物の着付け教室の二つを、曜日をずらして上手に運営し始めたのである。三十代の半ばは元気に思い切り活躍することができた。私が創価学会に入って、信心して五年の歳月が経ったことになる。

すべての事が順調に運ばれ、家族も全員健康で何一つ不自由のない生活が築かれていた。

着付け教室の第一期生は、三ヵ月で修了である。次の目標を立て私は頑張った。まず庭に部屋を増築することにし、台所を広くすることになった。工事は七月から始まり、夏の間に工事を終わらせてもらう事にした。この春は本当に忙しくて、猫の手も借りたい心境だった。

第十九章　願いは叶う

昭和四十七年四月から、三女すずは近くの第二聖佳幼稚園に入園し、三月生まれなので他の子より小さいけれど、元気に毎日通い始めた。

四月二十九日の天皇誕生日には、家族で向ヶ丘遊園に行って、いろいろの乗り物に乗ったり、バラ園を見たりして楽しい一日を過ごした。

着付け教室も三ヵ月で終了し、十五名に修了証書も手渡し、一応七月から増築作業のため休みにして、夏休みは娘たちと、プールガーデンに行って楽しむことにした。ところが七月の初めに三女が麻疹にかかり、夏休み中は、長女も次女も麻疹にかかって大変だった。

三人とも健康なのでとても軽く済み、八月には盆踊りやプールや旅行で楽しむ事ができた。

増築中なので大工さんにお茶出ししたり、何かと主婦は忙しかった。しかしその中を私の父母を連れて箱根に旅行もしているのだ。とにかく母として娘として精いっぱい生きていたと思う。生活も大変充実していたと思う。

この頃《ころ》、夫は新幹線の輸送にたずさわっていて、夜十一時頃出かけ夜間作業をしていた。責任ある立場で、大変な仕事をしていたのだ。

家庭の事は何も夫に心配させないよう私が頑張って、娘たちをプールや盆踊りに連れて行っていた。そして十月にようやく家の増築が終了し、広い和室と広い台所ができて大満足の日々であった。四歳のすずは三樹先生のバレエ教室に入り十月から稽古に通い出した。

それと同時に、私は鎌倉の小町に着付け教室を開いて、週に一回通うようになった。ここで民文連（民俗芸能文化連盟）の人と知り合い、私が踊りを始めるきっかけになったのである。

幼稚園のクリスマス会には会長に着付けを頼まれ、着付け教室を開いてほしいと頼まれ、人形教室も忙しかったが、引き受けていた。そのお陰で着付けの仕事に自信をもつ事もできいろいろの人に教えて楽しくて仕方がない私だったと思う。夫も私も働きざかりで仕事も忙しく疲れも覚えず働きつづけていた。

昭和四十八（一九七三）年一月三十日に鎌倉の着付け教室は終了し、友人とある先生について、ピンワーク法を習う事にした。一反の反物を、着物を着ているように人形に着付ける技術を、勉強したのだ。

埼玉県の越谷まで、頼まれて着付けの仕事で行った事もある。宇田川呉服店の着付けショーに林さんと二人で参加し、広々とした和室で、大勢の人の前で林さんにモデルになってもらい、私が着付けをしたのである。二日目もあるので、埼玉の友人の家に泊まる事にした。

きもののショーは大成功だったらしい。たくさんのお客様に、喜んでもらうことができた。

終わってから帰りは浅草に寄り、二人で仲見世を見て帰ってきたのである。二日間の外出だったが、夫も子供たちも優しく私を迎えてくれた。「ありがとう」と心から感謝の気持ちを伝えた。

二月六日から我が家で、再び着付け教室を始めた。四月に嫁ぐ娘さんにも一生懸命私は着付けを教えた。まだこのころは人形の家も繁盛していたし、着付けの仕事も忙しかった。

着付け教室は三ヵ月毎に終了するので、すでに私の家での着付け教室は三回目で、私もだいぶ手慣れたもので、楽しく皆に教えていた。

私の家のすぐ近くに乗馬クラブができて、何でも興味を抱く私は、日曜日に夫と三人の子と馬を見にゆき、馬に乗るはめになった。

大きな馬の背にまたがった私の足は、横にピーンと張ったまま、歩き出した馬の背にしがみつく有様は、とても愉快だったらしく、娘たちも夫も面白がって笑っていた。いやはや冷や汗ものだった。それ以来馬に乗ろうなんて、つゆにも思わなくなったというものだ。

二月半ばに幼稚園の園長に頼まれて、子供の母親たちに着付けショーをやったりした。

四十七年の着付けの師範の資格は三万円でとれたのに、四十八年からは十万円に値上げしたという。

そして三月。夫は三十九歳私は三十六歳、すずは五歳になった。三月の終わりに、市民会館で三女すずの初めてのバレエ発表会があって、「グッドバイ」と「キューピーさん」、「雪やコンコン」の三曲を、とても上手に踊って見せてくれた。

三月の終わりに、宮城まり子さんの講演会が商工会議所であり「ねむの木学園」の子供たちを一生懸命育てている話を聞いて、感動したことがあった。「いつかするつもりでいたけれど、明日自分の命がどうなるかわからない事に気づき、今しなくてはと思って始めたのです」と言った言葉を私はしっかり胸におさめた。

そして四月桜の花の咲く季節。家族五人で近くの県立競技場に行って、お花見をした。広々とした競技場でお弁当を食べ、体育館では卓球をしたり、スクエアダンスを踊ったりして、楽しい一日を過ごしたのである。

昭和四十八（一九七三）年の世相はというと、二月二十二日に連続女性誘拐殺人事件の大久保清に死刑判決が出た事、東京でコインロッカーの嬰児死体遺棄事件など起きている。四月には地価公示価格が発表され、前年比三〇・九パーセントの暴騰など、景気が不安定になる前ぶれが始まっていた。南こうせつとかぐや姫の歌の「神田川」がヒットした年である。

神田川　　　　　　　　　作詞　喜多條　忠　作曲　南　こうせつ

あなたはもう忘れたかしら
赤い手拭マフラーにして
二人で行った横丁の風呂屋
一緒に出ようねって言ったのに

第十九章　願いは叶う

いつも私が待たされた
洗い髪がしんまで冷えて
小さな石鹸カタカタ鳴った
あなたは私の体を抱いて
冷たいねって言ったのよ
若かったあの頃何も怖くなかった
たゞあなたの優しさが怖かった

あなたはもう捨てたのかしら
二十四色のクレパス買って
あなたが描いた私の似顔絵
うまく描いてねって言ったのに
いつもちっとも似てないの
窓の下には神田川
三畳一間の小さな下宿
あなたは私の指先みつめ
悲しいかいって聞いたのよ

若かったあの頃何も怖くなかった
ただあなたの優しさが怖かった

新婚の頃がとても懐しく思われた。この年の春で私たちは結婚してから、十二年が経っていた。この四月から生まれ故郷の腰越の地で、私は着付け教室を開き、知人、友人を集めて、着付けを教え、楽しく会話して過ごしていた。

人形教室と着付け教室と子供の授業参観と、とにかく大活躍の三十六歳の主婦だったと思う。毎日三人の娘のお陰で、にぎやかに楽しく過ごす事ができた。バレエごっこをして遊んでいる娘たちを見ながら、夕飯の支度をするのだ。

いつの間にか子供たち中心の家庭になっていた。庭には夫が育てている花々がいっぱい。たくさんの主婦たちが作って集まった人形もいっぱい。着付けを習う人々とも親しくなり、お話がいっぱい。毎日が楽しくて楽しくて、仕方がないみたいだった。授業参観の時間に遅れてしまい、長女にプンプンされたり、いやはや、失敗したりあわてたりの毎日だった。

そんなある日のこと、地主さんが突然見えて、土地を買ってほしいと言われたのだ。

もともと、この土地は借地で、十年前に小さな家を建て、二度増築をしたのだった。

「いくらですか」と地主さんに聞くと「坪、五万円で八十坪なので四百万円でどうでしょう」と言われた。この時よほどお金が必要だった様子なので、一応考えておきますと私は返事して、夜夫に相談したところ、夫は「絶対買っておこう、どんなに安く見積もっても、この土地は八百万円は下らないよ」と言ったので、夜電話して地主さんに買う事を伝えたのだが、この時我が家に四百万円などあろうはずはなかった。

さて、どうやって四百万円を生み出すのか、全く見当もつかない夫と私の二人だった。

昭和三十七年にここの土地は坪一万円だった。借地という条件で家を建てることができたが、今は土地の値段も上がり坪十万以上はしていると思う。さあ何とかしなくてはと、考え始めたのである。手を合わす事は毎日していた私、昭和四十二年二月十五日に娘二人と私は創価学会に入会し、毎朝勤行し、家族の健康を祈ってきた。特に働く夫の無事故と病気を、絶対しないように祈り続けてきたのだが、この時から、具体的に何とか四百万円が都合つきますよう、祈り始めたのだ。「祈禱抄」は信心している人々がよく知っている御書である。

祈禱抄

大地はささばはづるとも虚空をつなぐ者はありとも、潮のみちひぬ事はありとも、日は西より出ずるとも、法華経の行者の祈りのかなはぬ事はあるべからず

私が入信して六年の月日が経っていた。

この時私は奮い起つ思いで、生まれて初めて大石寺に行く事になった。昭和四十八年五月八日

の事である。藤沢から貸し切り列車で富士宮駅に着くと、駅前には何台もバスが待っていて、それに乗って大石寺に着いた。日蓮正宗総本山大石寺正本堂に着いて、あまりの立派さに感動して言葉もないくらいだった。あいにく雨だったけれど正本堂の中は二万もの人で埋めつくされた。私はひたすら家族の健康と、土地を買う四百万円のお金が、何とか工面できますようにと祈り続けた。この日私の心に芽生えたものは確かな信心であった。何とかなる気がしたのである。お土産屋を見て皆と楽しく語らいながらバスと列車を乗りついで帰ってきた。

家に着いたのは夜の七時半、夫が夕飯を作り子供たちと私の帰るのを待っていてくれた。

その日の夜、何となく学友の幸江さんに電話したら「明日支店長さんが湘南台に家を建てて引越しするので、手伝いにいくの」と言うので、そうだ支店長さんは、この土地を世話してくれた人であったと思い「お願い、土地を買う事になって、四百万円必要なの、貴女から支店長に聞いてみて」とお願いしてみたところ、次の日友人から電話がかかってきて、直接支店長に電話するよう言われたのである。

善は急げとばかり、すぐ私は信用金庫の支店長に電話をしたのである。事情を話したところ「いいでしょう」と言って下さったのだ、二つ返事だ。

本当にびっくりした。願いが叶ったのだ。あまりにも早く願いがかなって唖然とした私。

さっそく信用金庫に行って、支店長にお会いした。貸付係長と支店長と私とで返済方法など話し合った。家と土地が担保で四百万円借りることになり、いろいろ書類を揃えるよう指示された。

こうして五月の終わりには、夫婦にとって大変重要な仕事が無事に終わったのである。

昭和四十八年十月六日、イスラエル軍とエジプトシリア軍はスエズ運河東岸とゴラン高原で陸、海、空の三軍を動員した大規模な戦闘に突入し、この第四次中東戦争の勃発は日本にも深刻な石油危機を招き「モノ不足パニック」という形で日本列島を直撃したのである。

十一月一日の大阪郊外のマンモス団地「千里ニュータウン」で主婦二百人が開店と同時に殺到し、トイレットペーパーがわずか一時間で売り切れたという。あちこちで、トイレットペーパーの品切れ事件が起きたのである。つまりこの時、オイルショックがおそってきたのである。

どこの銀行も貸し出しをしなくなり、オイルショックはまさに日本にとって青天の霹靂《へきれき》であった。情報不足から、危機に対する冷静な対応ができない日本の、危機管理の不備をも露呈したのである。十一月十六日、藤沢市のスーパーでの砂糖の安売りには、四百人〜五百人の主婦が押し寄せ、用意した六百袋が十五分たらずでなくなったという。その何ヵ月か前に、私たちは四百万円の融資を受けることができ、土地を買うという大きな売買契約を、とり交わしたのであった。

不動産の仕事をしていた小室さんの所で、六月のある日地主さんと、支店長と小室さんと私の四人で、権利証とお金を取引きした。

「本当についていますね。今時こんな安い値で土地は買えないですよ、坪十万はするのに五万円とは安すぎますよ」と皆に言われた。夫が仕事で行けなかったので、すべて無事に大仕事をすることができて本当によかった。

第二十章　大きな功徳

こうして八十坪の土地を思いがけず手に入れることができて、私と夫は心から喜び合っていた。昭和四十八（一九七三）年の六月のことだった。夫三十九歳妻三十六歳の働きざかりの時だったから、四百万円の借金は健康ならすぐ返せると思った。

お互いに生活の張りになったし、夫婦で力を合わせて働けば何の苦にもならないと思う。「しあわせよ」と私は夫に心から言う。「ありがとう、ママのお陰だよ、ここまで来たのも」「いいえ、二人で力を合わせてきたからできたのよ」「体をこわさないようにね」「貴方も気をつけて、お互いに子供たちのためにも元気でいましょう」「さあ頑張ろう」夫と妻としっかり心を結んだ夏の日だった。

夫は家に帰ってくればいつも穏やかで、優しく頼りになる夫だった。娘たちも健康でとても素直に育っている。明るくて元気いっぱいだし、私も仕事の上の友人もたくさんできたし、着付けの教室の人たちとも親しくできて、楽しくて仕方がない毎日であった。

七月十三日は腰越の夏祭りであった。学校から帰ってくる子供たちを待って、四時頃腰越の実家に出かけたのだ。江ノ島の八坂神社の男神が、年に一度腰越の小動《こゆるぎ》神社の女神に逢いにくるという天王祭が、行われるのである。小田急の終点江ノ島から、海辺を貝がらを拾いながら三人の娘と私は、波にたわむれキャッキャッ言いながら歩いて行った。実家は家を建て直して二階建てにして孫や父母も元気に大家族で暮らしていた。父も母もとても幸せそうである。

姉たちとその子供も一緒に皆で町に出て、通りを行く竜神ばやしや天王ばやしを眺めた。町内毎のおはやしが続き、祭りの関係者がぞろぞろとねり歩く行列が、続いていた。

途中、小学校の時の友達に何人も会うことができ、とても懐かしく話し合ったりした。

この時長女は五年生、次女は三年生で、三女は幼稚園の年長組だった。この日姉の子のいとこたちと楽しくにぎやかに過ごしていた。

七月の終わりの日曜日に、夫の会社の慰安会が芸術座で催され、三女のすずを連れて夫と私は久しぶりに東京へいった。早めに着いたので、有楽町でらんぶるという喫茶店に立ち寄った。昔のままの店内を見て懐しく思った。二人にとっては想い出がいっぱいの有楽町である。芸術座には開演十分前に着き三人は席に座った。「三婆《さんばば》」という有吉佐和子の作品で、出演者は有島一郎、北林谷栄、一の宮あつ子、市川翠扇、宮城まり子といった役者である。

笑ったり、泣いたり、本当に楽しい芝居だった。外に出る時入口で、中村勘三郎父子と森光子に会うことができ、嬉しい思い出ができた。

藤沢に着いて呉服屋に寄り、来年、三女入学の時の私の着物を仕立てることにした。私が自分で最初に作った着物はカラシ色地に、美しい花の模様の付け下げである。この年の花火大会は何と東浜海岸で行われ、実家のすぐ下の浜辺で見ることができた。兄や姉、いとこたちと皆で楽しく美しい花火を見て満足だった。

その日の帰りに、お世話になった支店長夫妻に電車で会い「本当に運が良かったですネ、あれから長期の貸し出しは止められ、公定歩合が上がって金利が引き上げられて、金融関係はどこもひきしめで大変でした。とにかく五万円で買ったなんて、運がよかったとしか言えませんよ」と笑顔で支店長に言われた。

「いいえ、すべて支店長さんのお陰でした。いくら感謝してもし尽くせない気持ちですよ」

と私は答えていた。今回のこの功徳は私にはすばらしい体験であり、生涯忘れることのできない出来事であったと思ったのである。

もう一つ私には忘れることのできない思い出がある。それはこの後、私の人生の大切な生き甲斐となる踊りを習い始めたことである。

昭和四十八（一九七三）年の八月四日、忘れもしないこの日に、辻堂の市民センターに民舞の教室ができたと聞いて、さっそく入ることに決めたのである。

民文連に入会してまず覚えた踊りが、神奈川音頭と相馬盆唄で、夏の盆踊り大会で必ず踊られる曲である。北海盆唄と炭坑節も習った。

曲に乗って手足を動かす事はとても楽しいし、先生のしぐさをまねて、しなよく踊るのを覚えて、この年の盆踊り大会にはすべて参加して楽しんでいた。娘たちにも休みの日はゆかたを着せて、あちこちの盆踊りの会場に連れて行ったりした。櫓《やぐら》の上で踊るのも楽しかった。踊りを始めたお陰で、大変楽しい夏を過ごすことができたと思う。この年の八月十九日の日曜日には家族五人で初めて大山登山をしたのである。

お弁当を作り、五時半にみんなで元気に我が家を出発した。小田急伊勢原駅で下車し七時十七分のバスで大山の入口に着く。ケーブルカーに乗るまで、両道に並んでいる土産店を見ながら元気に歩いた。阿夫利神社の前にはたくさんの登山客がいてびっくりした。急な石段を三女のすずはひょいひょい登っていく。登山道に出て少しゆくと休み屋があったので、そこでお弁当を広げて食べたのである。はるか彼方には江の島が眺められた。すばらしい眺めを充分に見てそこから下り道に入って歩く。一番元気なのはすず。下る道は私にはつらい。しっかり手すりにつかまって下る姿が面白いと夫がカメラに収めていた。休み屋で休んで昼食をとり、冷たいおとうふがおいしかったことが、印象に残った大山登山であった。

この年の残暑は特別きびしくて、三十八度の気温の日が何日も続き、夏の終わりの日々はプール通いをして過ごしていた。小田急の鵠沼のプールガーデンは娘たちにも私にも最適な遊び場だった。私も子と一緒に水泳を楽しんだ。

九月に入ると長女亜紀の二回目のピアノの発表会があり、その時着る服を私は手作りしたのである。娘たちが掃除をしたり、パパと料理をしたりして協力してくれたお陰で、服は二日で仕上げることができた。発表会では「ウォータールーの戦い」を弾いた。私の母も聴きにきて、「よかった、上手だったよ」と大喜びであった。九月十一日は仲秋の名月で皆でススキを飾り、お団子を供えて美しい月をめでた。

消費者センターで募集していた「私はこうして家を建てた」という原稿が入選して会合で賞金と賞状をもらったことがある。

集まった人々でいろいろのアイディアが発表され、ディスカッションをして過ごし、大学の先生や新聞記者の話も聞き大変有意義な時を過ごしている。

また九月二十三日には高校の同窓会が横浜の東急ホテルで開かれて、十六年ぶりに会った友人もいてとても楽しい一日を過ごすことができた。

若い頃、恋を打ち明けられた圭ちゃんも来ていて「この人は僕の初恋の人なんだよ、あったかい感じが今でも好きだけど、大好きだった」なんて私の友人に話していたのを聞いた。

高校を卒業して十八年も経っていたけれど、圭ちゃんの気持ちはまだ変わっていなかったようだ。

さりげなく私は彼の言葉を聞き流していた。

次の日、家から十分くらい離れた松浦歯科医院がプロパンガスの爆発事故を起こし三人即死という事件が発生した。やきとり屋とアパートも全焼し夕方のテレビニュースで報じられたのである。残った御主人と小学三年の女の子が気の毒で涙がこぼれた事件であった。

ある日テレビであの懐しい「慕情」の映画を見て、感動して泣いていた私を見て五歳のすずが

「ママ、この間の爆発のときもママ泣いていたけど、今テレビを見て泣いているのと、どっちが本当に悲しいの？」と聞いてきた。「そんなに泣いてばかりいると涙がなくなってしまうよ」と心配そうに私を見つめた。ずいぶんおしゃまさんになったと、抱き上げた。

次女は次女でこの頃とても強情になって、姉や妹に自己主張をするようになった。

三人三様に個性的に成長していく様子がとても楽しい。「人のために何かをして、生き甲斐を感じているママは本当に素敵だよ」と夫も言ってくれるし、「何も手とり足とり子供を教育しなくても、母親が前向きの姿勢で一生懸命生きている事が子供には良い教育になる」と言われて、私は子供のしつけに自信が持てた気がしたのである。

秋闌《た》ける季節、藤沢市内の小学六年生の鼓笛隊が市内をパレードする藤沢祭に、長女がメロディオンで参加することになり、私は八ミリ映写機を手にし、行列について歩いていた。私の恩師の瀬高先生や亜紀の先生にも会う事ができた。こうして子供がいると思いがけない楽しい事に出会うのである。

あたり前に恋をして、愛を育て、結婚して子供を中心にした生活をする事は、人間として生まれて、一番自然な生き方なのかもしれない。いろいろ事情があって、生涯、一人で生きていく人も世の中にはたくさんいると思う。それはそれで幸せに生きている人々もいっぱいいると思う。夫がいても、子供がいても不幸な人もいるし、世の中はとにかくいろいろの人がいて成り立っているのである。

生きていれば悲しい事、つらい事もあるし、楽しい事もいっぱいあるのだと思っている。
時雨月《しぐれづき》とは陰暦の十月、今の十一月の事である。時雨色は冷たい雨に色づいた草木の葉の色の事で、ひと雨ごとに気温も下がり冬への足取りも早くなってきたと思う。

そんなある日、十一歳の長女が本の読後感を作文にするのに困っていたら、仕事から帰った夫がテレビもつけずに自分も本を読んで、感想を書いて娘を励ましたことがある。疲れているのに、子の為に何かしてあげようとする夫の愛情に私は感動していた。「優しいパパでよかったね」と言うと娘は大きくうなずいて、三枚の原稿用紙をうめつくして、嬉しそうに私にVサインを送ってきた。

秋の収穫も終わり、秋祭りも済んで正月の準備にはまだ時間があってひと息つけるのが十一月。藤村は小春日和を「小六月《ころくがつ》」と表現している。晩秋から初冬に日本海を渡るとき、海水に温められた北風が山脈や盆地を流れ、降ってはすぐ晴れるような、にわか雨を降らせる季節である。これが時雨で京都の北山時雨である。

第二十一章　凜と咲く

着付け教室と人形教室は相変わらず繁盛して、私の生活は忙しかったけれど、その合間を縫って、初めて創価学会の教学試験を受けることになった。法蓮抄、寂日房御書、上野殿御返事の他に四条金吾と仏法入門が試験の範囲で一生懸命に本を読んで勉強をした。十一月二十五日十時から初級試験は行われ、三十分で答案用紙を提出して急いで我が家に帰ってきた。

「人間の本当の幸福とは自身の生命の内奥から湧き上がる躍動感、充実感であり、自分というものが人々にとってなくてはならない存在であることを実感すること、そのための仏道修行であり信仰である。発心と自覚が大切である」という事を私は学んだ。一応初級試験は入信して六年目に合格することができた。

昭和四十八年十一月十四日、岩手県平泉町の中尊寺で、作家瀬戸内晴美の得度式が行われ、寂聴《じゃくちょう》の法名が授けられた。この時五十一歳であったという。

世の中が寂寞《せきばく》とした状況の中で、私は創価学会の中で純粋な気持ちで信仰にめざめることができたのを、大変幸せだったと感じていた。

大晦日には、三人の子がいろいろ手伝ってくれて大変助かった。ガラスみがきも、玄関の掃除もしてくれた。夫も台所でいつものように、きんぴらとなますとごまめときんとんを作ってくれた。手早く料理をする夫を見ていた次女が、「まるでパパがお母さんでママは子供みたいね」と言ったので、大笑いしたことがある。

確かに夫は料理が上手で手際がよいので、ついつい私は助手にまわってしまうみたいだ。

昭和四十九（一九七四）年の元旦は晴れて暖かな一日だった。黒豆にきんとん、きんぴらになます、はすと人参としいたけとごぼうのお煮しめ、たこの酢のもの、カマボコとだて巻きの正月料理がテーブルに並び五人家族の新年が始まった。十一歳九歳五歳の娘たちはお年玉をもらって大喜び。お昼には年賀状がどさっと届いて、嬉しい気持ちになる。午後は子供たちは羽根つきをしたり、ローラースケートを楽しんだりした。

久しぶりに私は本を読んで過ごしていた。石垣綾子の『つらぬきとおす愛』の中で、次の言葉に感動しノートに記しておいた。

「私は生きている限り驚く心、打たれる心、涙する心を大切にしたい。人生に挑んで試みを重ねてゆきたい。誤りを犯しても失敗をしても突きつめてぶつかっていく事に、生き甲斐を感じたい。人は美しく死ぬよりも美しく老いる方がむずかしい。人生は試みの積み重ねであり、再出発の連続である」なるほどと思う。

毎日玄関で夫を送り出す時、必ず夫に「体に充分気をつけてね」と言う。靴をみがいてあげると夫は必ず「ありがとう」と言う。それを見ていた五歳のすずは「ママはとってもいい人をパパにしてよかったね」と夫が出かけたあとママに言うのである。いつも夫がママに「無理しないで体は充分気をつけること」と言うので、夫と妻がいつも思いやりいたわり合っているのを感じているらしい。世の中が寂寞としているので、家庭を温かな憩いの場所にしていたいといつも思っていた。だからこそ、私は毎朝、毎夕、御本尊様に家族全員の健康と無事を祈っていたのだ。

この年の一月十五日成人式の日に私は地区の人四人と大石寺に出かけている。正本堂に入って三時半から勤行唱題をしたのだが、胸がいっぱいになり、感動で目頭が熱くなったのを覚えた。実に荘厳なひとときであった。

夕暮れの参道で、茜色に輝く富士山を眺めた時の感動はすごかった。心が澄んでいると、景色も一段と美しく目に映るものらしい。美術館に立ち寄り、日蓮の直筆の書を見たりした。さっき見た茜色の富士山は濃い紫色に変わっていた。参道を足音も軽やかに五の坊に行って、勤行のあと夕食を食べた。夜は歌を歌ったり、テレビを見たりして過ごし、外に出て、いろいろのお土産を買って楽しんだ。そして十時半に皆と並んで寝床についた。次の日、勤行、朝食のあと九時半まで自由時間だった。もう一度売店に行ってお土産を買い、バスで富士宮に出、JRで藤沢に帰ってきた。夜、私は夫に「いつもパパが無事に仕事ができるよう、祈っているから安心してネ」と言った。「ありがとう」と夫は素直に感謝してくれた。その素直な気持ちが嬉しくて、一人でとにかく頑張っていこうと決意したのである。

「うちのママみたいのが、男には理想の女性だと思うよ。でしゃばらず、優しくて、働き者で可愛いくて何といっても女として最高だよ」なんてめずらしくほめてもらった。こうしてたまには夫にほめられるとうそであっても天にも上る心地がするものだと思う。

夫はどんなに仕事が大変でも決して愚痴を言わない。だから私は夫に「どんなに外で木枯らしが吹いていても風当たりがきびしくても、貴方の帰るこの家の中はいつも平和で、温かで幸せだから、安心して仕事をしてネ」と言うのだ。何でも話し合う幸せな夫婦である。

一月は何かと忙しいうちに過ぎていった。一月の終わりには小田急時代の友人が遊びに来てくれた。高木さんと平尾さんは、三人の娘のいるにぎやかな家庭を心からほめてくれた。

二月、別名には如月《きさらぎ》、衣更着、梅見月、木芽月、小草《オグサ》、生月《オヅキ》、初花月、雪消月などいろいろあるらしい。寒さの中、香りを漂わせ凛と咲く梅は何とも可愛らしい。二月はまさに梅見月である。節分も過ぎ、立春も過ぎた日、七十日ぶりで雨が降って、ほっと一息ついたら、翌日は何と雪景色であった。娘たちは嬉しくて庭で飛びはねていた。雪だるまを作ったり雪合戦をして楽しんでいた。

三月になると末娘も六歳になり一年生だ。末っ子のせいかいつまでも甘ったれで「一日抱っこよ」とか「一緒に寝てネ」とか「十五回キスして」とか言って、小さな体で甘えてくるのでとても可愛らしい。入学のための知能テストも身体検査も済ませ、入学を待つばかりである。三月生まれなので四月生まれの子とは、頭の大きさくらい違うけれど頑張りやなので心配はない。けっこう負けずにやっていけそうだ。

実家の母からランドセルをお祝いにいただいた。母は七十四歳父は八十五歳で元気だった。母は明治三十三年生まれで、父は明治二十二年生まれである。いつまでも元気で長生きしてほしいと思う。

元陸軍少尉小野田寛郎が鈴木紀夫という日本人の青年に遭遇したのが昭和四十九年二月二十日だった。場所はフィリピンの首都マニラの南西約百五十キロにあるルバング島のワマヤマという地点である。三月九日に再び会い、任務解除の命令を受けようやく日本へ生還する事になった五十一歳の小野田の生還を年老いた両親がどんなに喜んだか言うまでもない。後にブラジルに新天地を求め牧場を経営するようになったのである。

三月三日は日曜日だったので、パパも一緒に雛祭りをお祝いすることができた。ちらし寿司と鶏の唐揚げとぎょうざと、ぬたと汁ものとサラダをみんなで作ったので、心が一つになり幸せを存分に味わうことができた。「しあわせだね。忙しかったから、よけいこうして心から家でくつろげることが嬉しいね」と、パパも満足そうな様子だった。

テレビでその夜「戦争と平和」の第三部が放映されて、子が眠ったあと二人で見て過ごした。「こうして私たちが幸せなのもお互いの健康のお陰ね」「本当に二人とも丈夫だネ。丈夫に産んでくれたお母さんに感謝しようネ」「本当にありがたいと思うわ」たわいない会話である。

次の日朝刊を見て大変驚いたことがある。それは三月三日午後零時半（日本時間で八時半）に、パリのオルリー国際空港からロンドンに向けて飛び立ったトルコ航空九八一便ＤＣ10が、パリの北三十キロのエルムノンヴィルの森の中に落ち、三四六人全員が死亡したというニュースであった。日本人乗客が四十八人もいたということである。

三月四日は春一番の風が吹いていた。エアバス機がパリ郊外で墜落したニュースで、一日中テレビ報道が大変であった。

この年三月の彼岸の入りの日に大粒のぼたん雪が降って屋根に一センチも積もって、春の雪の情緒を私は感じていた。庭の雪も解けて二日続きの休日に夫は庭に芝生を植えた。私も長靴をはいて手伝い、子たちも芝生運びを手伝って皆本当に楽しそうだった。

暖かくなったと思うと、寒さがぶり返して三寒四温をくり返し、もうすぐ三月も終わろうとしていた。庭の花の木のつぼみがふくらんだと思ったら、いっせいにはじめての花を咲かせた。

更紗木蓮が大きな花を咲かせたし、街路樹のコブシの花もいっぱい白い花を咲かせている。わくわくするような、まるで恋人を迎えるようなときめきを覚える季節である。こんな時、昔一緒に働いていた友人と、子連れで鴻巣の友達を訪ねた事があった。おしゃべりに花が咲き大変楽しい一日を過ごしたことがある。子供たちは全部で九人。公園で楽しそうに遊んでいた。

春爛漫、桜の季節、三女すずは一年生になった。何と担任の先生が次女の時の先生、青木先生で「御縁がありますね」と声をかけられた。「学校大好き、先生が優しくて面白いので、楽しい」すずがママに告げた。

いつの間にか少しも手がかからなくなっていた。一人で目を覚まし、一人で顔を洗い歯をみがいて、一年生としての自覚にめざめたのだ。

「三月生まれは甘ったれだけど、負けず嫌いだからきっとみんなと一緒に頑張れると思う」と私は夫に報告をした。音もなく春雨が降っていたかと思うと、急に激しく音をたてて雨が降ってきた。桜が咲いたのに散ってしまうのが惜しいと思う。小さな体に、ランドセルを背負って傘をさして学校に行く娘が、いじらしくて門のところで私は涙ぐんでいる。

春休みには私の恩師、瀬高先生が訪ねてきた。「旦那様とても良い方ね。貴女のような奥様をもって旦那様もしあわせネ、いつも前向きでやる気充分の貴女には感心してるのよ」と言われ嬉しかった。私の仕事部屋を見てから「次々と増築したり仕事部屋まで作って家庭を築き上げてきて、本当に偉いわ、大したものよ」と大変ほめていただいた。楽しくいろいろ話し合って夜七時半頃、帰られたのである。先生は、三人の娘が生まれる度にお祝いにアルバムを届けて下さった。どんなに嬉しく思ったかわからない。

第二十二章　人形の着付け

子供の授業参観の日は、とても忙しい。一年生と四年生と六年生なので一つの教室に十五分ずつ顔を出すようにしていた。一年生の担任からPTAの役員になってくださいと言われたが、六年生のクラス委員をすることになり一年の方は断った。庭に赤や黄や白のチューリップの花が咲き揃い、芝生もきれいに生えて仕事に来る人々に我が家の庭を楽しんでもらった。善行団地ができるとき、工事の人が来て作ってくれた池には、カエルや金魚がいて、おたまじゃくしがたくさんいて、子供たちも大喜びである。四月の終わり頃には三女のすずもすっかり一年生らしくなって、何でも一人でできるようになった。たまにママが手を出そうものなら、長女と次女が大攻撃をしてくるのだ。これも姉と妹のルールらしい。どうしても三女はいつまでも甘えてママに抱っこされていたけれど、上の娘たちは早くから親離れをしたみたいだ。でもたまに二人ともママと一緒に寝ると言って甘えてくることもあり、可愛い。学校から帰ったらそれぞれに友達のところに行って遊んでくるので大変楽になった。

庭にはつつじや藤の花が咲いて快い季節になった。夫が休みの日には庭の手入れをするので、次々といろいろの花が咲くのが楽しみである。この年の五月三日に、高校の同窓会の幹事が三人私の家に見えた。四人で同窓会のことをいろいろ決めたのである。娘たちに手伝ってもらい、のりまきや、いなり寿司、たけのことわかめとコンニャクの木の芽和え、ウインナーとらっきょうと、キュウリのくしさし、鶏の唐揚げとサラダなど御馳走が並んだ。夕方まで学友と楽しく語り合えて本当に楽しかった。

その日の夜、次女の由美が突然「あたし、大人になってもママと一緒に暮らすわ。だってその方がいいもの。土地が高いからずっとここに住むことにした」と言い出したのである。この時由美は九歳である。いやはや驚いた。その事が本当になるとは夢にも思わなかった。

五月の半ばに、友人が三人遊びに来た。

「とってもしあわせそうね」と杉野さんが言った。「羨ましいわ、おしゅうとめさんが一緒だと人を招く事ができなくて」と茅原さんが言っていたけどそれからまもなく茅原さんは亡くなってしまった。

母の日には家族五人で鎌倉に行った。五月晴れで暑いくらいの天気だった。長谷の大仏に行き、鎌倉の段葛《かずら》を歩いて八幡様にゆき、歩いて円覚寺に出、大船からモノレールで片瀬に出て、実家の腰越の家に立ち寄り、ついでに江の島まで歩き、桟橋を渡り中村屋羊羹店の横に出て、そこの御夫婦といろいろ話し合ってきた。お二人は私たちの仲人である。そこから江の島の岩屋まで元気に歩いて帰ってきたのである。楽しい一日だった。

昭和四十九年の春の日々であった。

「初暦まだ来ぬ日々の美しさ」は吉屋信子の俳句である。これから先の私の人生が、どう展開していくのか期待でわくわくする。

昭和四十九（一九七四）年の春に夫は四十歳私は三十七歳になった。人形の家と着付け教室と子供の学校の事で確かに忙しかった。ずっと夫婦の間も順調だった。テレビで夫婦がうまくいくには次の事を心得ている方がいいというので私はノートに書いておいた事がある。

一、決して相手をけなさない
一、何気なく相手をほめる
一、いつも感謝のことばを忘れない
一、照れずに、愛のことばを言う

そういえば夫はこの四つの事をクリアしていたので、私に不満は決して感じさせなかった。にぎやかで楽しい生活が続いていた。しかしこの年の春から夏にかけて、輸出関係の会社が大変不景気になって、人形の仕事が終わりを告げる事になったのである。たまたま、私は趣味で踊りをしていた関係で民文連の特訓生になっていたので、横須賀まで練習に通い秋には川崎の市民会館で、津軽ジョンガラ節と、秋田音頭を三十人のメンバーで踊って、たくさんの人々に見てもらう機会に恵まれたのである。それと同時に友人に誘われて、四月から京屋マネキンという会社に入って、デパートの着付けの仕事をすることになった。

こうして休むことなく私は、次の仕事に生き甲斐をもって働くことができたのであった。

仕事の内容はデパートの呉服売場の人形の着付けである。私は友人と横浜の高島屋と藤沢の江ノ電デパートに通って、人形に着物の反物をピンワーク法で着せ付けていくのだ。ちょうど働きざかりの三十七、八歳の時、京屋マネキン株式会社で社員として働いたのである。一反の着物の生地を人形に着せ付け終わると同時に売れてすぐまた着せる作業をして午前中は友人と二人大忙しの毎日であった。デパートの展示会の時は休みの日に出社し百体の人形に振袖やいろいろの着物を着せるのであった。時には呉服店に頼まれて行ったり、皇室に招かれた人の着付けをする事もあり、大変有意義な日々を過ごしていた。

昭和四十九（一九七四）年の五月に、日本最初のコンビニエンスストアが東京深川にオープンしている。

夜十一時までという長時間営業と「必要な品が何でもそろう」というのが売りで、「二十四時間都市」が本格化し、ファーストフードなどオリジナル商品のヒットが重なり、コンビニは次第に国民生活になくてはならない存在になっていった。

そのコンビニの名は、「セブンイレブン第一号店」である。

家族は皆健康で毎日が平和で楽しく過ごしていた。長女はいつの間にか中学生、次女は五年生、三女は二年生になっていた。昭和五十年、プロ野球の広島東洋カープが悲願の初優勝をとげたこの年、日本の高度成長は終わりを告げる。

戦後、大規模の倒産が起こり、赤字国債が決まり、翌年の就職難が喧伝されたのである。そして三十年におよんだベトナム戦争も終結し第一回サミットがパリ郊外で開かれている。

私はこの年三十八歳夫は四十一歳になっていた。民文連の踊りは続けていたけれど、人形教室と着付け教室はやめて、京屋マネキン株式会社の社員として毎日横浜まで通勤していた。踊りの方は特訓生として相変わらず横須賀まで週一回稽古に通っていた。その時の先生が花柳先生と日高先生で、後に花柳流の踊りを習うきっかけになった。日高先生とも縁があった。

昭和五十（一九七五）年のレコード大賞受賞曲は布施明の歌った、「シクラメンのかほり」である。

シクラメンのかほり

作詞作曲　小椋佳

真綿色したシクラメンほど
清《すが》しいものはない
出逢いの時の君のようです
ためらいがちにかけた言葉に
驚いたようにふりむく君に
季節が頬をそめて

過ぎてゆきました

うす紅色のシクラメンほど
まぶしいものはない
恋する時の君のようです
木もれ陽あびた君を抱《いだ》けば
淋しささえもおきざりにして
愛がいつのまにか歩き始めました
疲れを知らない子供のように
時が二人を追い越してゆく
呼び戻すことができるなら
僕は何を惜しむだろう

巷では、子供から大人まで、「およげたいやきくん」が歌われていた。大変はやっていたようだ。横浜の高島屋に行く度に、五階の甘味処で顔や手を真っ白にした婦人を見たのである。彼女こそ、後に五大路子が長い間演じ続けている横浜ローザであった。いつも真っ白に化粧して、一人でだまって甘いものの店に座っていた。

私と友人の林さんは、仕事が終わると従業員の休憩室に行ってお弁当を食べて、いろいろおしゃべりをして過ごしていた。何でも話し合いとても楽しい時間だった。娘たちが小さい頃、仲良く遊んでいた幼友達のお母さんで、着付けの仕事で京屋マネキンを紹介してくれた友達である。三十七歳、三十八歳の私の二年間はほとんど林さんと毎日デパートの人形の着付けの仕事をしていた事になる。

まだこれから私が経験する事など、想像すらできない毎日であった。

人形作りの内職の仕事は昭和四十九年までは大変順調に伸びていたけれど、七年目に入って世界的な大不況に出会い、次第に輸出業は経営難に陥っていったのである。

ちょうど世の中が不景気になった時、京屋マネキン株式会社でデパートの着付けの仕事をして、いた事になる。

子供たちには手もかからなくなり、一応社会生活の中で、今までやってきた着付けを活かす仕事に生き甲斐を感じて日々過ごしていた。

信心をして早十年が経とうとしていた。座談会では、よく体験発表をしていたし、信心の確信も得て、仏法流布に生き抜く強靭な決意が定まったように思う。生命の内からこみ上げる喜びと充実感を一人でも多くの友人に話していかなくてはならないと考えていた。千里の道も一歩から、千里の道をゆく第一歩をこのころ踏み出していたと思う。

社会生活に、学会活動に励んでいくことを決意した年でもある。

第二十二章　人形の着付け

とにかく昭和四十九年の四月から昭和五十一年の八月まで二年半の歳月を、私は楽しく毎日会社に行って、高島屋と江ノ電のデパートで人形の着付けと、展示会でのモデルの着付けをしていたのである。

第二十三章　町田小田急

「信仰というと、何か古くさいことのように考える風潮がありますが、本当の信心というのは、現代的に言えば勇気ある人間性の行動、自己の生命の内にあるものを最大限に発揮させていく行動、人生を如何に有意義な実りあるものにしていくかを考える行動というふうに言えるでしょう。生命の最高に充実した生活は信仰のなかにあると私は訴えたい」と、書かれていた池田先生の婦人抄を読んで、信仰の偉大さ、すなわち御本尊には偉大な力があり、妙法の法則は絶対である確信を持つことができたのは、私が入信して九年目のことであった「祈りとして叶わざることなし」を身をもって体験したからである。

昭和五十一（一九七六）年の九月に小田急百貨店が町田にできて、定時社員を募集している事を知り、私は今やっている着付けの裏方の仕事とデパートに入ってお客様に直接会う仕事と、どっちが自分に向いているのか真剣に考え、考えあぐねた末、デパートの接客業を選んだのだ。一緒に仕事をしていた友人にも相談し、一応試験を受けてみたところ、八人の定時社員が決まり、私もその中に入っていたのである。昭和五十一年九月、三十九歳で私は町田小田急株式会社に定時社員として入社することになった。

とにかく自分の大事な第二の人生を決めるのだから、真剣に御本尊にお題目を上げきり、今まで誰も折伏できなかったけれどこの時、つまり昭和五十一年の九月二十三日に一人を折伏し御本尊送りができたのである。

御本尊に唱題を重ね、勇気ある実践を行なっていけば、潮がひたひたと満ちてくるように福運が積まれていくと言われている。この満々とたたえられた福運によって私たちの願いは叶い、悩みは消え、難に出会ったとき厳然と守られ、大功徳として現れるに違いない。宿業、環境にくじけそうな人々の多い社会の中で、一人でも多くの人に私はこの信心を教えてあげたいと、つくづく思うのだった。信心を根本に私の新しい人生が今こうして始まったのである。今このきびしい社会情勢の中にあって、何があってもびくともしない確信を持ち、おおらかに、明るく生きぬける事は本当にすばらしい事に思えたのである。組織に属し、自己の信仰を深め、さらに成長してゆきたいと考えていた。

池田会長は高等部の夏期講習会で「妙法の実践、すなわち宇宙のリズムの全き表現である『南無妙法蓮華経』を根本とした信仰こそ、福運を積みゆく最高善である」と言われている。福運に満ち満ちた人生とは清らかな仏界の生命を涌現し、生活それ自体が楽しくて、楽しくてしょうがないといった衆生所遊楽の自在の人生だと言われている。

小田急呉服部に入ってとにかく一生懸命仕事をして半年経った時、突然私は定時社員から正社員に昇格する事になった。八人入った定時社員で社員になったのは私一人だった。

昭和五十二年の春のことだった。その時私は四十歳、私の人生の中で一番輝く年代を迎えていた。

後に京屋マネキンに勤めた二年半と、定年まで勤めた小田急の二十一年の年月が、信心をまじめにしてきたお陰で大変有意義なことになるとは、その時何も考えていなかったのである。

毎朝一時間の唱題をして仕事にゆくと、お客様が自然に寄ってきて売り上げも伸びどんどん私の成績も上がり毎日が楽しくて楽しくて仕方がなかった。お得意様もどんどん増えて、展示会にも何人ものお客様を呼ぶことができて接客業が私に大変向いていると思えたのである。マネキンさんの協力があって、フリーカードの獲得数はいつも一番で、表彰状がたまっていった。

「大地はささばづるとも虚空《おおぞら》をつなぐ者はありとも、潮のみちひぬ事はありとも、日は西より出づるとも、法華経の行者の祈りのかなはぬ事はあるべからず」の祈祷抄の御文を何度心にかみしめた事か。祈りは必ず叶うとの信心の確信は年を重ねるごとに強まっていった。販売のスペシャリストをめざして頑張っていた。人間相手のやり甲斐のある仕事をライフワークに持てた事は人生の中ですばらしい事だった。社会の中で、一つ一つの努力が報われ自分の能力を最大限に発揮できる事で信仰の偉大さ、御本尊の偉大な力を確信できた。

娘三人も純真に信心を受け継いで、毎朝私と唱題をしてきて、私のうしろで小さな手を合わせていたのに、いつしか長女が中心になりうしろで私と次女、三女が座って唱題するようになっていた。長女亜紀は高校一年生、次女由美は中学二年生、三女すずは小学五年生になっていて、三人とも健康で病気知らずに育っていた。母としても何も心配事もなく過ごしていた日々である。信心の事は私は何も言わず女子部でいろいろ教育されていたのである。

昭和五十二（一九七七）年には巷では、ピンク・レディーとキャンディーズが大変人気があり、三女のすずは大変上手に彼女らの踊りをまねて楽しんでいた。受け持ちの先生がその踊りの指導をしてほしいと言ってきて三女は先生方に教えたりしていた。

ペッパー警部やカルメン'77など、出す曲出す曲がミリオンセラーを記録したらしい。先生たちに彼女らの踊りを教えにいっていた三女は小さい頃から踊りが好きで長い事バレエをやっていたが中学生になってやめていた。

そして五十二（一九七七）年の九月に王貞治が七五六号のホームランを打って、日本中すさまじい熱狂の渦に巻きこまれたのであった。対ヤクルト戦であった。一本足打法で世界新記録を達成した。

また、流行歌としてこの年に大ヒットしたのは石川さゆりの「津軽海峡冬景色」であった。

津軽海峡冬景色　　　　　　作詞　阿久悠　作曲　三木たかし

上野発の夜行列車おりた時から
青森駅は雪の中

北へ帰る人の群れは誰も無口で
海鳴りだけをきいている
私もひとり連絡船に乗り
こごえそうな鷗《かもめ》見つめ泣いていました
ああ津軽海峡冬景色

ごらんあれは竜飛《たっぴ》岬北のはずれと
見知らぬ人が指をさす
息でくもる窓のガラスふいてみたけど
はるかにかすみ見えるだけ
※さよならあなた私は帰ります
風の音が胸をゆする泣けとばかりに
ああ津軽海峡冬景色※（繰り返す）

一九七八年、昭和五十三年になると神戸、三宮で細々と始まった「カラオケ」の大ブームが起こっている。石原裕次郎の歌が中年以上の男性に歌われていたという。「銀座の恋の物語」などもカラオケの草分け時代のヒット曲だった。

この年に大ヒットした歌と言えば、山口百恵の歌った「いい日旅立ち」〈作詞作曲谷村新司〉であった。

昭和五十三（一九七八）年の本のベストセラーで『人間革命十巻』が第一位になった。久しぶりの事だった。

また、竹の子族のファッションが流行したのもこの年で、原宿の竹下通りは若者のステージに様変わりし、ラジカセの音楽に合わせて踊り狂う若者が何百人と集っていた。七月には厚生省が日本人の平均寿命が世界一になったと発表した。男七二・九歳、女七七・九五歳である。

昭和五十三年には夫は四十五歳私は四十二歳、長女は高校二年生次女は中学三年生三女は小学六年生になっていた。三人とも、学会の庭で育って大変素直に信心をしていたと思う。支部の総会で、長女はピアノを次女はギターを弾いて、コーラスの伴奏をして皆に大変喜ばれていた。三女はバレエを皆に見てもらいたいと張り切っていた。長女は何のためらいもなく、友人に折伏をしているし、私は職場でお客様に七十八万円の留袖を買ってもらい、届けたら何と四百坪もある土地に大きな家が建っていて、すばらしいお屋敷の奥様と知り合ったりしている。

お客様のお陰で日々売り上げを伸ばし、入社して三年目には三職級に昇格して、入った時の三倍のお給料をもらうようになっていた。

お客様とはひと味もふた味も違った、心がなごむような人間関係を築こうと努力をしていた。

第二十四章　池田先生に会う

よりよい人間関係を保っていくには、他人を思いやる情緒が必要である。自分を尊びながら他人を愛する人間性豊かな人間にならなければならない。人生の目的をしっかりと持って、自己を磨いていく生き方の中におのずと人格が備わってくる、と指導された。社会の中でいろいろ学ぶことがたくさんある毎日であった。

デパートに入って最初に感じた事は、人間同士のコミュニケーションがない事だった。わかり合えないまま仕事をしている味気ない世界に思われた。砂漠という言葉がぴったりのような気がした。しかし創価学会の社会部の集まりに参加して池田先生の指導を幹部から聞き、仲間といろいろ話し合って救われた。

何といっても幅広い人間に変身するには、仕事を離れて人間としての喜びや充実感を味わえる時間を持つことが大事である。広い教養とゆとりある心を養えるような勉強に取り組むことが必要だと思い、社会部の活躍は非常に私にとって大切であった。気持ちのいい、感じのいいすてきな店員になろうと考えた。

人間が人間のために行うサービスは経営の基本だと言う。「経営とは人の心をつかむことなり」商売上手は聞き上手。しっかり聞けば御用も増える、とは商売の基本である。

人が人に物を売る。人が人を使う。人が人に力を貸す。人が人の評判をきく。心を育て、心で売る。心を伝えてにじみ出てくるもの、心をつかんで汲みとるもの、など大事なことを私は四十代の初めに学ぶことができた。

社会部のお陰で売場で何人も同志がいて、互いに励まし合う事ができ、砂漠と感じていた職場も明るく楽しいものに変わっていった。

この時の部長が何と学会員で、毎朝の朝礼で聖教新聞の「名字の言」を読んでくれたのだ。

ヨーロッパの格言に「人間の幸福は、信ずべき宗教、愛すべき伴侶、打ちこめる仕事を持つ事にある」とある。私の四十二歳の年は何も文句のつけようもない幸せに満ち満ちていたと思う。

社会部の人たち二十名で学会本部を訪れ、会合のあとで池田先生と記念撮影をしたのは昭和五十四年創立五十周年の冬。仲間よりいち早く本部の庭にたどり着いた私に先生が優しく「勉強が済んだの？」と声をかけてくださり「一緒に写真を撮りましょう」と言ってくださったので、その時「ハイ」とお答えするのが精いっぱいだった。池田先生の目は、大変優しかった。

宗門と学会の問題がテレビや雑誌や新聞で取り沙汰されていて、先生は大変な立場に、立たされて戦っておられたのである。私たちに会った時、先生はにこやかに優しく微笑んでいて、少しも動揺を感じさせなかった。池田先生が世界へ本格的な行動を開始されるようになるとその意義もわからず、愚《おろ》かにも学会を中傷し、池田会長を批判攻撃してきたのだ。

しかし先生は、日顕上人や僧侶の本質を前から見抜いていて、信心している我々を背信の策謀から守って下さったのだ。いろんなうわさが流されていた昭和五十四年四月二十四日に、池田先生が第三代会長を辞任するという臨時ニュースが流れたのである。数年前から週刊誌が毎号先生を中傷する記事を出し続けていた事は学会員の誰もが知っていたけれど、どこまでも先生を信じ、学会を守ろうと一生懸命だったと思う。背信の策謀から学会を守ってくださった池田先生は名誉会長になり、SGI会長としていよいよ本格的に世界広布の指揮をとろうと悠然と活動を開始されたのである。そして昭和五十四年の二月に先生が湘南文化会館に見えた時、私は一番前の席に座って、しっかりと先生の指導に耳を傾けた。私たち皆にピアノを弾いて励まして下さったのだ。どんなに感動したかわからない。その時私は四十二歳、三月で四十三歳になった年である。長女は高等部、次女は中等部、三女は少女部でそれぞれ純粋に信心に励んでいた。立派に広布の人材に成長しようと努力していた時である。この年長女は高等部の総会で研究発表をし新聞に載ったりしている。歓喜あふれる人々との出会いを胸深く刻む事ができてよかったと思う。

職場では、店長との懇談会で私が発言した言葉が社報に載ったり、笑顔キャンペーンに出した私の作文が放送で流されたりしていろいろの人々の感動の言葉を聞いて、日々職場で信心の確信を得ることができた。人間性を高めていく事によって周囲のものを潤し、すがすがしさを与えていけるよう日々努力をしていたお陰か、お得意さんも増え、いろいろ悩み事や相談に乗ることも多くなっていった。あの人にも、この人にもと、心はずむ毎日で楽しく過ごしていた。

お客様の中に踊りの先生がいて今まで横須賀まで習いに行っていた民文連の方は止めて、五条流の先生について踊りを習い始めていた。

民文連から日本舞踊に切り替えて大勢で、一緒に稽古していたのが一人ずつ習うようになり、先生が面白い人で、とても楽しく日本舞踊になじめたと思う。最初の曲が「細雪」であった。姉の娘の玲子も踊りを習いはじめた。

仕事の上では先生はお得意さんで、いろいろ呉服やその他の買い物もしてもらい、外商部とのつながりもできたのである。

当時テレビで人気のあったのは武田鉄矢主演の「金八先生」でこの中の主題曲「贈る言葉」が学校の卒業のときの定番曲となった。

贈る言葉　　作詞　武田鉄矢　作曲　千葉和臣

（一）暮れなずむ町の光と影の中
　去りゆくあなたへ贈る言葉
　悲しみこらえて微笑むよりも
　人は悲しみが多いほど
　人には優しく出来るのだから

さよならだけでは
さびしすぎるから
愛するあなたへ贈る言葉

（二）夕暮れの風に途切れたけれど
終わりまで聞いて贈る言葉
信じられぬと嘆くよりも
人を信じて傷つくほうがいい
求めないで優しさなんか
臆病者の言いわけだから
はじめて愛したあなたのために
飾りもつけずに贈る言葉

（三）これから始まる暮らしの中で
だれかがあなたを愛するでしょう
だけど私ほどあなたの事を
深く愛したヤツはいない
遠ざかる影が人混みに消えた
もうとどかない贈る言葉

もうとどかない贈る言葉

歌は世につれ世は歌につれとはよく言われる言葉である。この年に巷ではやっていた歌だ。この年の十二月に池田先生は神奈川文化会館にいらしている。どんなに新聞、雑誌に批判されても先生はびくともされず、創価の弟子を励まし続けておられたのだ。

ＳＧＩが世界一九二ヵ国に発展するその大闘争を先生はいよいよ開始されたのである。一九七九年、昭和五十四年は決して私たちが忘れることのできない年となった。池田先生が湘南文化会館に見えたのが二月で御勇退されたのが四月でそれから八ヵ月後に神奈川文化会館にいらしたのである。先生と弟子の絆はますます深く結ばれ、どこまでも池田先生についていく思いが強まったのである。先生の思想は海外に広まってゆき、世界中の偉人と会っていらっしゃるのである。

町田小田急に入って最初は模様売場で、振袖や留袖を売りまくって、次に帯売場に移ったのがこの年、つまり私が四十三歳の時で、創価学会創立五十周年の時だった。呉服部長には「貴女が帯売場に来てから売り上げが三百万もオーバーしいつも預金ができてますね」と声をかけられた。面白いように一日に何本もの帯が売れていた。一週間では千三百万円も売り上げていた。とにかく毎朝お題目を一時間上げていくと、不思議なくらい売れるのだ。

だから仕事が楽しくて仕方なかったようだ。

昭和五十五年は長女が高校三年生、次女が私の出た鎌倉高校の一年生、三女は中学一年生になっていた。長女は高等部でリーダーをしていたし、選挙の時は車に乗って遊説をして活躍していたので、どうしても大学は創価大学に入りたいと思っていたらしい。とにかく題目の上げ方は半端ではなかった。いつも娘の題目を聞いていたように思う。張り切った声で堂々と上げる題目を聞くと私も元気が出た。

娘が世界広布の人材に育ちますようにと、朝晩祈ってきた私は彼女が創価大学だけを目指して夢中で勉強し、祈っている事は誇らしかった。次の年、昭和五十六（一九八一）年四月、私と夫は娘の創価大学の入学式にめでたく参加する事ができたのである。

初めて八王子の創価大学に行って、先生のお話を聞くことができ、大変感動して涙を流した経験がある。涙、涙、涙で大感激の私に夫は「すばらしかったネ。じいんとしたよ」と言ってくれた。そのひと言が嬉しかった。

「月月日日に強《つよ》り給へ、すこしもたゆむ心あらば、魔たよりをうべし」という聖人御難事の抄を思い出し、とにかく御本尊を信じて題目を唱えぬいていく事だと確信し、希望と歓喜に沸いていたのである。娘が創大に入った事は私にとって何より嬉しい事であった。

話が前後するが、昭和五十五（一九八〇）年は日本の自動車生産が年間千百万台を突破して世界一に輝いた年である。また六月には初めての衆参同日選挙があり、自民党が圧勝し、保守政権は安定したのである。

昭和五十五（一九八〇）年、選挙活動に一生懸命になったのはこの頃からだと思う。娘たちが今信心を立派に受け継いで立候補者の車に乗って遊説のお手伝いをしているのに、私は負けるわけにはいかないと知人、友人の名簿を作り、頑張れるだけ頑張ったので公明党がどんどん伸びていく事が本当に嬉しかった。選挙の功徳も大きくて展示会をやれば何百万と売り上げができて部長や係長に、大変ほめられる事が多かった。

この年の十月五日に日本武道館で山口百恵が多くのファンを前に現役最後のステージに立った。三浦友和との婚約と芸能界からの引退を発表して、世間を大変驚かせた。涙で歌った「さよならの向う側」は感動的でこれからさりげなく生きていきますという言葉を残して、いさぎよくステージから消えた。

また、文学では向田邦子が直木賞を受賞した。『思い出トランプ』に収録された短編で第八十三回直木賞を受賞し、五十歳で脂が乗り切っていた作家であったが翌五十六年八月二十二日、取材旅行中に航空機事故で死亡している。本当に残念だった。

第二十五章　懸賞論文の入賞

昭和五十六（一九八一）年には十月に長嶋茂雄が巨人軍監督を辞任し、同軍の王貞治が現役引退を発表している。そして創価学会が告訴していた、元顧問弁護士の山崎正友が恐喝と同未遂容疑で逮捕され、宗門と学会の騒動は収まった。また、日本劇場が二月十五日に閉館し四十八年の歴史に幕を下ろしている。三月三十一日には大活躍していたピンク・レディがさようなら公演をした。一番大きなニュースとしては英国のチャールズ皇太子が七月二十九日にダイアナと結婚式をあげ世界中の人々が花嫁の美しさに魅了された事だ。一九八一年七月二九日ロンドンのセントポール大聖堂で行われた結婚式はまさに世紀のロイヤルウエディングであった。

この時、幸せの絶頂にいたダイアナが皇太子の不倫に悩み、離婚し対人地雷禁止運動などの活動にたずさわり新しい人生を歩むとは、誰も考えにも及ばなかった。しかし彼女は、一九九七年八月三十一日に、パリのセーヌ川沿いのトンネル内で起きた突然の交通事故により、三十六歳の短い生涯を閉じたのであった。彼女の死に世界中があれほど悲しんだのも、元皇太子妃の枠を越えて弱い立場の人々の側に立って見事に輝いた彼女に心を奪われ、人々の心に永遠に咲く「イギリスの薔薇」となったからだ。

昭和五十六（一九八一）年八月二十二日に台湾で航空機が墜落し、向田邦子ら乗員乗客一一〇名が死亡している。またテレビでは十月九日倉本聰の「北の国から」のドラマが放映され始め、翌年三月二十六日まで続いている。

町田小田急呉服部に入社して、五年目には主任になり売り場の売り上げにも責任を持つようになっていた。千総、川島織物の展示会で一三八万円の天蚕紬が売れて、お客様に、何年も夢に描いていた織物に出会えて本当に嬉しいと涙をこぼされた事があった。商品と売り手と買い手とが感動の糸で結ばれた瞬間だった。天蚕は光沢のある大変丈夫で美しい織物だ。繊維業界では繊維の女王、繊維のダイヤモンドと云われていて、あまり見ることのできない織物である。展示会にはあまり苦労をしないで、何人ものお得意さまに来ていただけて思いがけないくらいよく売れたのである。

また、職場でお客様と一緒に展示会を兼ねた旅行があり、第一回目が昭和五十六年十月二十二日、二十三日の京都ツアーであった。初日の夜は鞍馬の火祭を見学し、二日目は保津川下りを楽しみ、京都見所めぐりを楽しんだのである。この時から京都にはいつも大島紬を着ていった。

昭和五十七（一九八二）年からバブルが始まり、景気もうなぎ登りに上がって着物売場の売り上げもすごかった。地価も二年連続二ケタの上昇だった。

また、四月一日には五百円硬貨が発行された。六月二十一日にダイアナ妃が、ロンドンのセントメアリー病院でウィリアム王子を出産している。九月十四日にモナコのグレース王妃が自動車事故で死亡した事も大きなニュースだ。

とにかく売場では面白いように商品が売れ、お客様もどんどん増えて、楽しくて仕方がない毎日だった。次の年五十八年は町田小田急開店七周年を記念して「明日の町田小田急を考える」というテーマで総額三十万円の懸賞論文の募集があり、「顧客づくりは客から客へ」という題で応募したところ、何と最優秀賞に選ばれて賞金を手にする事ができたのである。もらった賞金は部の人全員に渡るよう、おいしいお菓子を買って配ったりしている。何しろ書く事が大好きなので、仕事をして家に帰ると、食事をした後、夢中で原稿を書いたのである。

顧客づくりは客から客へ（その時の原稿）

この秋町田小田急は開店七周年を迎え、地域一番店の地位をゆるがせない為に私たち全員社員がプロの意識にめざめなければならない時、今一度百貨店の商売である「販売」を見直してみようと思います。販売とは人と人との繋《つな》がりが九十パーセントではないかと言われますが、何といっても商売をしていく上で最も大切な事はお客様からの信用です。お客様から限りない愛着と信頼を得る為に社員一人一人が今こそ自覚し自分なりの目標、目的をもち幅広く自己啓発に挑戦していかなくてはと思います。いつも売場に活気が感じられ、お客様からも好感を持たれる売場をつくり上げるのに、一番の決め手は販売員の態度です。

販売員がどれだけお客様に支持されるかで、店の評価は決まり、クチコミを大切にするデパートは時間をかけた評価に堪える一流のデパートと言えるでしょう。人から人に人脈が無限に広がる中でお客様からお客様へ良い事も悪い事も伝わっていくと思うと、今こそ私たち販売員が真剣に意識の改革をし、顧客づくりに努めなければと考えます。そのためにお客様との出会いのチャンスをこちらからつかもうとする努力がもっと必要だと思います。

思えば七年の間にたくさんの顧客もでき、友人以上のおつき合いをしている人もふえました。私はお客様が大好きです。お客様に支えられて七年間販売で働いてきました。「今日はここに来て本当に良かった」と言っていただけるよう、真心のサービス、親しみ安く買い安い雰囲気でこれからも接客して参ります。顧客づくりのコツは（一）誠実な関心を寄せる、（二）笑顔を忘れない、（三）名前を覚える、（四）聞き手に廻る、（五）関心のありかを見抜く、（六）心からほめる、という事だと思います。心で育て、心で売る。

心を伝えて、心をつかめという言葉を大切にして参りました。今はお客様が店を選び販売員を選ぶ時代と言われています。キラリと光るダイヤモンド商品も大切ですが、キラリと輝く目で、お客様の心をとらえなくてはなりません。どこのデパートも商品や価格や店舗、思考の格差がないとしたら、どれだけお客様に役立つ販売員を第一線に出し、どのように心のこもった数々のサービスを添えて販売するか、会社を上げて知恵を絞らなければならないと思います。社員一人一人が持っている能力を発揮しレベルアップを計り、職場の活性化のために努力すべき時です。

そのためにコミュニケーションコンセンサスをつくり、底辺の女子社員の要望や現場の情報、他店の情報等をもっと活かすべきだと思います。

販売員は販売の実績とともにお客様からお客様へファンの輪を広げ、知識や教養を深め、心にゆとりをもってプロの販売員を目指し、プロの意識に徹していかなくてはと思います。

誠意や誠実や熱心さやマナーや心得もプロの販売員として大切ですが、何といっても、自分が担当している売場の商品の最大の愛用者、理解者になる努力が大切です。

センスのいい品はセンスのいい人から買い求めたいものです。お客様の立場に立って商品を如何に売場で魅力的に見せるか等、女性の持っている特質をもっと活かし、気持ちのいい感じのいいすてきな店員になりたいと心から思います。百貨店というのはどんなに広告を出しても最終的には「あのデパートは良い、いいものがあった。サービスがよかった」というお客様のクチコミによって評価が出、それが評判につながるものなのです。さて、今の自分の売場が他店よりも魅力のある売場になっているでしょうか、果たして適切な品揃えがなされているか、真心のこもった接客サービスがされているか真剣に見つめ直す時がきたのではないかと思われます。若さとか、楽しさとか、一歩進んだ感覚とか、情報の豊かさ等、百貨店としてお客様を引きつける魅力が充分だと言えるでしょうか。

さて、他店を決定的に差別化するのは従業員の態度、つまり全社員のやる気ではないかという結論になりました。売る気に出会って買う気が生ずるものだと言われています。店のやる気はお客様の買う気に必ず通じるものだと肝に銘じて、まずやる気を起こさせる環境を売場のリーダーを中心にして作っていく事です。リーダーの人間性や温かさ思いやりがチームワークにつながり信頼と思いやりがさらに顧客づくりにと発展していくと思います。

自分の売場の品だけでなく、他の売場のお買い物にもおつき合いをし、外商部と交流を持ち売上をもっともっと伸ばす事ができます。お客様の生活のニーズの変化を社員は先取りし敏感に反応していかなくてはなりません。トータルにお客様お一人お一人の生活そのものを売るという考え方を大切にしたら、町田小田急のファンも増え売り上げも倍増するでしょう。ますます町田小田急が発展し続けていくために、お客様の信用を勝ちとるように、人間性のある温かさをもって販売に従事していきたいと思います。以上、昭和五十八年八月三十日

第二十六章　海外文化交流

昭和五十八（一九八三）年は私は四十六歳で五条流の先生に舞踊を習っていた。ところが民文連の友人から、海外文化交流で海外に踊りを見せにいく人がどうしても欲しいと誘われ、創舞流の先生を紹介されたのである。友人、知人に話したらぜひ海外に行きたいという人が五人も集まったので、創舞流の先生に市の公民館に来ていただき、すぐ踊りの稽古を始めたのである。そして次の年の六月に海外文化交流団に参加して、ヨーロッパに出かけている。その前に3Ｐ83運動として「60年代をめざしてＮｅｗ小田急をつくろう」というテーマで懸賞論文の募集があり、「職場と仕事と生きがいと」と題して広募して佳作に選ばれて沖縄旅行三日間の旅をプレゼントされ、すばらしい思い出を作る事ができたのである。本店の人々との交流があり、大変有意義な旅行をすることができた。

子供たちも三人とも健康で心配はなく、夫も元気だったので何も心配しないで参加できた。

「職場と仕事と生き甲斐と」当時の原稿

3Ｐ83運動として昭和六十年代に於ける新しい町田小田急の創造をめざし対話活動、意識調査、自己啓発運動の三つの活動を実践する事がNew小田急を作る第一歩です。さて3Pとは何か、参加を意味するパートナーシップと生産性向上を意味するプロダクティビティと提案を意味するプロパーソルの三つのPで、福祉の向上と生産性向上と働き甲斐のある職場づくりを目的とするものだそうです。人は誰でも仕事を通じて成長したいと思っています。いろいろの人に出会い、いろいろの場面に遭遇し日々が試練である職場は人間形成の進展に、大変有意義な場所といえるでしょう。

そこで何より大切な事は従業員の自己啓発意欲です。例えば人生の事、仕事の事、社会の事などじっくり思索検討し、自分が専門としている仕事にプライドをもち実力をもつ事など自分が何をもって社会に貢献しようとしているか等、いろいろあげられると思います。職場、家庭、社会どこでもいい、そこに面白さを探し出し自分の工夫によって面白さを加味すれば生きる事は、とても楽しい事になるでしょう。仕事以外に趣味を持っている人は、大変意欲的に仕事ができ、生きがいを感じ、心のゆとりができるのだと思われます。

今販売の仕事が人間的成長の面で非常に有意義であり、すばらしい職業である事を改めて自覚し、一人一人が意欲をもって仕事に立ち向かう事が小田急の発展につながるのだと考えます。私たちは仕事を通して生活の安定を願いさらに生き甲斐を見出し、自らの人生をより豊かにと願っています。さて新しい時代は心の時代、頭の時代であり、知恵と文化と納得、そして親切などが花開く時代と言われています。物が充実した今、お客様は百貨店の販売員に心（人間味）を求め、良きアドバイザーとしてのスペシャリティを望むようになりました。ことに呉服売場では商品知識はもちろん、着付けや、しきたりや、産地知識を身につけ、見立てを中心としてコンサルティングセールスのプロである事が要求されます。コンサルティングセールスとは一人一人がお客様のライフスタイルに合ったセールスまたは提案をする事です。また着る背景には人生の大きな節目が控えていて、お客様の喜びを一緒に分かち合う事もあります。七五三、入学式、卒業式、結婚式等、お客様の喜びの笑顔に接する事は大変生き甲斐のある嬉しい事と言えるでしょう。

着物の販売は着物の情緒、着物の文化を売りお客様に満足と喜びを与えるものだと言われます。私たちは知識や教養を深め、趣味を持ち心にゆとりを持って接客すべきです。

個々の売場でのチームワークはつまりは、一人一人のよりよいアプローチにつながっていきお客様に必ず満足していただける販売に発展していくに違いありません。

これからはやる気のある人、勉強する人、心と頭を上手に利用してよく動く人、時流を充分自覚し正しく行動する人にとって実に楽しい可能性のある時代になると思われます。企業が欲しているのは成果であり、業績であり向上です。そのために各人が独創力や積極性を発揮しその能力をフルに活かす事が望ましいと思います。社員全員が一人でも多く自分の固定客を増やしていく事が、大きく町田小田急の発展につながる事になると思います。

何といっても百貨店は、店の信用、店の個性、サービス、商品、販売員の人格を売っていると言えるでしょう。今後、社会の流れや、地域の特性などを調べ、お客様の考え方などをよく聞いて新しい店、売り方等を作り出していく事がNew小田急を作る上に大切です。心のこもった数々のサービスを添えて販売する事が、他店を決定的に差別化するのです。販売員がどれだけ消費者に支持されるかで店の評価は決まるのです。自己の成長と、内的充実をめざし、自己の人間性を磨く上で百貨店は本当に意義のある、働き甲斐のある職場ではないでしょうか。（以上。昭和五十九年一月二十九日）

昭和五十八（一九八三）年四月に日本最大のテーマパーク、東京ディズニーランドがオープンしている。初日は雨天にもかかわらず二万人が来園したそうである。またドラマ「おしん」がNHKの朝の連続テレビ小説で放映されたのはこの年の四月四日からである。見るのが毎日楽しみだった。

昭和五十八年の流行歌は大川栄策の「さざんかの宿」。

さざんかの宿　　　　作詞　吉岡治　作曲　市川昭介

くもりガラスを手で拭いて
あなた明日《あした》が見えますか
愛しても愛してもあゝ他人《ひと》の妻

赤く咲いても冬の花
咲いてさびしいさざんかの宿

ぬいた指輪の罪のあと
かんでください思い切り
燃えたって燃えたって
あゝ他人《ひと》の妻
運命《さだめ》かなしい冬の花
明日《あす》はいらないさざんかの宿

せめて朝まで腕の中
愛を見させてくれますか
つくしてもつくしても
あゝ他人《ひと》の妻
ふたり咲いても冬の花
春はいつくるさざんかの宿

この曲に合わせて、五条流の踊りを習った事がある。民舞から一人で踊る日本舞踊に変わってとても楽しかった。娘たち三人とも娘らしくなって、家事も父親に教わりながらけっこうこなしていたようである。私は休みの時に、娘一人ずつと藤沢に行ってデパートで食事をし、いろいろ話し合って過ごすように努めていた。会社から御褒美の沖縄旅行をするのも家族の理解があって行く事ができた。創舞流の先生について仕事を終えてから踊りの稽古を頑張ったお陰で、この年の六月十九日にヨーロッパに出かけたのである。

私の友人は今まで全く踊りをしていなかった人たちで、覚えるのに大変苦労をしたと思う。海外文化交流団として、ドイツのビューディンゲンという田舎の町で、手作りの舞台で華やかな踊りを披露し、町の公民館では、お花とお茶と着付けの先生がそれぞれ人々に日本の文化を紹介し、押し絵の先生は作品を展示してたくさんの人々に喜んでもらったのだ。そしてドイツの家庭に二人ずつに分れて宿泊し、すばらしい思い出を作ったのである。私と友人の二人がお世話になった家は立派で庭が広くて山に向かってなだらかな斜面の芝生が美しかった。夜遅くまで家族六人と片言の英語で話し合い大変楽しいひとときを過ごしたのだった。

二日目からスイス、フランス、デンマークの国々を廻り、各地では創価学会の人々に会い、各座談会の会場に招かれて、踊りを披露し大変喜ばれたりしたのである。広布基金もできて有意義なヨーロッパ旅行をして日本に帰ってきた。

スイスのホテルに泊まった朝、窓から眺めた山々があまりに美しくて、私は涙を流したほどである。フランスではベルサイユ宮殿やルーブル美術館を見学し、学会本部に行って勤行する事もでき、池田先生が世界広布に努めている実績を充分に感知する事ができたのである。仕事以外にこうして見聞を広める事が多かったようだ。

昭和五十九（一九八四）年十一月一日に十五年ぶりに新札が発行された。千円札に夏目漱石。五千円札に新渡戸《にとべ》稲造、一万円札に福沢諭吉、が印刷された。

この年は、ラッコの赤ちゃんが誕生したり、エリマキトカゲや、コアラが初来日して、動物の話題が豊富だったと思う。

この年の九月には、創価学会の世界平和音楽祭が横浜スタジアムで催され、三女すずが参加している。高校三年生だった。すばらしい催しだったそうである。また八月には呉服の催しで京都にお買い物ツアーがあり、バブルの最盛期でたくさん売上げができたのであった。

またホテルセンチュリーの明美会には、友人が四人泊りがけで来てくれて楽しんだりしている。何かと忙しい年であった。

長女と次女がこの年の七月に清里に旅をしている。私たち夫婦が何度か泊った山彦山荘に姉妹だけで行って、テニスをしたり、野辺山ヶ原や八ヶ岳高原に行って十分楽しんだ様子である。生まれて初めて親を離れて旅をした経験は青春のすばらしい想い出になったと思う。

八月には清里に夫婦で出かけ若い頃行った美しの森に足を延ばして楽しんだのである。

十月には海外文化交流でヨーロッパに行った仲間と、宇都宮の文化会館で沖縄の乙女椿の五人と合流し、踊りの会を催している。とにかく仕事以外のプライベートの行事が次々とあって本当に精一杯活躍をしていたと思う。

九月には夫婦で山中湖に旅行している。娘たちは社会人と大学生、三番目は高校生になっていたので、親が旅行しても少しも困らないで家事をする事ができて、私も安心して旅行を楽しんでいた。

昭和六十（一九八五）年のお正月は、創舞流の新年会が熱海で華々しく催された。

この年の二月に、マネキンさん五人と社員は私一人で青梅の「ままごとや」に行った。大変楽しかったので、三月にも再び六人で八王子に出かけ楽しく会食をして過ごしたのだ。

そして三月、長女亜紀は創価大学の卒業式を迎え、父母が揃って参加し感動したのである。

第二十七章　九死に一生

創舞流の九州公演は昭和五十九年の九月である。川内市の大きな会場で沖縄の乙女椿のメンバー五人といろいろの踊りを披露したのである。

公演が終わって、桜島やえびの高原や鹿児島を観光し楽しい想い出をいっぱい作ったのだ。昭和六十年の六月には横浜市とオデッサ市の文化交流でロイヤルホテルで日本舞踊を披露した。仕事をしながら、どうやってこれだけの催し物をこなせたのか不思議なくらいである。しかし、いろいろの理由で六十年の七月からは、花柳徳蓮先生の教室に何人かで通うようになった。土田さんの車で金沢八景まで稽古に通うのは、大変な事だった。花柳先生に最初に習った踊りが「藤娘」で、日本舞踊の基本がすべて入っているから、と大変きびしく指導されたのだ。

職場のある町田地区では、社会部が大変活発でいろいろの会社との横のつながりがあり大変仕事がしやすかったと思う。社会部の一人一人が仕事の上で信頼され、居なくてはならない人になるよう指導されて、社会で勝利する事がワークミセスに課せられた使命でもあった。私は毎朝五時に起き、勤行し一時間の唱題を心がけて職場に行く事にしていたので、お客様が何人も訪ねてきて「会えてよかった、本当に楽しかった」と言ってくれるのである。

明るい笑顔で接客する事がよかったのだと思う。とにかく毎日がとても楽しいのである。仕事も順調で、バブルの最盛期で呉服や宝石が面白いように売れていた年で、松田聖子が六月二十四日に、神田正輝と「二億円挙式」を上げた事は有名である。しかし大変悲惨なニュースに、多くの人々が悲しみにくれた年でもある。

たまたま家族旅行で清里に行った帰りに、ちょうど山梨のブドウ畑の道を車で走っていた時、夕方六時二十四分にすごい衝撃音を聞いた。家に着いて、テレビを見たら日航ジャンボ機の墜落事故であった。昭和六十年八月十二日、乗員乗客合わせて五二四人が乗った、日本航空の大阪行き一二三便ジャンボ機が、御巣鷹山に激突炎上したのである。翌十三日午前四時頃には、自衛隊の救難ヘリが群馬県の御巣鷹の尾根（標高一五六五㍍）に激突した一二三便の残骸を確認したという。犠牲者は五二〇人生存者が四人で単独機の事故として航空史上最大の規模だったと言われた。この事故で歌手の坂本九が亡くなったのは非常に残念であったと思う。またこの年の九月十一日に、女優の夏目雅子が急性白血病で二十七歳で亡くなった。悲しい事が続いたような気がする。でも、私たちは仕事を頑張らなくてはならない。

プライベートで夫と信州に旅した折に、安曇野の有明にある天蚕センターに行って、天蚕のいろいろを学んできて部長に報告したら店長に伝えられ店長に大変ほめられた事があった。全店セールスでは売上トップで表彰されたり、フリーカードの獲得数では毎回表彰されていた。すべて信心のお陰と受けとめ地域の会合、社会部の会合は張り切って参加していた。よく体験発表もしていたと思う。
　しかし、良い事ばかりではなく信心を試される出来事にも遭遇し、ますます信心を強めていったのである。それはちょうど入信二十年目で御形木御本尊をいただいた年の十二月の半ばのこと、花柳流の踊りの発表会が横浜の上大岡の会場で催された日、少し風邪気味なのに、無理をして「藤娘」と「長良川音頭」の二曲を踊り終えて体調がおかしいので途中で家に帰らせてもらい、薬を飲んで寝たら、何と薬疹をおこしてしまったのである。のどの中が腫れて水も飲めなくなり、入院してやっと良くなったのが五日目で、真剣に題目を上げ乗り切ったのである。命を落とす人もいるそうだ。お腹の中がからっぽなのに、強い風邪薬を飲んだ事が原因であった。病気の体験はこれが初めてである。これから先何度か命拾いをするけれど、いつも御本尊に守られ生き抜く事ができた。「感謝と喜びは福運を増す、愚痴と文句は福運を消す」という言葉を大切にして、社会生活も日常生活も精一杯頑張って過ごしていた。家族にも感謝、職場にも感謝の毎日であった。

　この年の四月二十六日、大変むごい事件がロシアで起きている。それは、ウクライナの闇に火柱が上がり、すさまじい爆発音が響き渡ったという。世界を震感させたチェルノブイリ原発事故発生である。大気中に大量の放射能がまき散らされたという。五月二日になってチェルノブイリから八〇〇〇キロ離れた日本にも、ついに「死の灰」が降ったという事である。原子炉の構造欠陥が主因と分かったが何と恐ろしい出来事だったか。

昭和六十一（一九八六）年十月一日に、歌手の森進一と森昌子が新高輪プリンスホテルで三億円と言われた、豪華な披露宴を催している。森進一は大原麗子と離婚しての再婚であった。中曽根長期政権のもと、天皇在位六〇年記念式典や、東京サミットや、ダイアナ妃来日など、華やかな国家的行事が続いた六十一年であった。私が町田小田急に入ってちょうど十年経っていた。職場でも主任として頑張っていたし、社員やマネキンさんと信頼し合って、仲良く働く事ができていたと思う。お客様からは「会って話すだけで、とても幸せな気持ちになれるのよ」と言われていたし、派遣店員の誰もが私に親しみを持ち、フリーカードなどいろいろ協力してくれるのだった。

人と人との出会いは社会生活の上で大変大きな支えになったし、人々の幸せな家庭作りに協力できたのではないかと思う。職場、家庭、社会、どこかに面白さを探し、自分の工夫によって面白さを加味しようと思えば、生きる事はとても楽しいものになると思う。目標を持って働く時、ごく自然に、素直に女らしく生活を楽しみながら仕事ができて、この上ない充実感を味わう事ができるものである。

穏やかな気持ちでいると、自然に微笑みが生まれ明るい笑顔になれる。明るい笑顔で接客ができると思う。信心のお陰で職場の人間関係も環境も大変居心地のよいものになり、妙法の功徳を満喫しながら、人生を楽しく晴れ晴れと歩んでいける事を、確信する事ができた。

しかし時折、信心を試される事があって、昭和六十二年十月に、新潟の清津峡にお客様と着物ツアーに行った時の事、突然落石事故に遭い、九死に一生を得たのである。その日は呉服の販売のあと、訪れた清津峡で思いがけず遭った事故だった。大きな石や小さな石がゴロゴロと降ってきて、それを上手によけたお陰で誰も怪我をしないで済んだものの、道は落石で埋まってしまい、戻るのに大変であった。

一週間後新聞で、頭に石が当たり脳挫傷で亡くなった人がいて、県と中里村に八千八百万円の損害賠償を請求して、裁判で七千万円出たというニュースが載ったのである。

とにかく落石事故に遭った私たちは、無事だった事を心から喜び合った着物ツアーだった。

昭和六十二（一九八七）年十一月二十九日、中東から韓国ソウルに向け飛行していた大韓航空機が、ビルマ（現ミャンマー）沖で空中爆発し、乗客乗員一一五人が死亡したというニュースは、大々的に報じられている。

八五八便は、ビルマのアンダマン海域上空で突然消息を絶ったのである。金賢姫《キムヒョンヒ》二十五歳が翌年に開催予定のソウル五輪を妨害するため、爆破したという事であった。北朝鮮の金正日《キムジョンイル》書記の指示で行なった破壊工作であったという。

次から次へと事故や事件は起こるものだ。アメリカではバブルが崩壊し五千億ドルの金が紙屑になり、大恐慌を起こしブラックマンデーと命名されている。年頭には、一ドル百五十円を突破した円高が、年末にはとうとう百二十一円台にまで達したという。この年にＪＲが誕生し、電話、タバコに次ぐ民営化がなされたのである。

この年のはやり歌は瀬川瑛子の歌「命くれない」である。

命くれない

作詞　吉岡治　作曲　北原じゅん

生まれる前から結ばれていた
そんな気がする紅の糸
だから死ぬまで二人は一緒
「あなた」「おまえ」夫婦《みようと》みち
命くれない命くれない
ふたりづれ
人目をしのんで隠れて泣いた
そんな日もある傷もある
苦労積荷の木の葉の舟で
「あなた」「おまえ」あぶな川
命くれない命くれない
ふたりづれ
なんにもいらないあなたがいれば

笑顔ひとつで生きられる
泣く日笑う日花咲く日まで
「あなた」「おまえ」手をかさね
命くれない命くれない
ふたりづれ

この曲は懐かしい。親戚の子が成人式を迎えた時、招かれて行った席で私が舞ったのである。仕事も、踊りも、若いので楽しくて、仕方がなかった。何と言っても着物の世界で着物を着るのが当り前で、何かある時はいつも着物を着ている生活であった。

第二十八章　大事件発生

第三十四回本部幹部会での池田先生のスピーチの中で、強く私の心に入ってきた言葉があった。それは「確信の人は強い、心に惑いがない、揺らぎがない、いかなる時も希望を失わず、人生をより良き方向へと開いていくことができる。そうした良い意味での希望に燃えた「楽天主義」の生き方を教え、自分のものとしていけるのが信心の一次元である。そして大聖人が西山殿に宛てた手紙を例にとって、すべてを前向きに幸の方向へ力強く回転させていくのが妙法なのだ」と池田先生は指導された。その日、同時放送が終わったあと「創価文化賞」と「栄光賞」の授与式があり、私は創価栄光賞をいただく事ができたのである。昭和六十三（一九八八）年十一月の事であった。仏法の慈悲の精神を根本に、一人の人の幸せを心から願い、唱題し、折伏行の実践をしていたので、次から次へといろいろ体験し、信心をしてきて本当によかった。命拾いをしたと感激する日々であった。

昭和六十三（一九八八）年はリクルート事件で大変な年だ。前の年の六十二年十一月二十九日に、大韓航空機八五八便を爆破して逮捕された北朝鮮の特殊工作員「金賢姫」が、日本語を習ったのが田口八重子さんだと告白した事で、拉致事件が大きく報道されたのである。しかし真相はなかなか解明せず、何年もかかってしまうのだ。明るいニュースでは宮崎駿《はやお》監督の「となりのトトロ」が封切られている。昭和六十三年四月十六日であった。

昭和三十年代の農村を舞台にしたアニメファンタジーで、父と二人の幼い娘が体験する夢のような出来事を、アニメならではの美しい風景を背景に描き出した作品である。悲しい出来事では、九月十九日に天皇陛下が吹上御所で、大量の吐血をされたと報じられた。そして六十四年一月七日、八十七歳八ヵ月で崩御されたとの事。

そして年号は「平成」「修文」「正化」の三案から「平成」と決定されたのである。昭和天皇の「大喪の礼」は平成元年二月四日に行われた。氷雨《ひさめ》降り続く寒い一日だった。

平成元（一九八九）年一月七日に皇太子が新天皇に即位し、新元号は「平成」と決定したのである。四月七日、WHOは長寿世界一は男女とも日本と発表、私の母はこの時九十一歳で健在で、長女亜紀が結婚する相手を見て大変喜んでいた。四月八日に創価大学で一年先輩の一喜さんと結婚式を上げた。校歌を友達皆と歌ったりして大変和やかな結婚式であった。背が高くてとてもハンサムな婿殿で、私も夫も大喜びであった。しかしその翌年の二月十八日に、母は九十二歳の生涯を閉じたのである。悲しい別れだった。

平成二年六月二十四日には、歌手美空ひばりが亡くなり、日本中のファンが悲しみにくれたのだ。五十二歳であった。最後の武道館でのショーは大変すばらしかっただけに、彼女の死はたくさんの人々に惜しまれたのであった。

昭和六十三年には島倉千代子の「人生いろいろ」がはやっていた。

人生いろいろ

作詞　中山大三郎　作曲　浜口庫之助

死んでしまおうなんて
悩んだりしたわ
バラもコスモスたちも枯れておしまいと
髪を短かくしたり
つよく小指をかんだり
自分ばかりを責めて
泣いてすごしたわ
ねえおかしいでしょ若いころ
ねえ滑稽でしょ若いころ
笑いばなしに涙がいっぱい
涙の中に若さがいっぱい
※人生いろいろ
男もいろいろ

女だっていろいろ
咲き乱れるの
恋は突然くるわ
別れもそうね
そしてこころを乱し
神に祈るのよ
どんな大事な恋も
軽い遊びでも
一度なくしてわかる
胸のときめきよ
いまかがやくのよ私たち
いまとびたつのよ私たち
笑いばなしに希望がいっぱい
希望の中に若さがいっぱい
※人生いろいろ
男もいろいろ
女だっていろいろ

咲き乱れるの
※二回くり返し

第二十八章　大事件発生

昭和六十三（一九八八）年は、家を建築して家族五人で引越しをした年である。増築を今まで三回して、平屋であったのを二階建に建て替えたのである。二世帯で住める大きな家が出来上がった。娘たちはそれぞれ自分の部屋が持てて大喜びであった。

それは八月の出来事である。風呂場には、まだブラインドがついていなかったのが災《わざわ》いして、我が家に泥棒ならぬ「のぞき」が現れたのであった。何年か前も女の子が三人いるので、子供部屋を男の子にのぞかれた事があったが、今度は大変恐ろしい事件に発展したのである。三女のすずの帰りが遅かったので、お風呂に入って待とうとした私はうかつにも、玄関の鍵を開けて、当時流行していたバブルスターをつけて風呂に入ったのである。窓が少し開いていたので閉めて入っていたそのすきに、犯人は玄関から入って台所にひそんで、私が風呂から出るのを待っていたのだ。たぶん、娘と間違えていたのかもしれない。私は夫のバスタオルと自分のバスタオルを両手に持ち、ねまきを着て台所のドアを開けたとたんに、大理石の灰皿で頭をなぐられてしまった。風呂から出たばかりで、左の頭と顔の境をやられ、すごい血がふき出たのである。運動靴の男は、ぴょんぴょん飛んで灰皿で私の頭をねらってきたけれど、私は二枚のタオルで振り払って戦い、とうとう犯人から灰皿を取りあげ、一目散に二階に逃げたのである。何事かと夫と娘が起きてきて、私の血を見てびっくりし、下に降りていこうとしたのを止めて「警察に電話をして」と私は言って、犯人がいるといけないので、夫と娘を引き止めたのである。そのすきに犯人は逃げてしまい、すぐおまわりさんがかけつけた。何人も来て大さわぎとなった。救急車も二、三分で来たので、私は善行クリニックを指定して病院に連れていってもらったのだ。二針ほどおでこを縫って家にもどると、仕事から帰った三女が泣いていた。床は次女が拭いてきれいにしてあり、私はすぐ警察の人の質問攻めに遭った。私の口からまずお願いした事は、被害を受けたのは母で娘ではない事と、決してニュースにはしないでほしいということである。信心のお陰でまたもや九死に一生を得た。こわくて犯人の顔は見ていない、ただ、若い男の子のようだった。運動ぐつが印象に残ったのだ。翌日の新聞には事件は載らなかった。何年か前、三原山が爆発した時、朝方、子供部屋に泥棒が入り娘のお金をとられた事があって、新聞に出てしまって実家の兄が心配して飛んで来た事があったので、決して載せないでと真剣に記者の人に頼んだのであった。

いざという時いつもこうして守られてきたので、信心の持続のすばらしさを確信したのである。仏法の慈悲の精神を根本に、人の為に悩み人の幸せを願って唱題し、時に適った折伏行の実践を心がけようと決意したのである。「教主釈尊の出世の本懐は人の振舞にて候けるぞ」という御書の一節を、働く私たちは大事にしなければと思うのである。こうして三年の間に、私はいろいろ体験をしたのであった。

昭和五十一年に町田小田急ができて入社した私は、五十九年には四十七歳になっていた。働きざかりである。夫は五十歳、プライベートで夫婦であちこち旅行をしていた。夫の運転する赤い車で、信州地方を春や夏に訪れている。山彦山荘は、元銀行員だった夫妻が清里に開いた宿で、毎年夏には行く事にしていた。この年の夏は中房温泉に、十一月七日には職場のマネキンさんと鎌倉めぐりをし菊の展示会を八幡様で見たのである。十一月九日には河口湖から長尾峠、昇仙峡、神津牧場に夫と訪れている。昭和五十九年は明け、昭和六十（一九八五）年の一月には鶴巻の光鶴園で、夫の家族全員を招いて次女の成人式のお祝いをにぎやかに催した。長女二十二歳、次女二十歳、三女十七歳で、長女と次女に振袖を着せ、華やかな集いであった。

その年の二十五日には、神戸のホテルで友人の娘さんの結婚式があり友達と参加し、帰りに京都の冬の旅を楽しんできたのである。また六十年の六月は、会社の御褒美で沖縄に旅をし、四月には家族五人で大石寺に参拝し白糸の滝を訪れて、若い頃恋人どうしで来た事を懐しく思い出していた。家族全員で大石寺に行った事も、良い想い出になったと思う。仕事も忙しかったけれど、プライベートの旅や家族の祝い事で過ごす時も多く、四十代の終わりは華やいでいた。

昭和六十（一九八五）年三月に、長女亜紀が創大の卒業式を迎え袴姿で参加し、すばらしい思い出を残した。この年の四月、ディズニーランドができてすぐ、マネキンさんたちと訪れて、楽しんでいる。また十一月には夫と車で京都に行き、神護寺や高尾、高山寺、銀閣寺や哲学の道、永観堂の見事な紅葉を見、南禅寺を訪れた。

昭和六十一（一九八六）年二月には三女も一緒に旅に出、乗鞍岳に行って帰りは一宮の梅の花を楽しんだ。この年十月は長女亜紀と夫婦三人の東北旅行が実現した。奥入瀬、蔦沼を訪れ感動した。六十一年十一月十五日に、学友四人と山のホテルにいって楽しく過ごしている。夏休みには家族五人で軽井沢から神津牧場へ行き、私は学会の研修道場へも行っている。山梨県立美術館をゆっくり見て、一宮のぶどう畑に寄って帰ってきた。その年の九月には次女と三女を連れて四人で草津に行き、浅間山を見てきている。昭和六十二年には、一月一日に夫と山のホテルに泊まり、二日の朝大学駅伝が出発するのを見て、大室山に行き、サルの舞台を楽しんできた。日光のサル群団である。一月十八日に、三保松原に旅をしていちご狩りを楽しんできた。五月二十三日は、「開雲」で小田急のOG会を開き何人かで山のホテルに行って、見事なつつじの花を楽しんだ。四月には一宮の桃を見て、箱根のハイランドホテルに泊まった。家族五人で富士五湖めぐりを楽しみ、八月には駒ヶ岳から清里に行き山彦山荘に泊まり、次の日は車で高遠に行っている。また五月には、夫と二人で山代温泉の百万石ホテルに泊まり、黒部立山の旅を楽しみ、宇奈月温泉で二泊目を楽しんだのである。この年の四月に三女すずの東京工芸学院の合同入学式があり、武道館に行った。六月二十五日には職場からお客様と一緒に、さくらんぼツアーに参加して着物を販売した。

この年の十一月には長女亜紀と箱根旅行をした。翌六十三年十月には、もうすぐお嫁にいく長女と三人で、日光の旅を楽しんだ、十一月は夫と山中湖までドライブし、忍野八海を見ている。この年に今の二世帯住宅が完成し、十月、十一月と新築祝いでたくさんのお客様を招いて、盛大に催したのである。またこの年の五月にはパートの仲間五人で下田の旅を楽しんでいる。

さて昭和六十四年が平成元年になり、私も五十二歳になった。信心をして二十二年経った事になる。入信する時、姉が「人生を波乗り板に乗ってすいすい生きていけるのよ」と、私に言った言葉がその通りにすごく大きな事件に出会ったのに、波を乗り越えて、転重軽受できたのである。諸天善神に守られたのであった。

係長になるための試験を受け、レポートは合格し、次に社長と人事部長と課長の面接試験があって、入社十二年目に係長に任命された。呉服以外の部にも協力する事になり、広く生活全般のお買い物のお手伝いをするよう命じられ、いつでも自由にお客様に会う事が許されたのだ。

第二十九章　サンフランシスコ

平成二年二月十八日に、母は相武台の病院で亡くなった。九十二歳であった。何度か母を見舞って、話をし合ったり笑い合ったりできて、本当によかったと思う。亡くなった時もすぐかけつけて、まだ母のからだの温もりを感じる事ができた。太っていたので、いつまでも温かであった。母に甘えていた子供の頃が懐かしくて、もう会えなくなった事が悲しくて悲しくて、どれほど涙が流れた事か。そして春がきた。創価学会創立六十周年の年、平成二年四月十九日、私たち一行十七名は第二十四回サンフランシスコ桜祭り日本使節団として、サンフランシスコに向かったのである。海外文化交流団として海を渡っての活躍は、二度目である。アメリカの歌舞伎座で「日本舞踊――平和と光と桜《チエリーライトピース》」と題して、全十八景を披露したのである。

市長から感謝状と記念メダルが贈られた。公演の翌日は学会のサンフランシスコ会館に行って、SGIのメンバーと勤行唱題をした。下松理事長と笠井婦人部長に会い、親しく会談をすることができたのである。またハワイではライフ総合婦人部長と平間婦人部長と会い、SGIのメンバーが温かく私たちを迎えて、座談会を開いて励ましてくれた。麗しい絆で結ばれた創価家族の輪は、池田先生のお陰でこうして今や世界中に広がっているのである。

ハワイ会館や池田講堂に行って、海外のメンバーの純粋な信心に触れる事ができ、本当に感激の毎日で、一人一人と固く握手をして別れた事など、すばらしい思い出を作る事ができたのである。信心は何があっても大胆に、そして楽しく愉快に生き抜いていく力であるとの、先生のお言葉をつくづく感じた旅であった。花柳寿栄蔵先生率いる十七名は、公演を終えてバスでゴールデンゲートパークに行き、春爛漫と咲き薫る花園で着物姿の写真を撮りまくり、アメリカの旅を満喫したのである。世界一美しい吊り橋金門橋の前で全員で記念撮影をし、フィッシャーマンズワーフへと向かった。

堀江謙一がマーメイド号で入港した港では、おいしいかにをたくさん食べ、チャイナタウンでは中華料理を楽しみ、日本町では、源氏という店で着物や火鉢やタンスなど日本の懐かしい物をいろいろ見て、楽しかった。ハワイではまず一番に真珠湾に行き、美しい緑の芝生とハイビスカスの花を見、さわやかな風の中で過ごした。日立のコマーシャルの「この木何の木?」というのは「モンキーポッド」という木だと、地元の人に聞いた。プルメリアという木がたくさんあった、ワイキキの浜辺に着いて、やっとほっとしたのであった。夜の座談会では仲間の青年が「武田節」を披露した。いろいろ体験があり、男子部も婦人部も泣いていた。帰る時はSGIのメンバー全員が玄関までずらっと並んで、私たちを見送ってくれたのである。二十三日には、私の友人鮎子さん御夫妻と、私の旅行に合わせてハワイに来ていた友人四人の六人で、車でハワイ島めぐりを楽しんだのである。パイナップル畑やノースショアや高級住宅地に行き、石原裕次郎の別荘や、エルヴィス・プレスリーの家など見学し、ホテルですばらしい食事を御馳走になり、ハワイにいくつもマンションを持っている長井夫妻に、すっかりお世話になったのである。二十四日には、朝早くワイキキの浜辺で遊んだりした。水着で泳いだりもした。水がきれいでとても気持ちがよかったけれど、花柳先生にあとで怒られてしまったのだ。十九日から二十四日まで一週間の旅はあっという間に終わった。創価家族の絆を深く感じ、池田先生の題目で地球を包みこむ慈愛を、しみじみ感じる旅であった。「只南無妙法蓮華経と唱えたてまつるを是をみがくとは云うなり」の御金言をいつも心において生きていこうと思ったのだ。世間をさわがしていたいろいろの問題には紛動されず、毎日生き生きと充実して過ごしていくためにも、御本尊を根本に池田先生の御指導のもと、同志とともに人間性を磨いていこうと決意した旅であった。信心は本当にすばらしいと、改めて感じた八日間の旅であった。

平成二（一九九〇）年十一月十二日、天皇の即位を内外に宣言する「即位の礼」が挙行され、平安朝さながらの式典には世界六六ヵ国の元首級をはじめ、一五八の国と機関の代表が臨席している。

さてわが家では、十二月に初孫が誕生した。夫が五十六歳、私が五十三歳の時、ちょうど学会創立六十周年で男の子が生まれて、どんなに喜んだかわからない。大介と命名、健康にスクスク育って欲しいと願うばかり。

平成三（一九九一）年、前の年に母を亡くした私はこの年、九州文学の第三回随筆コンクールに「母を偲ぶ秋」と題して書いたエッセイが佳作に入って、九州池田文学館から入選文集が送られてきたのだ。

そして社会部の会合で海外文化交流でサンフランシスコに行った事と、エッセイの事を体験談で発表したら、たまたま文芸部の北原さんが聞いていて、文芸部に入るようすすめられたのである。次の日さっそく信濃町の壮年会館での文芸部の集いに参加して、パンプキンの木村編集長を紹介されて文芸部員にしてもらえたのである。夢のように事が運び、本当に嬉しかった。書く事が好きな私は、将来書く事で広布の役にたてたらという夢を持っていた。中本博文芸部長が「真剣な研さんを積み重ね学会精神あふれる文芸部員に成長するように」と話され、松島副会長は「二十一世紀に向けて、宗教のための人間から、人間のための宗教への転換が要請される。宗教は人間を完成させるためにあるという確固たる信仰の重要性」を話された。

いろいろ世間で取り沙汰されているけれど、人間の悪と策謀を鋭く見抜き正しい人間が、勇気をもって戦わねばならないと思うのだった。「正義は必ず勝つ」と信じて生涯学会とともに生きる事を、創立六十周年に誓った私である。

こうして文芸部員になって社会部、文芸部そして地域の学会員としての活動が広まった。

仕事を持つ女性は教養を深め、確かな人間性を育て、心にいつもゆとりを持って仕事に立ち向かわねばならない。自分に決めた目標をやりとげる事は、自己の成長と内的充実をめざし、自己の人間性を磨くことになると思う。女性にとって五十代は身も心も充実して、何でもできるすばらしい年代だと心から感じたのである。
私の人生で一番輝いていたと思う五十代、仕事のほかに心を打ちこむものがあって心にゆとりが持て、つらい事も耐えられるし、人を許す事もできる。とにかく五十三歳で迎えた創立六十周年は私にとって本当にすばらしいものであった。

「母を偲ぶ秋」九州文学に出した原稿
あれはもう二十何年も前の秋であった。家を建築中だったので長女が生まれてから二ヵ月も私は海辺の実家で暮らし、赤ちゃんの生活を母に見てもらった。その時の娘がもうすぐ赤ちゃんを産むのである。夢のような気がしてならない。ある日娘が「お母さんの育児日記を見せて」と言ってきた。三人の娘に書いた育児日記八冊を見せてあげたら大変面白くて一気に読んでしまったそうだ。感激したり笑い出したりで大変だったらしい。
あの時産湯をつかわせたり、おむつを取り替えてくれた母の姿が目に浮かぶのである。
もうすぐ孫が生まれる喜びの前で、私は母の姿を、母の優しさをそっと一人で偲んでみる。もう一度母と話がしたい。母はよく私の話に耳を傾けてくれた。九十歳を過ぎても耳も目もしっかりとして普通に話ができて会うのが楽しかった。その母が今年二月に亡くなった。九十二歳であった。明治、大正、昭和そして平成と生きぬいてきた母、偉大な人だと思う。いつもふくよかで優しい人だった。

次女が成人式を迎えた正月、私は三人の娘に振袖を着せ、母に華やいだ姿を見せに行った。そして私の舞を見せたのである。
母は目を細め手をたたいて心から喜んでくれた。昨年の十月、夫と子犬を母に見せに行った時、母は心から「お前は幸せだネエ」と二度繰り返して言ってくれた。あれからしばらくして母は入院し帰らぬ人となってしまった。

秋のきて身にしむ風のふく頃は
あやしきほどに人ぞ恋しき

月花門院の歌のように、いまさらのように母が恋しい秋の日である。母から私に、私から娘に、そしていずれ生まれる赤ちゃんに娘から与える愛の大きさを思う。昔書いた育児日記の一ページに私は次の詩を書いていた。

喜びはひとつそれは愛
命の尊さに涙ぐむ時それは幸せな時
娘である幸せも妻である幸せも
愛情につつまれた安らぎから生まれた

今母になって
愛でつつむ大きさをもった計りしれない
限りないそれは豊かな母の愛情
喜びはひとつそれは愛母の愛

今、小さな命の誕生を心待ちにしている母から娘に、これだけは教えておきたい事がある。育児にはお金で買えないものが絶対必要だという事、それは母親の愛情であり、母乳であり、きれいな空気であり、日光であり、運動であるという事、創価学会創立六十周年に授かった命を大切に育ててほしいと私は娘に伝えたい。枯れ葉が舞うこの季節になると、今は亡き母の姿が偲ばれる、「もうすぐわたしもおばあちゃんになるのよ」と母にそっと語りかけてみる。以上

九州文学の芥川賞作家の村田喜代子さんは学会の文芸部員だという。この時の審査委員は瀬戸内寂聴さん、三浦朱門さん、佐木隆三さんである。九州池田文学会館で自分史文学賞の作品公募したのは三回目の事であった。私の作品は佳作である。送られてきた入選作品文集を手にした時の喜びは大きかった。

平成三（一九九一）年六月三日、九州の雲仙普賢岳が噴火し時速百㌔の大火砕流が四十三人の命を奪ったといニュースが流れた。午後四時過ぎに大火砕流が駆け下ったのであった。

また忘れられないニュースでは、千代の富士が貴花田に負け二日後に引退を表明した事があった。千代の富士は、連勝記録五十三という史上二番目（当時）の記録を持つ大横綱で、一番の双葉山に次いで強い横綱であった。ミャンマーの民主化を訴えるアウン・サン・スー・チーが、ノーベル平和賞を受賞した事も大きなニュースだった。

第三十章　北海道旅行

町田小田急が町田に誕生した時に、三十九歳で入社した私は十四年経って販売専門係長になり、何と年間一億三千万円も売り上げていた。

平成三年、私は五十四歳、女として最高に充実していた時である。毎日誰かしらお得意さんが訪ねてきて「ああ今日も幸せな気持ちになれてよかった」と言って、何か買っていってくれる毎日、仕事に出かけるのが楽しくて「今日も職場に行って楽しんでくるわ」と、家族に言って出かけるのである。毎朝一時間の唱題は続けていて皆に「いつも幸せそうね」と、声をかけられていた。ある婦人部長から「貴女たちは職場で、お客様に幸せを売りに行くのよ」と、言われていたのでおのずと微笑みが生まれていたのかもしれない。とにかく、毎日の仕事は楽しかった。

心をこめた接客で、バブルの最盛期には高額の呉服を売りまくっていたのが実感である。お客様からお客様へファンの輪を広げていくには、知識や教養を深めプロの意識に徹していかなくてはならない。呉服の販売スペシャリストとして、精一杯頑張っていた五十代である。振り返って一番いいと思うのが五十代、いろいろの事に興味を持ち自信を持って明るく、生き生きと生活していたと思う。いつも「貴女は華《はな》があるわね」と言われていたようである。会社の仕事は精一杯頑張っていたし、休みにはよく夫と旅行もしていた。旅の計画はいつも夫が立てていた。六月に「夏の北海道ピリカ四日間の旅」のツアーに参加し、夫と初めての北海道旅行を楽しんだのである。飛行機で千歳空港に着いてすぐバスに乗った。ガイドさんは笑顔がとてもチャーミングな女性で、お話がとても上手だった。

勇払原野を走り続け、日高の牧歌風景に心踊らせた。両側の道には、大きなふきの葉やいたどりの葉が茂っていて、牧場を過ぎると緑の水田地帯が広々と広がっている。大手毬の白い花、あやめの紫の花や、ピンクの撫子の花が私たちの目を楽しませてくれた。

夕方バスは十勝が丘公園に着いた。小雨煙る中で大きな花時計を見、遠くに十勝岳連峰を眺めた。十勝川温泉に一泊し、朝に十勝川の中央大橋まで夫と散歩を楽しんだ。二日目、バスは十勝平野のゴールデンコースを走りぬけ、阿寒湖に向かう。足寄駅の前を通る時、大きなラワンぶきが目に入った。何と高さ二・五メートル直径が一・五メートルもあるとの事で、ガイドさんの説明に驚いた。

阿寒湖では舟で遊覧し、チュウルイ島で深緑色のスポンジボールのようなマリモを見た。湖のまわりには、エゾマツ、トドマツ、カエデ、ナナカマドなどの木々がいっぱいで、秋にはさぞ美しい紅葉が見られる事と想像できた。双湖台から見たペンケトーとパンケトーは、美しいエメラルド色に輝いていた。

神秘の湖、摩周湖に着いた時はよく晴れていて、カムイッシュ島が湖の中にくっきりと浮かんで見え、コバルトブルーの美しい水面が輝いていた。しかし十分後にバスが出発する時にはすっかり霧がたちこめ、霧の摩周湖に変わっていた。屈斜路湖東岸の砂湯に立ち寄り、一路バスは斜里へと向かった。一直線に続く道は何とも気持ちの良いものだ。いよいよオホーツクの海に対面する。この時「ウワァッ!!」という歓声が上がった。三日前まで雨が降り続いていたらしく波は荒々しくて、白波が高く上がっていた。気温は十二度で肌寒く感じた。その日はウトロ温泉に泊まった。三日目の朝、知床半島めぐりは海が荒れていて中止、近くの知床自然センターで大画面で知床の大自然を見て過ごす。そしてオホーツク海を見ながらハマナスの道を通って、網走国定公園に行く。小清水原生花園にはあやめやセンダイハギ、エゾスカシユリ、エゾキスゲ、ハマナスなど色とりどりの花がいっぱい咲いていた。

とりわけヒオウギアヤメの花が美しかった。藻琴駅は小さな可愛い駅で中がレストランになっている。近くに藻琴湖がある。バスは網走に向かう。途中天都山に登り美しい景色を眺めた。能取湖、網走湖、藻琴湖を一望。近くの「かに本陣」でかに料理を食べた。二見ケ丘農場はミンクの飼育場で、刑務所の敷地だそうだ。ビート畑が果てしなく続き、緑の美しさに心をうばわれた。次に訪れたサロマ湖は北海道で最大の湖でオホーツク海と砂洲《さす》で隔てられた海跡湖である。海水が流れこんでいるところで、ちょうど初夏の季節ハマナスやエゾカンゾウの花が咲き乱れていた。陽はギラギラと照っているのに、風は五月のようにさわやかで肌に快い感じである。九月には真っ赤なサンゴ草が一面に咲くとの事、その頃ぜひ訪れたいと思う。バスは留辺しべに向かう。のぼり藤の花が紫色に広がり、ビートやたまねぎや豆の畑が広々と続いていて、大変壮大な眺めである。黄昏に石北峠から眺めた大雪山の雪渓や、北見盆地などの大パノラマは見事だった。見渡す限りの樹海と阿寒の山々、遠くオホーツク海を望む雄大な景観に、夫も私も大感激をした旅であった。そして次に訪れた層雲峡は、大雪山の万年雪に源を発する石狩川の上流に沿って、全長二十余キロにも及ぶ大渓谷である。層雲峡の渓谷美が満喫できる大函《おおばこ》と小函《こばこ》に立ち寄ってから、三泊目の宿、層雲峡温泉に着いた。

四日目の朝六時に、私たちはロープウェイで黒岳の五合目の展望台に行った。すばらしい眺めで、高山植物が一面に色とりどり咲いていた。ここから黒岳へは三・五キロだそうだ。宿に戻り、八時にバスは優佳良織の工芸館に向かう。

大雪山連峰を見渡す丘の上のハイカラな白亜の建物が、優佳良織工芸館である。優佳良織は旭川在住の木内綾さんが創作した手織つむぎで、昭和三十年に初めてでき、北海道の美しい自然と風土をテーマにして織られているもので、長い年月かけて何百色にも色を染め分け、糸を紡ぎ機にかけて仕上がるものである。さわやかに澄む風土に映える多彩な彩りを織った、そのカラフルな色づかいが特色である、北海道の自然をテーマにした織物である。大雪の秋、北の岬、秋の摩周湖、ハマナス、サンゴ草、ライラックなどイメージがぴったりの名前がついていて、すばらしかった。

展示場で機《はた》を織っていた人に「むずかしい大変なお仕事ですね」と声をかけた人がいた。「いいえなんの、子供を育てる事のできる人なら、ちっともむずかしい事はありませんよ」とその人は答えていたのを私は聞いていた。

その時、その人は私に「一知不老」という言葉を教えてくれたのである。一つの事を一生懸命心を打ちこんでやる事の大切さを、私はしみじみと思ったのである。心をこめ心で育てた娘のように織り上げた一枚一枚の織物は、何と美しくまた何といとおしい事か、いつか天蚕紬に出会った時の事を、ふと思い出していた。あの美しい色と艶に、心ときめき感動した時と同じだった。馥郁《ふくいく》たる喜びを、夫と私の心に残してくれた北海道の旅であった、小田急のツアー旅行であった。

平成三（一九九一）年の九月十三日の敬老の日には、百歳になる双子姉妹のきんさん、ぎんさんがテレビで放映され、一躍有名になった。元気な百歳のお年寄りがクローズアップされている。また、秋篠宮家で、眞子内親王が十月二十三日に誕生している。世界の動きとしては、ゴルバチョフの思惑を超えて進展した「ペレストロイカ」は三日天下に終わり、ソ連邦は解体したのである。この年の十二月にソ連邦は解体しロシア国となる。そして翌平成四年一月、エリツィン大統領が誕生した。バルセロナオリンピックが開幕したのは、この年の七月二十五日のことである。

さて我が家では六月二十七日に、次女の由美が結婚式を上げている。山形県出身の御両親は大変素朴な飾らない人柄で親しみが持てた。最初に家にきた時、婿殿はお米二十キロかついできた。なかなかユニークだと感じたものだ。次女が結婚式の時、私たちに送ってくれた手紙の内容は「お父さんお母さん、今まで大切に育ててくれて有り難うございました。友達みたいなお母さん、働きながら娘三人を育て、いつも溌剌と輝いているお母さんを尊敬しています。これからも元気に明るく輝き続けてくださいね。とても優しいお父さん、子供の頃よくお散歩に連れて行ってくれましたね。お父さんみたいな人と結婚すると言っていた私が、今嫁いでいきます。今まで温かく健康に育ててくださったことに感謝を込めて、お父さんとお母さんにとっても優しい息子をプレゼントします。徳也さんのお父さんお母さん、初めてお宅に伺った時、大変温かく迎えて下さいました。その時、お父さんとお母さんが大好きになりました。ふつつかな私ですが、これから嫁として、娘として、よろしくお願いいたします」――由美

というものだった。長女がお嫁に行って三年経っていた。家に残ったのは三女すず一人となってしまったけれど、仕事が忙しかったので、淋しい気持ちは味わわないで済んだように思う。

相変わらず職場はにぎやかで活気に満ちていた。まだまだ景気が良い時代で、展示会でも呉服はよく売れていた。蕉雨園での展示会には、お得意さんが何人も見えて着物を見たり、庭を散策して楽しむ事ができた。四月二十九日は桜の花が終わり、はなみずきの花が咲いていた。芝生の緑も美しくお客様との会話もはずんだ。休日には夫や娘たちと家族旅行をした。四月には夜叉神の森に車で行き、水芭蕉の花を見、五月には白馬に旅をしている。

また、お客様で大変親しくなった上原先生を、五月の節句に招待した。いろいろ話をしている内腰越の上原さんと姉弟という事で、私とは遠い親戚に当たることがわかったのである。真多呂人形の先生で、いつも何人か習っている人と売場に来てくださっていた。何年ものつき合いで大変親しかったので、孫の大介の節句に招いたのである。大介は二歳になり可愛いさかりで、先生

も大介に会えて大喜びであった。

また十月には八幡平に旅して、紅葉やコスモスを楽しんでいる。長女亜紀も一緒だった。

こうして平成四年は、仕事もプライベートも大変充実して過ごしていた。舞踊は続けていて、夏には舞台が二つあって、踊りをたくさんの人々に見てもらったりしている。

人生百年とすると半分を過ぎた「五十四歳」、まだまだ将来の夢がたくさんあったと思う。

第三十一章　山形へ行く

平成五（一九九三）年七月二十九日に、二人目の孫美里が誕生した。次女由美の長女である。

平成五年の一番重大なニュースは、何といっても皇太子殿下の結婚の儀で、昭和三十四年の天皇皇后両陛下の結婚以来三十四年ぶりの事であった。

たまたま私は連休で、夫とゆっくりテレビを見ることができた。小和田邸に山下東宮侍従長が、雅子様をお迎えに行くところからテレビを見ていて、その日は感動しっ放しであった。

午前十時四分、皇居の賢所《かしこどころ》で「結婚の儀」が始まった。慣例で天皇陛下と皇后陛下は出席されない。

式には八一二名が参列し、結婚の儀はおごそかに十六分間で終わり、朝見の儀は午後三時から皇居宮殿「松の間」で行われた。雅子様はローブデコルテ姿で皇太后陛下、皇后陛下と引き継がれてきたダイヤのティアラをつけ美しい。

私がローブデコルテの事を、デーブデコマッタなんで言ったので、夫と二人で大笑いしてしまった。ティアラ（宝冠）が輝いていた。

結婚パレードの時間が迫ってきたけれど、雨はやまない。しかし出発五分前の四時四十分、まるではかったように雨があがったのである。

ロールスロイス社のオープンカー「コーニッシュ」で、パレードは定刻どおり出発した。

沿道には十九万人の人が詰めかけ、車の移動とともに歓声が上がった。雨は上がり晴れた中を、オープンカーがゆっくりと進んでいく、雅子様の美しさが陽に輝いていた。笑顔がとても可愛らしく、立派な花嫁さんであった。東宮仮御所で午後六時から「供膳の儀」が行われ、お二人は古式料理の卓について、初めて杯を交わされたそうである。また午後九時からは「三箇夜餅の儀」があった。これは、雅子様の年齢の数の、小さな白粉の餅を盛った銀盤四枚を寝室に飾り、お二人が一つずつ箸でつまんで食べる、古来の結婚の習俗だそうである。

雅子様のようなすばらしい女性が、皇室に入って開かれた皇室を見事に築いていかれる事を、すべての国民が心から願う一日であった。

これから皇太子と雅子様が、お二人の力で世界に外交の役を果たしていかれる事を、すべての国民が期待していると思われた。とにかく感動して、夫も私も幸せな休日を過ごすことができた。

「沿道の人々を見てハニカンで手を振る笑顔美しきかな」と私は雅子様を短歌で詠んだ。

六月の花嫁の笑み美しく
王冠の光輝きており
伝統の古しきゆかしき式終えて

ほっとくつろぐふたりの姿

この年の七月二十二日に、山形の旅に出た。次女の婿殿の御両親と夫と私の四人の、一泊二日の旅である。夫の運転で朝四時に出発した。ベイブリッジを通る時、東の空に朝陽を見、安達太良SAで朝食をとる。十二時半に山寺に向かう。宝珠山立石寺は一般に山寺と呼ばれている寺で、今から千百年以上前の貞観二年に、清和天皇の勅願により天台宗の僧、慈覚大師円仁によって開基された霊場だという。古くから比叡山延暦寺の別院として知られ、僧坊三百人以上千四百石の朱印をもつほど強い勢力があったそうである。現在でも日本三力寺、日本三山寺、日本七薬師、奥州三霊場のひとつとして、数えられている名刹だという。

閑《しづか》さや岩にしみ入る蝉の声　芭蕉

百丈岩の絶壁上に建つ開山堂（慈覚大師の御廟）、展望の良い五大堂、釈迦堂などいずれも岩山の上にあり、山門から奥の院まで千十五段以上の石段で結ばれていて、登るのが大変だ。芭蕉が奥の細道をたどり、山寺を訪れたのは元禄二年、一六八九年五月二十七日のことで、今の七月半ばの頃であったという。奥の院まで四人で登り、さわやかな風を受け、ひと休みした。下山して食べた、力《ちから》こんにゃくがおいしかった。

上山温泉葉山にある橋本屋旅館に、午後四時に着いた。夕食は六時半からで、四人でいろいろおしゃべりしながらおいしい料理に舌鼓を打った。次の日はさくらんぼ狩りに、寒河江市に向かった。生まれて初めて脚立に乗って、木の上の方にいっぱいあるさくらんぼを食べた。佐藤錦やナポレオンが、みずみずしくておいしかった。鬼島夫妻の案内で山菜料理の店、出羽屋にゆき、山菜のいろいろな料理を楽しむ事ができた。月山朝日山麓で、月山細竹《ほそたけ》が何ともおいしかったし、わらびやぜんまいや山ぶきや行者にんにくの酢みそ和えもおいしかった。鈴木家に戻り、夕方まで のんびりして、山形から藤沢に帰ってきたのである。

この年は、梅雨が五十五日も続いて大変だった。平年の四十一日より、二週間も長かったのである。気になるのは農作物のでき具合だ。キャベツ、ネギ、人参、ナスなど生育が悪く高値になった。太陽が恋しいとつくづく思う日々だった。

梅雨明けをよろこぶ蝶の後をゆく　杉山岳陽
夕立や草葉を摑《つか》むむら雀　蕪村

平成五年七月二十九日午後十時四十五分に、次女由美が女の赤ちゃんを産んだ。三千五百グラムで五二・五センチ、女の子にしては大きい赤ん坊であった。本当に可愛い。美里《みさと》と命名。四日がお七夜で婿殿の御両親を招いてお祝いをする。楽しい祝い膳であった。

赤ちゃんは元気いっぱい、足は蹴る、手は伸ばす、乳もたくさん出るのでよく飲んでいる。

平成五（一九九三）年七月、いよいよ連立内閣が発足した。総理は細川護熙《もりひろ》、公明党では労働大臣に坂口力、総務庁長官に石田幸四郎、環境庁長官に広中和歌子、郵政大臣に神崎武法《たけのり》、大蔵大臣に藤井裕久が決まった。連立政権の政治改革での合意事項は次の三点であった。

一、小選挙区比例代表並立制による選挙制度改革

二、徹底した政治の腐敗防止のための連座制の拡大や罰則の強化

三、公費助成等と一体となった企業、団体献金の廃止等の抜本的政治改革関連法案の年内成立、

以上が連立政権の課題だ。

そして衆院議長に、女性初の土井たか子が就任し選挙活動に参加していたので、私も興味があった。すべて変わり、これからが楽しみだった。この年は冷夏で、消費もすっかり冷え込んだ、いつもたくさん出す暑中見舞も残暑見舞も、出すことなく、立秋を迎えたのであった。

そして十月のある日、夫と私は谷川岳に行くことにした。早朝三時半に我が家を出発し、上里サービスエリアに五時二十分に着いた。赤城ＳＡに六時に着き朝食をとった。月夜野三国峠でひと休みした。三国温泉郷である。水上から高速道路をぬけると、山の向こうが清水トンネルである。湯檜曽、土合と上越線の駅を左に見ながら車は走った。土合スキー場や天神平スキー場を通過して、谷川岳ロープウェイに到着。ロープウェイに乗って上の方の紅葉を見て、天神平に七時半に着いた。コスモスが一面に咲いていていて美しい。

霧深き山の上にたたずみて
旅のよろこび、しみじみ想う

ナナカマドが、見事に赤く紅葉してきれいだ。ミズナラの林は黄色に染まっていて、マチガ沢を通って一ノ倉沢に着いた。谷川岳の登山口である。谷川岳、剣岳、穂高の三つの山登りの名所とされているうちの一つ、一ノ倉沢である。岩場に下りてきれいな水を手ですくってみた。

色とりどりにテントがたくさん張ってある。山道を下り、湯檜曽温泉から日光へと向かう。奥利根国際スキー場のある藤原スキー場を通過したのが九時、宝川温泉に着いた。

岩魚の滝で車を下りて滝を眺めた。

陽の光る水の流れと滝の音

緑の葉が陽に輝いて美しい。ちょうど紅葉の美しさと、滝が見事に調和していて美しい眺めだ。

尾瀬奥利根林道を車は走り、鳩待峠に十時半に着いた。日光国立公園である。尾瀬への入口で尾瀬戸倉スキー場を沼田の方でなく、片品村の方に行くと「白い屋瀬飛ぶ風白い君」と書かれた看板があった。片品自然休養村のある所である。丸沼、菅沼を車は通過、金精道路を走って湯の湖に到着した。ここで食事をし、湯ノ湖から戦場ヶ原を通過し、光徳牧場を見て、二時半に東北自動車に入った。楽しい旅であった。ちなみに谷川岳ロープウェイは土合口から標高一三二九㍍、の天神平まで二十三㌔を秒速四㍍、約十分で運行されているとの事だ。

平成五年十月十日秋晴れの日、次女の嫁ぎ先の母親が入会し御本尊授与式が行われた。生まれて二ヵ月の美里は、お母さんに抱かれて参加し、長女も夫も婿も参加してくれた。お母さんの華やいた笑顔がすばらしかった。御本尊送りができ本当に嬉しかった。

十月半ばには、仕事で京都ツアーにお客様と参加し楽しい二日間を過ごしてきた。

ひかり号は横浜を十時二十三分に発車し、名古屋駅でだるま弁当を買いこみ、京都には十二時四十三分に到着、総勢二十三名の団体である。バスは西大津バイパスを走って滋賀県に入った。琵琶湖を見ながらバスは、坂本の律院に向かう。日吉大社の町で比叡山延暦寺律院では、お坊さんの説法を聞き見事な庭園を見学し、近くの西教寺に行って、抹茶とお菓子で休憩をした。ここは明智光秀の菩提寺で、天下を十日間とったというので、三日天下と言われているそうである。琵琶湖の真中四二八㍍の三上山があり、近江富士と言われているという。三井寺は天台宗の総本山で御井寺が三井寺になったそうだ。

比叡山ドライブコースを走り、バスは京都に戻って都ホテルに四時半に到着した。そしてバスで食事処つたやに向かった。途中太秦《うずまさ》映画村の前を通り正面に小倉山を眺めた。夕焼け空が大変美しかった。まつたけ料理が次々と出て皆大喜びである。次の日は御所を見学し金閣寺に向かう。

紅葉にはまだ少し早かった。昼は三条の三嶋亭でおいしいすきやきを食べた。そして錦小路でいろいろ買い物をして、京都駅に行き十六時のひかり号で横浜に十八時三十一分に到着し、家に七時半に着いたのである。

十月二十三日は大安吉日で、私の姉の息子の結婚式で、姉や兄嫁の留袖の着付けをして大忙しであった。結局五人の着付けをしたことになる。

振り返ると平成五年は、何かと忙しい年であった。『人間革命十二巻』がベストセラー一位に入っている。そして七月には、北海道南西部の江差町の北西約六十キロにある、こんもりとした緑におおわれた奥尻島で地震が発生し、死者一七二人が出たという。津波の被害が大きかった。

第三十二章　花の旅

平成五年十一月三日に、小田急電鉄ＯＧ会で奥多摩にバス旅行をした。最初に寄った所は壺草苑という藍染工場で、ハンカチの藍染体験を楽しんだ。二番目に玉堂美術館に行き、静かなたたずまいの中でくつろぎ、御岳渓谷の眺めを楽しみ、吉野梅郷に向かう。ここは秩父多摩甲斐国立公園の玄関口である。吉野梅郷の西に吉川英治記念館がある。旧吉川英治邸の草思堂に、昭和五十二年に記念館が開設されたのである。大変すばらしい庭で、ここに吉川英治が執筆した書斎が、そのまま残されていた。バスは新宿に戻り、「豪華」で会食をして別れたのである。

このところデパートの売り上げが落ち始めていて、いろいろの所で展示会が催されていた。仕事で忙しい日々だったけれど、十一月の半ばには夫と信州旅行に出かけている。

車での旅は出発するのが朝三時半、まだ暗い内に星空が美しいのを眺めて出かけるのだ。二人ともルンルン気分である。双葉ＳＡに五時半に着き、おにぎりを食べる。まだ人影もなく外は暗い。ようやく陽が昇り始め、夜明けの高速道路を走る。「一瞬に明るくなりし旅の空」と句を作ってから、うとうとしているうちに梓川ＰＡに着いた。夫の予定通り朝の七時である。

木崎湖まで走って中綱湖を眺めて朝食、八時過ぎだ。よく晴れて美しい水辺の風景である。

中央高速道を松本の方に向かい、豊科インターで下りて大町の方に走っていった。白馬を通って糸魚川に出、宇奈月にいく予定である。

青木湖の水面にさぎの泳ぎおり
水青し山影映し青木湖しづか
木崎湖に霧が流れて哀愁深かし
山の峰が霧にかすみて、すみ絵のごとし
紅葉の山肌近かし八ヶ岳
一面に秋の色さす甲州路
霧深かし白樺の葉の散りており

雲一つない青空が美しい、栂池高原に九時に着く。糸魚川から松本へ塩を送ったことから、塩の道と言うのだそうだ。
白馬三山を左手に見ながら車は走った。私が「詩を書く人は、いつも詩の事ばかり考えているのかしら？」と言うと、夫がトンチでこう答えた「そう急ぐ事はないよ」私は思わず笑う。死と詩をかけたのである。

晩秋の信濃の路に紅い葉の散る
姫川にそいて走るか秋の旅

小谷村《おたりむら》を通過、姫川橋を渡ると小谷温泉だ。白馬村、小谷村を過ぎて糸魚川市に入る。親不知のある天嶮トンネルはとても長い。そしてついに宇奈月に着いた。夫の予定地図を見たら、宇奈月着が十一時となっていて、十分過ぎて予定通りに走ってきたことになる。

十一時四十分に黒部峡谷鉄道が出発し、私たちはうしろの席に座って、車掌さんの話を聞いた。幸田露伴の句に「巌殿の湯や夜をさびて河鹿啼く」というのがあって、ここの露天風呂は有名だという。終点欅平駅に着いたのは午後一時十分過ぎ、赤い奥鐘橋を渡って名剣温泉の少し先まで歩いて行った。空気はおいしいし、眺めも良いので夫も私も大満足の気分である。

時間があったのでビジターセンターで黒部峡谷のビデオを見て楽しみ、午後三時発の宇奈月ゆきの電車に乗った。グランドホテルに泊まることになっていた。次の日は高山に向かった。途中飛騨古川に立ち寄ってまつり会館を見学、あやつり人形や神輿を見る事ができた。

一時間ほど飛騨古川の街をぶらぶら歩いてから、一路高山へと向かう。街中を走って陣屋の駐車場に車を置き、とても風流な店でほう葉焼き定食を食べ、土産をいろいろ買って駐車場を午後一時に出発した。舞台峠に二時十五分、中津川ＩＣが三時二十分、駒ヶ岳ＳＡに四時、諏訪湖ＳＡを四時四十分に出た車は、大月で渋滞に出会う。八王子インターに七時十分。家に着いたのは八時半であった。楽しく充実した旅であった。
さて、このところ大変景気が悪くなっていた。リストラ、長引く不況と雇用の不安が続いていた。早く景気がよくなるといいと思う。
北海道南西地震、記録的な冷夏と集中豪雨など大規模災害が相次ぐ中、ゼネコン汚職が国民を唖然とさせた。海外では地域紛争が続発していた平成五（一九九三）年も、終わりに近づいてきた。

平成五年の十二月二十三日に、初めて三女すずが彼の家に招待され、二十六日に彼が我が家を訪れて私たちは二人に会い、いろいろ話し合う機会に恵まれた。たぶん来年二人は、ゴールインすると思う。長女も次女も三女も長男の嫁になることになった。平成元年から平成六年までの五年間に、娘三人を嫁に出すことになって夫も嬉しいやら淋しいやらで、複雑な心境であったようだ。

そしていよいよ平成六年一月二十九日大安の日に彼の御両親が見え、結婚の話が本決まりとなった。前の日雪が降り大変だったと思う。家族書を渡された。いろいろ話もはずみ大変楽しいひとときを過ごす。「ふつつかな娘ですが、よろしくお願いいたします。何も仕込んでおりませんので、お宅様の息子さんについていけますかどうか、心配ですけれど」と私は言った。あとで娘に「少しはほめて欲しかったわ」と言われてしまう。小さい頃からいろいろ手伝ってくれて、心配はしていない。私が仕事をしていたので、うちの娘たちはよくやっていたと思う。聡さんとは三十七歳と二十五歳、ひと廻り年の差があるけれど、三月生まれでしっかりしているから、きっとうまくやっていけるだろうと私は思っていた。いよいよ結婚式場を見つけなくてはならない。大変良い感じの御両親に育てられた息子さんなら、安心して娘を嫁に出す事ができると思う。

この年の三月九日は夫の六十歳の誕生日だった。三十七年も同じ会社で立派に仕事をしてきた夫に、心から「おめでとう」と私は言った。感謝の気持ちでいっぱいだった。同じ所でつづけて仕事をする事が決まっていた。健康だし、見た目も若いし六十歳とはとても見えないと私が言うと、単純に夫は喜んでくれた。毎日私の仕事は忙しかった。振袖大会、相撲ツアーと展示会は続き、売り上げも精一杯上げることができた。忙しい間を縫って、夫と旅に出て英気を養っていた。平成六年二月の半ばに、千葉の千倉に旅行をしている。

春の海キラキラ光る水の面
空の色澄んで六羽のかりの飛ぶ

江ノ島から逗子小坪の海岸を車は走り続け、佐原に八時半に着く。八時四十五分に東京湾フェリーが出航し、浜金谷に三十分で到着し、いよいよ千葉の旅が始まったのである。

懐かしき磯の香りか千葉の海

まずマザー牧場にゆき、見事な眺めに感動し、雪の残っている牧場の道を二人はゆっくり歩いた。

菜の花や雪の白さに浮きて華やか
青空に春風なびくマザー牧場
残雪や春の陽受けてキラキラと

十一時にマザー牧場を出発し、一路鴨川に向かい鴨川シーワールドに十一時四十五分に着く。途中、雑木林が続き、シュロの木が目立ってきた。左側に金山ダムがあり、鴨川道路を走った。アシカショーやイルカショーを楽しんだ。

千倉町には十四時四十分に着き、千倉の宿に一泊し、次の日九時に宿を出て、千倉の海岸を散歩し、野島埼灯台に行ってみた。春の陽気でお花畑には金魚草、ストック、キンセンカやチューリップ、葉ボタンなど色とりどりである。ブーゲンビリアやキリン草やハイビスカスが、見事に咲いていた。マーガレット、スミレ、パンジー、ポピー、ベコニアなどが、春を盛りと咲き乱れている。フラワーセンターに十一時十分に着いた。フラワーラインの両側には、菜の花が咲いていて黄色が目にあざやかだ。

南房パラダイスに十一時十分に着き、サマーレッド、グリーンネックレス、ヒメショウジョウヤシ、ランタラ、デンドロビューム、コチョウラン、エントランスホールなどの花を、見ることができた。美しい花々を見てもう感動しっ放し。こんなすばらしいお花の景色を見たのは、初めてのことである。房総半島の先端が洲埼灯台で、静かな所である、少し行くと小さな入江がある。波佐間海岸で、さざ波が立っていた。ポカポカ陽気の南房総は二月なのに春だった。館山から一路浜金谷をめざし二時のフェリーに乗船し、久里浜に午後二時三十分に着いた。楽しい、すばらしい千葉旅行であった。また仕事を頑張ろうと、旅を終えて思う私であった。

第三十三章　九州一周の旅

平成六（一九九四）年二月は、着物ナンバーワンと明美会と展示会が続き、お客様が大勢見えて大忙しだった。景気が悪いとはいっても、呉服の売り上げは大変よかったようである。プライベートでは、夫の父の法事や私の姉の長男の結婚式が続いて、休むひまがなかった。五十七歳は何かと忙しい年まわりのようだ。そして三月は孫の初節句と私たちの誕生祝いと重なり、集まることが多かった。

展示会が次々とあって、ようやく一週間の休暇を取ることができて、三月十日から三泊四日の九州一周の旅に参加することができた。

七時三十分に羽田で飛行機に搭乗した。八時に全日空ANAは出発し、熊本空港に九時に着陸した。全日空六四一便は、羽田から熊本までちょうど一時間で飛んだことになる。四人の若い娘さんと、三人の家族連れと、私たち夫婦の合計九名のツアーで、ジャンボタクシーで阿蘇に向かう。

阿蘇山草千里で、まず世界一のカルデラ火山を展望する。見事な霧氷を見た。木の枝が白く凍って、花が咲いたように真っ白だ。冷たい空気が上気した頬に、何とも気持ちがよくて身がひきしまる感じである。阿蘇山で写真を撮り、一路高千穂に向かう。標高一二八〇㍍の阿蘇山は寒かった。火口は周囲四㌔深さが一三〇㍍で、噴煙を上げる光景は迫力満点だそうである。

途中、阿蘇お猿の里には、猿まわし劇場があり、猿まわし芸の元祖と言われている。

九州の真ん中で九州のへそと言われている蘇陽町を、十一時四十分に車は通過し高千穂峡には十二時に着いた。高千穂町は五ヶ瀬川の上流に位置し大分、熊本の両県の境で、天孫降臨《てんそうこうりん》の神話と仙境の地として知られている。北は九州の雄峰祖母山《そばざん》・傾山《かたむきやま》に連なる山並みがそびえ、南は諸塚、椎葉を経て九州山地へと続いている。周辺には神話のふるさとにふさわしく、天香具山《あまのかぐやま》、高天原などの地名が残り、「刈干切唄」や夜神楽も伝承されているという。

高千穂峡は五ヶ瀬川が阿蘇溶岩台地を浸食してできた、深いV字形の峡谷である。柱状節理の断崖は高い所で百㍍、平均でも八十㍍もあり、それが東西七㌔に及んでいる。柱状節理の崖から白い飛沫を上げている真名井滝を眺めた。そして鬼の力石や槍飛橋や高千穂大橋や、玉垂の滝、窓の瀬、アララギの瀬など、すばらしい景観を楽しむ事ができた。車は一時半に出発し雲海橋を渡り、青雲橋を二時に通過し延岡市に入る。山から海に出、日豊海岸国定公園に入り、日向市に三時半に着いた。

化学工業都市として有名で、かつては内藤家七万石の城下町だったが戦災のため、その面影はわずかに延岡城跡・城山公園に残すだけとの事、日向灘の波浪に削り取られた奇岩洞窟が続く典型的なリアス式海岸が続き、沖合には島浦島や高島が浮かんでいる。この海岸は浦城、須美江、熊野江、古江、市振、宮野浦の六つの入江が続くところで、六ヶ浦海岸と呼ばれているそうだ。大淀川を渡って、フェニックスホテルに六時に着いてほっと一息つく。食事が終わって七時半から散歩に出た。フェニックスがずっと続いていて、ハワイのようである。大淀川の岸辺を次の朝歩いたら、カモが行列を作って泳いでいるのに出会う。ポピーの花が一面咲いている中で、何枚か写真を撮って宿に戻り朝食をとった。八時に宿を出発、ジャンボタクシーは八時半に青島に到着した。

　青島は日向灘に浮かぶ周囲一・五キロの小さな島、周囲を鬼の洗濯板と呼ばれる波状岩に囲まれ、約二三〇種に及ぶビロウなどの亜熱帯植物が全島を覆っている島である。島の中央には、山幸彦と海幸彦の神話の残る青島神社があり、朱塗りの鮮やかな社殿が亜熱帯植物に覆われて、立っている。

椿咲く日南の海の暖かさ
貝拾う乙女心を懐しむ
風紋の上を歩いて貝拾う
波しぶき青島の海の美しさ
フェニックス南の海の風になびきて
春の陽に温室の屋根光りおり

サボテン（ハーブ）園、鵜戸神宮を経て野生馬の遊ぶ都井岬に至るロードパークを、車は走った。フェニックスやソテツなどが立ち並んでいる。夾竹桃の花が咲いていた。日向灘に面している鵜戸神宮は、日南海岸のほぼ中央部に位置し鵜戸岬の突端にある青い海を見ながら、石段を下っていった。そこには海食洞があり、中に朱塗の社殿が立っている。創建は崇神天皇（四世紀）の頃と伝えられている。洞窟の前面には日向灘が広がり、亀石、二柱岩などの奇石が荒波に当たっている豪快な眺めを見ることができる。境内の一角には、剣法発祥の地碑がある。岩にしめ縄があり、玉をなげて輪の中に入ると、幸せになれるというゲームが行われていた。車は十時半に鹿児島市に向けて出発。

海の色日南海岸藍深く
南国の洗濯板の岩つづく
旅路ゆく南の島にひなげしの花
ソテツ土手眺めつつゆく日南の海

一時間走るとそこは鹿児島市であった。国道二二〇号線を走る、大隅半島である。垂水港を過ぎると、目の前に桜島が見えてきた。溶岩道路に入ると石や岩がごろごろしていた。

林芙美子の碑があった。ドライブインの大きな桜島大根の前で、記念撮影をした。「花のいのちはみじかくて苦しきことのみ多かりき」と、刻まれた文学碑の前でも写真を撮った。

桜島は錦江《きんこう》湾を中にして鹿児島市の対岸約四キロにある火山島で、大正三年の噴火で多量の溶岩が流れて、大隅半島と陸続きになったといわれ、山頂一一一七メートルの北岳、中岳、南岳が南北に並んでいる。桜島フェリー乗場に車が着き、二時四十分に出航した。風もなく穏やかな海で四月のような暖かさであった。鹿児島に着くとすぐ車で城山に向かう。標高一〇七メートルで西南戦争で薩摩軍の最後の砦となった所である。城山からは桜島を眺め、西郷隆盛が四十九歳で命果てた洞窟を見、屋久杉の店でいろいろ見て磯庭園を四時に出発した。桜が満開で菜の花の黄色があざやかな道を通過して、鹿児島空港を四時四十分に通過し一路霧島へ向かう。霧島連山の南面標高六〇〇～九〇〇メートルに点在する温泉が霧島温泉郷で、その日の宿は霧島国際ホテルであった。

三月十二日は二人の結婚記念日である。九州一周の旅の四日目を迎えた。あいにく雨である。ジャンボタクシーは八時二十分に宮崎県に入る。えびの高原は霧島の北側、韓国《からくに》岳や甑《こしき》岳、白鳥《しらとり》山などに囲まれた広々とした高原である。秋になるとススキがえび色に染まることから、えびの高原と呼ばれるようになったという。ノカイドウの群落やミヤマキリシマ、イワカガミなどの高山植物が多く、また野鳥も数多く生息している所で、新緑の頃ノカイドウが白い花をのぞかせ、五月下旬から六月上旬にかけて、ミヤマキリシマが薄紫や白、紅、ピンクとあざやかな花を咲かせ、紅葉の頃はカエデやナナカマドで赤く染まるということだ。冬は見事な霧氷が山々の樹々を化粧するといわれるところである。雨が降っていて、高原の雨はことさらに冷たく感じる、人吉《ひとよし》市のループ橋は世界一長い橋だそうだ。熊本県に入った。肥後トンネルは六三四〇㍍で、長いトンネルである。八代市に入った。八代亜紀の生まれた所だそうだ。十時四十分であった。

九州自動車道を走り続け、水前寺公園（成趣園）に十二時ちょうどに着く。ここで霧島のホテルのロビーに、カメラを忘れてきた事に気づいた。すぐ霧島国際ホテルに電話したら、カメラはあったので、自宅に送ってもらう事にした。本当によかったと、夫と胸をなで下ろした。水前寺公園は細川忠利から三代にわたって、築造された約六九万平方㍍の回遊式庭園である。

美しい築山や浮き石、松などが巧みに配された庭園は、東海道五十三次景勝の名所をかたどったと伝えられている。池畔に立つ茶屋「古今伝授の間」は、明治時代に京都の桂離宮から移築した由緒ある建物で、国の史跡名勝になっているという。雨はようやく止んだ。次は熊本城である。車が熊本城に着いたのは午後の一時過ぎ、中をゆっくり散策した。この城は加藤清正が築城し江戸時代には、細川氏の居城となった。堅固な石垣で囲まれていて、日本の三大名城の一つといわれている。明治十年に天守閣をはじめ大半を焼失し、現在の天守閣は昭和三十五年に、再建されたものである。桜の頃は見事な眺めだと思われる。車は熊本港に二時に着き、出航まで一時間の間お土産を買って過ごした。フェリーは三時に出た。デッキから雲仙のあの普賢岳の痛ましい爪跡を眺め心が痛む、島原港にフェリーが着いたのは四時である。島原は島原半島の東岸にあり、松平氏七万石の城下町で、前面に有明海、背後に秀麗な眉山《まゆやま》が迫っている。市街には武家屋敷や古い寺や神社があり、歴史を感じさせるたたずまいだ。五時に車はいよいよ最後の観光地、長崎へと向かった。長崎市の花は、シーボルトの愛したあじさいの花だという。そしてシーボルトの夫人の名前は、おたきさんというそうだ。長崎グランドホテルには六時に到着。県庁の斜め筋向かいにあって、立派なホテルである。宿に着いて荷物を置くと、すぐに車で中華街に行き、それぞれ好きな品をとって食べた。新和楼で夫はチャンポン、私は皿うどんを食べた。酢豚とギョウザもとって大満足して外に出た。

ちょうどタクシーが止まっていたので稲佐山まで乗ったら、親切な運転手さんで展望台まで一緒に行って、写真を撮ってくれて嬉しかった。街の明かりが宝石をちりばめたようにきれいで、美しい長崎の夜景を心ゆくまで楽しむことができた。そのままタクシーで宿に戻り、私たちは夜の街を散策し、思案橋まで行ってみたら、若い人々でたいそうにぎわっていた。三月十三日は私の誕生日である。大変よく晴れた気持ちよい朝だ。車は八時に出発し、大浦天主堂に八時二十分着。八角形の尖塔を載せた立派なゴシック建築と、内部のステンドグラスの美しさで知られる、日本最古の天主堂である。天主堂の横には、明治八年に建てられたレンガ造の旧羅典《らてん》神学校（重要文化財）があり、そのわきの細い道を通って、グラバー園に私たちは行ってみた。

長崎港を見下ろす南山手の小高い丘の上にあるグラバー園は、三万平方㍍の広さで、イギリス人貿易商のトーマス・グラバーの旧邸である。一八六三年（文久三年）に完成したコロニアルスタイル（バンガロー）平屋建ての洋館で、上から見るとクローバーの葉形をしている日本で最古の洋風木造建築である。長崎港が一望できて庭も美しい。日本最古のアスファルトの道路を歩いてみた。三色スミレとあじさいとチューリップと葉ボタンの花が、色とりどりに咲いていてきれいだ。

風清し、長崎の鐘、ひびきおり
長崎の山頂できくドラの音
石畳鈴をならして犬がいく

平和公園は毎年八月九日に平和祈念式典があり、多くの人が集まる原爆落下の中心地だ。団体の人々で、たいそうにぎわっていた。次に訪れたのはオランダの町並みを再現した、ハウステンボスである。三十万本ものチューリップが咲いていて見事だ。運河を舟で遊覧した。次に有田焼の窯もとに行き、会館で買い物をし、福岡に向かった。福岡は博多湾を臨む百万都市で、九州第一の都市として発展した所、辛子明太と博多人形と久留米餅で有名である。福岡発二七〇便は最終便、九州一周を終え帰る。

第三十四章　高遠の桜

一九九四年、平成六年四月は、三女すずの結納の式があって、何かと忙しかった。料理は全部自分でやり、午前中に降っていた雨も上がった。

娘の着物の着付けも済んで、十一時半に婿殿の御両親をお迎えし、式を始めた。両家の親と若い二人の挨拶が終わり、指輪と結納品を床の間に飾って、一応式は終了しほっと一息ついた。いつか私が泥棒に入られ、怪我をした事がきっかけですずは小田急商事を辞め、トステムに入ってその上司とめぐり逢い、結婚する事になったので「災い転じて福となり」で、幸せを勝ち取ることができたのである。縁というものは不思議なもので、本当に良い人と結婚する事が決まり、私たちも心から喜ぶことができた。

三月の大着物展も、座売りも、成功し、四月の蕉雨園の展示会もたくさんのお得意さんに来ていただき、売上げも一番上げることができた。皆様がほとんど買って下さったので、職場では大変満足していたようである。

そして四月二十二日に、夫と高遠の桜を見に行くことになった。いつものように三時四十分には家を出発し、暗い道を走って都夫良野トンネルに入ったのが四時半であった。

白々と夜のあけていく山あいの道
電灯がまっかに映る霧の道

夜明けのドライブは楽しい、車も少ない、車は御殿場を通過し山中湖から河口湖へと向かう。

霧深かし山中湖畔の道をゆく
美しき富士の姿を仰ぎみる

忍野八海を通り過ぎ、河口湖の見晴台でひと休みした。まだ五時半である。空気は冷たい富士山に朝陽が差して赤く染まる。一宮に六時に着き、桃の花やあんずの花を眺めた。更紗もくれんや、こぶしの花や、桜の花が、見事に咲いていて美しい眺めである。双葉ＳＡでようやく朝食をとった。夫の作ったおにぎりがとてもおいしかった。のどかな田舎町に出た。ここが桜で有名な高遠町である。朝の八時には「高遠城跡公園」に到着した。

第三十四章　高遠の桜

登り来て振り返り見る坂の上
国美しき四季の移ろひ芒人

坂を登ってきたら、ちょうど桜の木が見事に花開いているのに出会った。これがその時見た句碑である。公園に入ってビデオ撮影をしていたら、ポンと肩をたたかれた。売場のお客様だった。彼女はカメラの同好会で来ていたのだ。

一面に桜花咲く高遠の丘
高遠にわた菓子のごと桜咲く

出会った場所は桜雲橋という橋の上だった。桜の木の向こうには南アルプスの仙丈岳が見え、雪の白さが目立っていた。絵島囲み屋敷を見て九時頃近くの街に行き、蓮華寺の石段を登った。何とも美しい眺めが広がっていた。

よもぎや、つくしが春の土手に生えていて田舎の風景がきれいに広がっていて、日時計があり、古めかしい塀が続いていた。

皆が訪れる頃私たちは高遠ダムを、三峰川に沿って車を走らせ、伊那に十時半に着いた。鯉のぼりが風になびいている。車は一路茅野に向かう。車は十一時十五分に諏訪に着いた。

旅路来て散る花びらのいとおしき

桜散る心残りの旅の道

諏訪湖は、標高七五九㍍地点にある周囲十八㌔（現在は湖周十五・九㌔）で下諏訪町、岡谷市、諏訪市と三つの町に囲まれている。すぐ近くに片倉館があり、二時間ほどラドン温泉で過ごし、ゆっくり休んだ。

片倉館は昔製糸工場で働く人たちのためにつくられた、深くて広い温泉で有名である。

また、高遠公園内の絵島囲み屋敷は、役者の生島新五郎との密通が発覚し、高遠へ流された絵島が生涯住んだ家だという。絵島の遺品がある蓮華寺は行ってみたけれど、高遠郷土館には寄らずに諏訪湖に出、片倉館で休んで、一路、一宮石和に向かい、河口湖を四時半に通過して、我が家に六時半に帰り着く事ができた。

この年の家族の花見は四月十日で、大庭城址公園であった。晴れて暖かなお花見日和だった。この時孫は二人、三家族で花見を楽しんだ。大介が元気に走り廻りいたずらをして大変だった。風船を持った子に近づいて、風船を飛ばしてしまったり、五歳くらいの女の子が泣いている所に近づき、肩をさすって慰めたりしていた。男の子の動きはめまぐるしくて本当に楽しい。その日は家に帰ってから、夫の還暦祝いをしたのである。三人の娘と二人の婿と二人の孫に囲まれて、夫はとても幸せそうだった。花束贈呈や手紙の読み上げがあり、楽しかった。

さていよいよこの年も大型連休が始まった。連休の最中に長女が二男を産んだ。とても軽くて母子ともに元気だった。六月五日は三女すずの結婚式である。長女が五月七日に第二子を出産し、六月には結婚式と本当にめまぐるしい日々であった。当日すずが夫と私に手紙を置いていった。式場は桜木町のランドマークタワーである。一二三名のお客様で、本当に今までにない豪華な結婚式であった。式場は三階で金屏風の前に並んで写真を撮った。

三時半に会場に集まり、いよいよ四時から、式と披露宴が始まった。

六月五日横浜ロイヤルパークホテルニッコーに於て、江崎家、高沢家の結婚披露宴が催された。人前結婚式で、誓約書を読み上げ指輪の交換をしたのである。とにかく豪華な会場で、大変すばらしい結婚式だ。

お料理も見事だ。スモークサーモンと帆立貝のマリネプリン添え、ロイヤル入りコンソメスープ、伊勢海老のグラタン、リンゴ紅茶のシャーベットが出て、牛フィレ肉のポワレとフォアグラムースのグリーンレタス包み焼き、バニラパフェ洋梨添え、メロン、コーヒー、フランス小菓子と言った料理が次々と運ばれ、おいしくて感動しっ放しだった。

花嫁も花婿も衣裳替えをし、花婿さんは立派で花嫁は可愛らしく美しかった。入場の度に歓声が上がった。

最後に花束贈呈があり娘も涙いっぱいである。お父様の挨拶に続いて婿殿が挨拶をして式は無事に終了した。屏風の前に御両親と私たちと花婿、花嫁が並んで帰る皆様に深々とお辞儀をして見送ったのであった。

司会者が読み上げた娘の手紙は次の通り。

「いつもいろいろの所に遊びに連れていってくれたとても優しいお父さん、いつも元気で明るいお母さん、今日まで大切に育ててくれてありがとうございます。つらい時に優しく励ましてくれたのはお父さん、お母さんでした。今、感謝の思いでいっぱいです、これで娘三人嫁いでいってしまいますが、これからは孫たちの誕生を楽しみにしていてください。

聡さんのお父様、お母様、いつも温かく私を迎えて下さって大変嬉しく思いました。お父様、お母様が慈しみ、育ててくださった聡さんに心から幸せを感じて戴けるよう、未熟な私ですが一生懸命頑張って参りますので末永く見守っていてください。二人で温かい家庭を築いて参ります。お父様、お母様、これからもお体に気をつけて長生きをして下さい」

とうとう三人娘をお嫁にやってしまった。平成元年に長女、平成四年に次女、平成六年に三女と五年に三人も嫁がせた事になる。

つまり五年間に三人娘を長男の嫁に出したのである。三人とも良い伴侶に出会えて本当に幸せだと思った。三人ともかっこうも良く、ハンサムで、その上人柄も良しで何も言うことなしで私も夫も心から安心することができた。

この年夫は六十歳、私は五十七歳、大変順調に娘三人は結婚し、肩の荷を下ろして、やれやれと一生懸命生きてきた人生を振りかえってみたのである、とても幸せな人生だった。

三人の娘のお陰でいつもにぎやかで楽しい家庭生活だった。夫も私も大満足の日々だったと思う。何の心配事もなく安心して三人の娘を嫁がせることができたのも、すべて今まで一生懸命信心ひとすじに生きてきた福運のお陰と、私は感謝の気持ちでいっぱいだった。御本尊様に報恩感謝の気持ちを伝えた事は言うまでもない。三人娘は健康に明るく素直に育ち、女子部で池田先生の御指導を受けて頑張っている。こうして家族全員が元気に幸せに生活できるのは、すべて信心のお陰とつくづく思う毎日だった。仕事も相変わらず忙しくやり甲斐もあった。

平成六（一九九四）年の六月二十二日から二十六日まで、私の企画でお茶会の着物と帯の会をロイヤルサロンで催した。私のお得意様がほとんどで、四日間で何と四十人もの人が見え十八点の商品が売れ、大成功を収めた。お抹茶とお菓子でおもてなしをして、充分楽しんでいただく事ができた。

そして千総、川島、秋場展でも売上げを上げる事ができて、仕事が楽しくて仕方がない毎日であった。会社に入って十八年経った。

八月に入ると毎日大変暑い日が続いて、休みの日は娘や孫とプールに行く事が多い。庭でのバーベキューで孫美里のバースデーパーティーを開いたり、花火を楽しんだりした。

職場では晴海で二万五千トンの船の中の展示会があり、大変楽しい思いをしている。富士丸は横浜沖で花火を見、一泊して翌日横浜港に戻ってきたのである。そして何日も経たないのにエルシーで、千総と川島と秋場の展示会があり、お客様が二十人で売上げが四百五十万円だった。こうして職場では大変忙しく、充実した毎日を送っていた。平成六年の九月二十五日に横浜の天王町の岩間プラザで五条流の踊りの発表会があり、私は「さのさ」と「島田のブンブン」を踊ったのである。姉や友人が見にきていて、舞台の上から皆の顔を見る余裕があった。

終わってから「千ぐさ」という料理屋で御苦労様会をして、楽しい一日を終えることができた。私の踊りが大変好評だったらしく、先生からもとてもよくできましたよと言われたし、「よかったわ、貴女の踊り大好きよ」言ってくれた人もいた。とにかく踊りはずっと続けようと思っていたのは確かである。

共稼ぎをしている娘夫婦のために、長女の美里を保育園に連れていく事が、このころの夫と私の日課となった。迎えに行くと美里はニッコリ笑って、両手を広げて抱きついてくるのだ。

迎えに行く者の特権で、可愛いことこの上なしである。美里は私たちの二人目の孫で、次女の家の長女である。孫は可愛いと思う。

第三十五章　香港旅行

お陰様で夫や娘や孫に囲まれて、とても幸せな家庭生活を送る事ができたし、三十九歳からの職場生活も大変充実して過ごす事ができた。あと三年で私も定年を迎えるが、三歳上の夫は平成六年三月に定年を迎え、引き続いて今まで勤めていた日本通運株式会社に勤める事になった。三十七年間無事に勤めた記念にエンジョイライフ記念旅行を実施してもらい、十四日から十七日までの四日間の香港旅行に参加する事になった。十三日は成田のホテルに泊まり十四日五時に成田エアポートレストハウスで目を覚まし、レストランで朝食をとった。集合場所はターミナルの時計の下に八時三十分、十二組の夫婦と添乗員の小柳さんに初めて会う。

定年退職者とその奥様で合計二十四人が、ツアー参加者である。九時十五分にC87コンコースに行き飛行機に乗る。離陸したのは十時十五分。七三三便が香港に着いたら外は大変暑くて大変。バスが待っていて二時三十分に出発した。

バスガイドは玉さんという小柄な女性である。アメリカドルが一〇三円の時、ホテルのチップは五ドルで公衆トイレのチップが二ドルだった。香港ドルは日本円で一四円という事である。気温は三十一度で湿度が高いので過ごしにくい。

最初に訪れたのは胡文虎花園《オープンホウファユン》（旧タイガーバームガーデン）である。ここは万能薬の萬金油タイガーバームを売って、巨万の財を成した福建省出身の胡文虎氏が、一九三六年に建てた別荘でビクトリアパーク（維多利亜公園）の南大坑《ダーイハーン》の丘にある。庭一面に仏教故事に因んだ奇怪な仏像動物が極彩色で飾られており、異様な雰囲気である。丘口の七層のパゴダにはヒスイの収集があり、低い塔には胡氏の遺品が収まっているそうだ。階段の上には大きなガジュマルの木がある。この公園は百十二年前に十一億円かけて作ったもので、三十年前はもっとすばらしい眺めだったらしい。タイガーバームガーデンを三時半に出発し、エクセルシオールホテルには四時に着いて、九階の九一六号室に落ちついたけれど、窓の外はひどいビル街で、きたない眺めにがっかりした。六十年以上も前の建物が立ち並び、貧しい人々が住んでいる所である。一八六〇年の第二次アヘン戦争でイギリスの占領地になり一九九四年、あと三年で中国に返されるという香港には、二百三十五の島があるという。街には二階建て電車が走り、バスも全部二階建てで、どこを見ても高いビルばかり、金持ちと貧困の差がはっきり別れている島だ。島で一番高い建物が七十八階建てのセントラルプラザで、超高層ビルが立ち並んでいる香港、香港島最高の山扯旗山《チエキザン》で、標高五五四メートル山頂からの香港市街地の展望は見事で、夜景は東洋一の真珠と言われている。その山頂広場に夜の五時半に私たちは着き、夜景を眺めた。イギリスの女王の名をとってビクトリアピークと名付けられた所である。日本の淡路島と同じくらいの大きさの香港の人口は、一四二万人で向かい側にある九龍《クーロン》は人口二五二万人で、皇居の三倍の広さだという。香港全島には六一〇万人がいて、山は六十パーセント平地は四十パーセント、市民税はなく八十五万円まで無税。

香港には二百三十五の島があり、その中の五つに人が住みあとは無人島で、台風は多いけれど地震がないとの事。ビクトリアパークを出たバスは、香港海洋公園を通過して水上レストランに向かう。六時四十分に到着、珍宝という水上レストランで海鮮料理の夕食をとった。ジャンボは大変華やかな龍宮城である。楽しい香港の一日目は終わりに近づいていた。世界の三大夜景はリオとナポリと香港だという。華やかですばらしい夜景を見ることができた。ビクトリアパークには霧が出ていて、ガス灯がかすんで見え哀愁を感じた。キラキラ光るダイヤモンドのように美しい夜景を満喫して、その日の宿に戻った。次の日は八時四十分にバスは九龍に向けて出発した。海底トンネルを走って九龍に出た。黄大仙寺に着き、孔道門の前で全員の記念撮影をする。二百五十年の歴史のある寺で人々が祈っている姿を見て、九時四十分に寺を出発し免税店に行く。信誠工程公司という店で宝石をいろいろ見る。お昼は飲茶《やむちゃ》料理店で大きな丸いテーブルで八人ずつグループ別に食事をした。次に幸福皮具有限公司という皮製品の店に寄り、次に行った免税店でいろいろ土産を買って過ごした。リーゼントホテルの中のルイヴィトンの店に行ったのが最後で、一日中免税店に連れて行かれた感じである。二日目の夜は九龍にある北京楼レストランで、北京料理に舌つづみを打つ。北京ダックと乞食鶏という料理が出た。かなづちで焼き物を割ると、中から大きな葉にくるまれた鶏肉が出てきて、それをそぎ切りにして食べるのだ。乞食鶏とは面白い料理だ。三日目はオプショナルツアーで、十組の夫婦がマカオ行きに参加し、二組は行かなかった。

マカオ日帰り観光で大きな船に乗り、マカオに着き賭博場や犬の競争場を通過して、聖ポール天主堂跡に行く。澳門中央部の丘の上に残るマカオシンボルともいえる天主堂跡周辺には、十七世紀建物の砦跡や、細い石畳の坂道があり、ハイビスカスの花が見事に咲いていた。

十時半に市街観光に出かける。ガジュマルの木の並木道を通り、カジノの上のレストランで昼食、賭博場の中で二時間過ごして集合場所に行く。葡京《リスボア》娯楽場は一番大きなカジノである。三時の船で香港に帰る。四時十分に着く。

三日目の夜はパールオブオリエント号でのディナークルーズに参加、明るいうちに波止場に着き大きな船に乗る。生バンドである。慕情をリクエストしたら、八代亜紀の雨の慕情の曲が流れてきたので、びっくりした私、昔、若い頃香港を舞台にした映画で「慕情」という美しい恋物語があったけれど、誰もそれを思い出してはいない様子で、淋しい感じがした。私にとっては香港といったら「慕情」である。バイキングの食事を終えホテルに戻り、夫と街に散歩がてら買い物にいった。にぎやかな街だ。ネオンサインが何とも派手できれいだけれど、昼間の香港はごちゃごちゃしてきたない。次の日の朝は七時に食事をし外に散歩に出た。近くの公園では老人が集まって太極拳をしていた。夫と楽しく語り合いながら朝の散歩をして宿に戻った。四日目は十一時にバスは出発。十一時半に絹織物工場に着いた。スカーフがとても素敵で安かったので、何枚も買ってしまう。十二時にバスが出て飛行場には午後一時に着き、一時五十分に九番ゲートに集合し、二時に飛行機に乗った。二時二十分港を出発、日本航空七三四便は無事に新東京国際空港に到着した。

行く前夜に泊まったロイヤルパークホテルの人が迎えに来てくれて、自分たちの車で我が家に帰る。家には十時に到着し、二女の家族が四日間留守番をしてくれて、大助かりしたのである。

これがキッカケで、由美の家族が我が家に同居する事になり、いろいろ少しずつ荷物を運んできて、大きな荷物は二十五日の土曜日に搬入する事になった。

「ここで一緒に住んでもいい？」と由美が私に言ったので「いいわよ」と簡単に言ったのが、もう何十年という長い年月をともに暮らす発端なのである。

第三十六章　再び北海道へ

平成六（一九九四）年十月五日から十日までの予定で、北海道に向けて旅立った。旅に出る前日、夜十時半に大きな地震があった。マグニチュード八という事で、北海道の根室沖が震源地であった。次の日朝四時に目が覚め、身仕度をして夫と二人北海道の旅に出た。婿殿が早起きして二人を藤沢駅まで送ってくれた。横浜から六時五分のバスに乗車し、羽田空港に行く、七時五十五分発札幌行き五五便は、遅れて八時二十三分に離陸し、一時間十分で北海道に着陸した。「雲海の美しきかな空の上」九時五十五分に無事着陸、雨は上がり、晴れていた。レンタカーで高速道路を百キロで飛ばす気分は爽快、岩見沢、美唄、砂川、滝川、深川を通過し、一路旭川に向かう、砂川ＳＡの近くの砂川ハイウェイオアシスで休憩し、おにぎりを買って軽い昼食をとって美瑛に向かった。

お花畑がずっと続き、広々として大変美しい美瑛に着いた。サルビアの赤と白と紫の花が斜面に咲いていていてとてもきれいだ。美瑛の丘に着くと緑の平原が広々として、一本の道が描かれていた。車から下りて写真を撮りまくる。美瑛を一時半に出て大雪山、旭岳に向かう。三時に旭岳に着きロープウェイに並んで乗った。主峰の旭岳は標高二二九一メートルである。山岳公園としては日本で一番広いらしい。

昔からアイヌの人々はこの大雪山を、カムイミンタラ（神々の遊ぶ庭）と呼んでいたという。ちょうど噴気孔から絶え間なく噴煙を吹き上げていて、あたり一面美しく紅葉していて見事だ。三十分ほど私たちは散策して紅葉を楽しんだ。黄色に染まったブナやミズナラ、カエデなど森林が赤や黄や緑で見事に調和した彩りを、楽しむことができた。三時半に下りのロープウェイに乗り、天女ヶ原の紅葉の美しさに感激する。姿見駅でロープウェイを乗り換えた。姿見の池は標高約一六九〇㍍の所にある池である。何とも美しい紅葉に感動し旭岳を出発した。

途中、白樺林を過ぎて一路天人峡に向かう。天人峡温泉はミニ層雲峡といわれ、天人峡の奥にある温泉である。忠別川の両側に旅館が建っている。天人閣に四時十五分に到着した。橋を渡ってすぐにある大きなホテルである。次の日は二人とも三時に目が覚めたので、露天風呂に行った。星がキラキラと輝いていた。

朝六時に羽衣の滝と敷島の滝まで散歩した。羽衣の滝は落差二百七十㍍で、日本第二の規模を誇るとされる滝である。水量も豊富で、断崖を数段になって流れ落ちる様子が、天女の羽衣に似ていると言われている。忠別川の流れに沿って山を歩いていくと、ダムに出た。岩のごろごろしている道を二人は楽しく歩いた。三十分くらいで敷島の滝にたどり着く、落差が二十㍍幅六十㍍の、どっしりとした風格のある滝である。流れ落ちる水の音もすごい。

滝の音ひびきわたるか天人峡
青空と白いしぶきと敷島の滝
しなやかに流れ落ちたる羽衣の滝

きれいな落ち葉の道を歩いて宿に戻った。七時でそのまま食堂に行って朝食をとった。八時二十五分に宿を出て美瑛に向かう。美瑛の美しい丘には九時に着いた。マイルドセブンの丘に着くと紫色のラベンダーは終わっていて、丘の上のフラワーランドに行くと、サルビアの花が色とりどりに咲いていた。ダリアとマリーゴールド、コスモスも美しく咲いていた。上富良野と美瑛の間にある小高い丘が、深山峠で青い空と白い雲と美しい風景が眺められた。

国道二三九号を走り、国道三八号線を走って狩勝峠に十一時半に着く。見晴台から美しい眺めをビデオに収め、暑いのでソフトクリームを食べて、一路車で帯広へと向かった。十二時半に帯広に着いた。幕別町に十二時五十分、広々とした草原を通って、池田町のいけだワイン城を訪れた。丘の上のお城で十勝ワインを五本買った。

池田町から本別町を通って、足寄《あしよろ》町には二時四十分に着いた。二日目の宿、ニュー阿寒ホテルに向け車は走る。三時半に着く事ができた。

お風呂は七階にあり、阿寒湖がすぐ眼下に眺められた。阿寒湖は東側にそびえる雄阿寒岳の噴火によってできた堰止湖《せきどめこ》で、湖の周辺は、エゾマツ、トドマツなどの原生林が生い茂っている。

特別天然記念物のマリモが生育する事でも知られ、湖の北に浮かぶチュウルイ島にはマリモ展示観察センターがあるが、ツアーで来た時見たので今回は行かない事にした。

ここの裏手の自然探勝路を行くと、ボッケに行き着いた。アイヌ語でボッケ（煮立つ）という意味で、泥や地中のガスが噴き上げられた泥火山の、小規模なものだと言う。石川啄木の歌碑が建っていた。落ち葉を踏みしめながら私たちは歩いていた。カツラやカエデの木があった。

三日目の朝は七時五十分にニュー阿寒ホテルを出発し、弟子屈《てしかが》町に向かった。急カーブの続く二四一号線はワインディングロードで途中の展望所双湖台に立ち寄った。ペンケトーとパンケトーの二つが原生林の樹海の中に、青い水をたたえているのがよく見えた。雄阿寒岳と雌阿寒岳がくっきりと眺められた。良い天気である。紅葉している道を車はまっすぐに走っていくと、摩周湖に到着した。人々で賑わっていた。雲一つなく晴れ渡った摩周湖は珍しい。周囲二〇キロ水深約二二〇メートルのカルデラ湖で世界でも有数の透明度を誇る湖で、エメラルド色の美しい湖である。流入する河川が一本もなく水位はほとんど変化しないという事である。

裏摩周湖展望台から中標別に向かう。根室海峡に面した標別町に十時十分に着いた。途中前日の地震の地割れの道を見た。エビが背を丸めたような形で根室海峡に突き出している野付半島の途中で車を下りて、国後《くなしり》島を眺め、砂浜を二人は歩いた。ハマナスの赤い花が咲いている道を歩いていくと、トドワラについた。海水の浸食と湖風の影響で立ち枯れたトドマツ群で、まるで動物みたいに木々が立ちはだかっている所である。

野付半島から十二時頃標別に向かい、サーモンパークに着いて昼食をとった。世界中のサケ科の魚二十種類を展示した水族館と、鮭の生態が学習できる博物館があって、ここで鮭が川を上ってくる様子を外で眺め感動したのである。午後一時にサーモンパークを出発し、知床半島をゆっくりドライブして過ごしたのである。

知床半島はオホーツク海と、根室海峡に突き出した鋭い両刃の剣のような形をしている。羅臼岳、斜里岳、硫黄山などの山々が刀身で、羅臼側とウトロ側の狭い平地が両の刃である。切り立った断崖絶壁が連なり海上へ飛沫を上げて流れ落ちる滝、荒々しく砕け散る白い波、まさに秘境という名にふさわしい、人間が足を踏み入れることを、許さない厳しい姿を見せている所。

車を走らせて私たちは知床峠に午後二時に着いた。知床五湖には三時頃着き、二湖だけ見て宿に向かう。ウトロ温泉知床岬ホテルには四時着。大変夕陽が美しく、道の途中で出会ったキツネがとても可愛い印象だった。

十月八日朝七時半頃、宿を出、船乗り場に行く、客船オーロラ号は八時十五分に出航、夫がカモメにやるかっぱえびせんを売店で買った。

カモメが舞う空はどこまでも青く澄み渡っていた。エサをさし出すとカモメがさっと飛んできてパッととっていくのが面白くて、子供のようにエサを指に乗せて楽しんでいた。

知床観光船は一時間三十分でウトロ港に戻った。船をおり、十時に車は小清水原生花園に向かう。十一時に着き、小さな駅で駅長さんの帽子をかぶった夫を写真に撮ったり、美しい青い海と白い砂浜を楽しんでから、網走に向かう、何とも気持ちのよいドライブだ。

草原に広々と遊ぶ牛と馬
雲さえも小春日和のやわらかさ
キラキラと光る水面にカモメ浮く
水色の空美しき北海の海

網走に向かう途中、可愛らしい木の駅、藻琴駅があった。能取湖にわずかに咲き残っていたサンゴ草を見つけ二人は感激する。八月下旬から九月中旬には真っ赤なじゅうたんを敷きつめたように、サンゴ草が咲くのだそうである。能取湖は能取岬の北西に広がる海水湖である。
広々とした草原を過ぎ、とうとうサロマ湖に着く。十二時四十五分であった。サロマ湖は周囲約九〇キロ面積一五二平方キロメートルの美しく大きい海跡湖で、日本で三番目に大きい湖である。
キムアネップ岬にとうとうサンゴ草を見つけたのである。夫と二人、大喜びであった。

愛らしき、色あざやかにサンゴ草
青い湖赤い花咲く北の湖
湖にサンゴ草の色づきて

北海道小春日和の旅日記

　白樺の木々光るなり秋の道

佐呂間から留辺蘂町に入り一路三九号線を走って富士見に三時、石北峠に三時十五分に着く。ここから見た大雪山は、見事に色づいて美しかった。車は層雲峡をめざして走った。

　秋の旅大雪の山色づきぬ
　白樺の黄色あざやか秋深かし

層雲峡のプリンスホテル朝陽亭に四時に着く。八階の大浴場からの眺めもすばらしくて、抹茶のサービスを受けてから散歩に出かける。

大函、小函は渓谷の最奥にあり約一五二㍍の断崖が連なった、迫力のある渓谷である。流れ星を思わせる流星の滝は落差が約九〇㍍、銀河の滝は落差一二〇㍍、流星の滝は男滝、銀河の滝は女滝とも呼ばれている。銀河の滝の対岸を十分ほど山側に行くと双瀑《そうばく》台があり、二つの滝の全容と黒岳を見渡す事ができる。大雪山ロープウェイまで宿から歩いて行くと、すでに行列ができていたが一〇〇人乗りなのですぐ乗れた。八時二十分に展望台まで行くロープウェイに乗り、黒岳の五合目から七合目まではリフトが出ているが、大変風が強かったので五合目のまわりを散策し、八時五十分のロープウェイで下りる事にした。すばらしい紅葉の風景を眺めて、二人は大感動をした。

北海道の旅五日目である。大雪山は山岳公園としては、日本で一番広いと言われている。昔からアイヌの人々はこの大雪山をカムイミンタラ（神々の遊ぶ庭）と呼んで敬っていたという事である。二日前に大雪山に初冠雪があったらしい。秋も深まった紅葉もまた見事である。田園風景はすばらしい。札幌に昼に着いたので、二条市場に行っておいしいお寿司を食べた。買い物もいっぱいいして自宅と友人にメロンを買って送った。そして一路小樽に向かう。小樽運河の中ほどにあるホテルが、五泊目の宿である。街を散歩してザ・グラススタジオを見たり、オタルトーイズを見学したりした。

古い石造り倉庫を再利用した建物でなかなか趣がある。夕暮れの小樽の街を二人は、仲良く楽しく語り合いながら歩いていた。

そして最後の夜は八階のフランス料理に、舌つづみを打ったのである。夜景がとても美しく、テーブルのガス灯がロマンチックだ。

食後にブラブラ運河を散歩して過ごした。カナルＪ・Ｂインは運河沿いに建つモスグリーンのしゃれたホテルである。若人がたくさん歩いていてライトアップの小樽の街はとてもにぎやかであった。水に映る青い灯がきれいだ。ガス灯がぼんやりともる夕暮れ時は、格好のデイトスポットになるのである。十月十日旅の最後の日は産卵のため、川を上ってきた鮭を見る事ができた。

宿を出て鰊御殿に行く。丘の上に明治三十年に建てられた建物である。そこから見る景色はすばらしく、海は青かった。小春日和の暖かな天候である。私たちは余市へと向かう、リンゴ畑とブドウ畑が広々と続いていた。のどかな風景が続き、温室が並んでいた。コスモス、サルビア、ダリアが色とりどりに咲き乱れていて、ススキが白い穂を風になびかせていた。細川たかしの生まれ故郷に着くと夫が真狩《まつかり》村と言うのだと教えてくれた。羊蹄山は蝦夷富士と言われ、大変美しい山である。一八九八㍍の山で裾野が広くなだらかに広がっている。ふきだし公園でしばらく休んだ。旅の終わりは支笏湖である。周囲四二㌔の大きなまゆ型の湖で標高二四八㍍最大水深三六〇㍍で、田沢湖に次ぐ日本第二の深さの湖だという。透明度一八㍍で道内四位を誇るきれいな水で名物のヒメマスが生息している所だ。周囲は恵庭岳や樽前山《たるまえざん》などの活火山に囲まれている湖である。

　旅の終わりに車を返し千歳空港まで送ってもらう、走行㌔一五七〇㌔だった。六六便五時四十分の飛行機で羽田に帰った。無事に五泊六日の北海道旅行を終え、我が家に帰ったのである。

第三十七章　阪神淡路大震災

星空の美しきかな北の宿
しづかさや北国の宿心充つ

いつまでも北海道の旅の余韻が残っていたので、忙しい仕事も苦なくこなせたようである。デパートは十日連休がとれるので、思いきって長期旅行が楽しめる。この年は私たちは何回もすてきな旅をする事ができたと思う。

早いもので十一月になり、孫美里も保育園生活に慣れジージやマーミーにすっかり慣れて、ママやパパを追わなくなった。成長ぶりが見ていて大変楽しい。いろいろいたずらもして、私たちを楽しませてくれるのである。

娘の家族と同居生活をして五ヵ月経った。私たちがいるので娘夫婦も安心して勤める事ができたし、保育園で過ごす孫の生活も大変順調である。保育園に連れて行くのは夫の仕事となり六十歳になって人の役に立つ事で、生き甲斐も感じていたと思う。定年後の仕事は割と気楽にこなしていると思われた。

十一月、十二月といろいろ展示会や買い物ツアー等続いたけれど、私も気楽に仕事を続けていた。京都ショッピングツアーは、十一名のお客様と三人の販売係長と外商部の人と代理と出かけ、それなりに売り上げて、一日ゆっくりと観光を楽しむ事ができた。三十三間堂の本坊の妙法院を訪れた。階段を上がった所に、天台宗の門跡寺院があり、ここで記念撮影をした。奥嵯峨の「鮎の宿つたや」で、まつたけ料理を楽しんだり、銀閣寺の大江捕漁図のふすま絵を見たり、庭園を散策して京都の秋に触れたのである。紅葉が見事で感動した二日間であった。着物ナンバーワンと明美会と展示会が続き、ようやく平成六年の年末を迎えた。

夫の妹保子の娘の振袖と帯を揃えたのもこの時で小物は全部お祝いにして届けたのは、十二月のある土曜日である。孫の美里を連れて行ったら大喜びで、可愛さをいっぱい発揮して、大さわぎであった。大晦日は夫と娘と婿殿といろいろしてくれたので、夜はゆっくり紅白を見て過ごした。

平成七（一九九五）年我が家ではいつも通り平和で幸せな新年を迎え、みんな健康で元気な毎日を送っていた。しかし一月十七日の早朝、関西の大地が日本の観測史上最大の激しい地震に襲われたのである。平成七年一月十七日午前五時四十六分、突如として襲ったマグニチュード七・二の阪神・淡路大震災で、神戸の街は倒壊し、火の海に包まれたのである。私はその時朝の勤行中で、電気が揺れているのに気がついた。

その日はたまたま両国の国技館で相撲を見る事になっていた。相撲を見る前に浅草橋の料亭

「濱清」で、着物の展示会をやり、私は三人のお客様を招待し百六十八万円の売り上げを上げた。一応無事に相撲の着物展示会は終わったけれど、ニュースで見た災害の恐ろしさは大変で、地震発生と同時に道路は大渋滞となり、水道管の破裂や消火栓が使えなくなり、火は燃えさかりとにかく想像外の出来事に人々は右往左往した。阪神高速道路の高架部が六三五㍍にわたって横倒しになったり、山陽新幹線でも八ヵ所の高架橋の橋桁《げた》が落下、ライフラインも大きな打撃を受けたのである。「阪神・淡路大震災」は直下型地震と都市型災害の恐ろしさを見せつけた。家を失った人や家族を失った人々の事を思うと、その日涙がこぼれて仕方がなかった。その後、死者行方不明者六三〇八人、負傷者四万三一七七人にのぼる事が明らかになったのである。悲惨な爪痕をテレビで見て、茫然としたたくさんの人がいたと思われる。

当事者は本当に生きた心地がしなかったと思う。神戸市長田区は火の海となり、わずか二十秒で瓦礫の山と化し、炎に包まれ死の海と化したという。この震災と救護活動を通して、人々は人間の絆こそが本当の豊かさである事に気づいたのかもしれない。

いろいろなドラマが生まれ、私たちがどれほどたくさんの涙を流したか、わからないくらいだ。こんな事が本当にあったのだろうかと耳を疑いたくなるくらい、悲惨な出来事であった。いろいろ失って途方に暮れる人が三〇万人とも聞いた。テレビでは五〇六八人が亡くなられたと報道された「涙も出ない悲しさってあるんですね」という言葉に私は胸を痛めた。

政府は生計維持者が亡くなった場合に五〇〇万円、その他の人が亡くなった場合に二五〇万円の弔意金支給を決めたという。義援金もいろいろな形で集められているのである。

毎日毎日テレビでは阪神淡路大震災のニュースでもちきりだった。二月四日現在で死者は五一〇三名、行方不明者九名負傷者二万六七二〇名、家屋損壊一〇万棟と発表された。大変大きな災害であった。二月二十日現在で死者は五四一三人になってしまった。毎日新聞には鎮魂歌としていろいろ悲しいドラマが載っている。読む度に涙をさそわれる。

気晴らしに十六日の休みの日、私たちはドライブをして楽しんだ。朝六時半に出発し、東名高速を走り牧野原ＳＡで休み、朝食をとる。

大井川渡れば遠し西の海

御前崎灯台に出て坂道を下って海辺の通りに出る。灯台の近くに石碑があって

碧遠き灘通り来し土用波

と記されていた。

光る海美しきかな遠州灘

何もない岬の土手に春の芽生えて
椿咲く土手に海風春の風
青空に飛行機雲のあざやかさ
あたたかさ春の訪れ御前崎
かもめ飛ぶ焼津の港に二人立つ

焼津港の魚市場でいろいろ買い物をし、阿野川を十一時四十五分に通過し、才茂園のビニールハウスで、いちご狩りをして楽しんだのである。次に立ち寄ったのは清水鮮魚センターで、アジやさしみやお寿司を買って出発、富士川ＳＡでお寿司を食べて、都夫良野トンネルを二時四十五分に通り、五時半に家に着く。

次の日から忙しい展示会が続いたけれど、マネキンさんのお陰で売り上げを伸ばす事ができた。マネキンさんが皆私の味方になってくれるので、毎日楽しく仕事ができたのである。

三月三日の雛祭りは、私たち夫婦と娘三人の夫婦と小林家と本間家を招いて、大勢で過ごした。

そして私たちの結婚記念日は下田に旅行する事になった。三月十二日は日曜日であった。

私たちは七時に我が家を出発し、音楽を聞きながら海辺の道をドライブしたのである。

気分は爽快、熱海には八時頃着き錦ヶ浦を通過し網代温泉を通過、どこも桜の花が満開である。

宇佐美温泉を八時四十分に通過し伊東に着く。

白波の寄せ来る海や春近し

九時半には桜の里に到着し、車を下りて桜の木の間を散策した。菜の花も一面に咲き、河津桜は見事に咲き誇っていた。十時に大室山から冷川の方に向かった。道の両側には雪が残っていた。

残雪の天城の山に春のおとづれ
桃色に咲く花美し河津桜

青い空と白い雲がきれいだ。中伊豆から車は修善寺に向かう。虹の郷に着いたのは十時半、梅林の上の方にあり、入口を入るとすぐイギリス村がある。ロムニーの豆電車の踏切を渡って、カナダ村の方へ四季街道を歩いて行く。

フェアリーガーデンを通って菜の花が一面咲いている所に出た。しゃくなげの森や、花菖蒲園もあり、日本庭園に着いたら雨が降ってきた。桜も咲いていてとても美しい。橋を渡るとたくさんお店が並んでいたので、端の店でうどんを食べた。エントランスゲートを出たのは十二時で、次にイノシシ村に立ち寄った。猪はブタの先祖で体長は一、二㍍、背に黒褐色の剛毛があり、泥の中にころがって体中に泥を塗る習性があるらしい。猪やタヌキのショーを楽しんでループ橋を二時に通過し下田に向かう。三時にホテルジャパン下田に着く。四ヵ月前に三女の嫁ぎ先江崎家の御両親と来て泊まったホテルである。夜食で出た生きているあわびを蒸してワカメとマヨネーズで和えたものがたいそうおいしかった、いつか、生《なま》のカキを出されてあまりのおいしさに驚いた事があった。十三日は私の誕生日で五十八歳になり、夫は九日に六十一歳になった。伊豆の海で心ゆくまで楽しんで、九時半にホテルを出発し堂ヶ島に向かう。青野川の土手には桜や菜の花が満開だった。下賀茂は通過して松崎に向かった。白木蓮がいっぱい咲いていた。夕日ヶ丘で休憩して、神津島や三宅島や父島などを眺めゆっくりした。一路、一三六号線を下ると西伊豆海岸に出た。雲見浜海岸には小さな岩地温泉があり桜並木があった。松崎の長八美術館の前を通過し、港を走って、堂ヶ島に着いたのが十時半、らんの里で見事に咲いた蘭の花を見物する。ホウライチク、デンドロビューム、ピンクレディ、マドンナ、スノーフレーク、オトメシンビジューム、コチョウラン、ファレノプシスなど名前のついた蘭の花々を見て歩いた。

さわやかな春風に立つほうちょう亭
堂ヶ島海の白波美しく
岩三つ並んで浮かぶ堂ヶ島
展望台はるかに眺む下田港

オンシジューム、サルコデス、レリアクリスパ、シクラメンなどいろいろの花が咲いていて、美しい。吊り橋を渡り、下の道にはマーガレットが咲いていていた。花の香りもすばらしかった。浮島温泉のあたりには菜の花とぼたんの花が咲いていて、おもいで村という看板があった。国道一三六号線を走り、恋人岬を通過し冷川峠を越えて伊東に出た。石舟庵でおいしいおまんじゅうを土産に買い熱海に出、伊豆山を三時に通過して、二人は我が家に帰ってきたのである。

私はもうすぐ定年を迎えるので、今までのように仕事中心の生活から、夫婦生活、家庭生活に目を向けて生きていこうと考え始めていた。六十歳からの自分の生き方を考え始めていた。会社にしがみつく事は考えていない。自由になったらきっと楽しい事が見つかると思う。夫は孫の保育園の送り迎えを楽しんでいる。孫の成長が今は何よりも嬉しいのである。

孫もパパがいてもジージにしがみついてくるし、甘えてくるので可愛いことこの上なしだ。しぐさも可愛くて、何でもまねをするのが愛らしい。夫は仕事にゆく前、孫を保育園に連れていくのが日課で、楽しんでいるみたいだ。

第三十八章　地下鉄サリン事件

平成七（一九九五）年三月二十日の朝、オウム真理教によって東京の地下鉄で、ビニール袋に入った約六〇〇ミリリットルのサリンがまかれるという。およそ人間のやることとは思えない事件が起きた。

営団地下鉄日比谷線丸の内線および千代田線の駅構内で、サリンによる刺激臭で一〇人の人が亡くなり五〇〇〇人以上の人が病院に運ばれたという事件である。

警視庁のオウム真理教の教団施設の一斉捜索が始まり、警察官二五〇〇人が施設二十五ヵ所を捜索する模様がテレビで映された。何と恐ろしい事か、山梨県上九一色村に七千坪の土地を所有し、たくさんの人が栄養失調で倒れていたらしい。サリンとは炭素、水素、フッ素、酸素、リンからなる化学物質で強い神経毒性があり、同じ有機リン系のタブン、ソマンと同様に化学兵器になるもので、一九三〇年代末にドイツで、毒ガスとして開発されたものだということだ。常温では液体だが気化しやすく、皮膚についたり呼吸で肺から体内に入り神経をまひさせるもので、人体の致死量は体重一㌔当り〇・〇一ミリグラムとされきわめて微量だとの事である。通勤客であふれる駅ホームや電車内で異臭が漂い、次々と乗客が倒れた恐ろしい事件である。「目が見えない」「苦しい」ラッシュアワーの電車内で充満した刺激臭に気分を悪くした乗客は、霞ケ関、築地、八丁堀など一六の駅のホームや出口で、うめき声をあげて倒れこんだ。吐き続けるＯＬ、手足を痙攣させ苦しむサラリーマン。救急車が病院にピストン輸送したが、最終的に一二人が死亡五五〇〇人以上が重軽症を負う大惨事となったのである。一九九五年平成七年に起きた二つ目の大事件であった。一つ目は阪神淡路大震災であり、一月、三月と続けて大きな事件のあったこの年の事は、私も忘れられない。

四月九日の県議会議員の選挙と四月二十三日の市議会議員の選挙で、私はとにかく忙しい毎日を過していた。目標を決め毎日友人、知人に電話して、公明党の支援をお願いした。長女の亜紀と三女のすずが車で廻ってくれたので、いろいろの人に会えた。懐かしい友人、知人に会えて本当に楽しかった。

このところ、デパートの呉服の売り上げは伸びなやんでいた。デパート全体の売り上げも下がり、会社も大変だと思われる日々だった。

四月十五日に蕉雨園でいつもの着物展示会を予定していたのに、サリン事件の麻原が四月十五日に東京で何かが起こると予言したので、一応展示会は中止になってしまった。

連日オウム真理教の事件のニュースで大変である。拉致監禁などの犯罪で、いろいろの人が捕えられた。教団施設の家宅捜索で大量の薬品や、大規模な化学実険の設備や、大型工作機械、銃器密造のためのコンピューターソフトなどを持っていた事が、明るみになったという。二十日の午後一時過ぎ、横浜駅の自由通路で毒ガスによる事故があり、二〇〇名の人が病院に運ばれたと報道された。連日恐ろしい事故が起きていた。

職場も不況で、来年は新入社員をとらない事や人件費を減らす為、給料は二十パーセントカットと決まったらしい。他の会社ではリストラが始められていたが、小田急百貨店では六十歳まではそのまま働けるという事であった。職場は毎日ひまで、売り上げがない日が続いている。会社も今は大変で、今までの景気の好さがとても懐かしい。私も今までのようにがむしゃらに働く気もなく、心に余裕をもって仕事をしていた。

休みの日は夫とよく旅に出かけていた。四月十六日に白骨温泉へ一泊旅行に出かけた。いつも朝早く出て、六時には八王子から高速道路に入り、この日も小仏トンネルを六時半に通過した。山の中腹には霧が流れて墨絵のように美しい、山間の道をゆく車も多かった。笹子トンネルを出るとちょうど七時で、山の緑の中に桐の花の紫色が映えて美しかった。甲府盆地は雨、勝沼、一宮を通過、標高一〇五〇㍍の富士見高原を通ると、八ヶ岳が見えてきた。カラマツや白樺林が続き桜も咲いていて、カラマツの新芽が何とも美しい。諏訪に七時に着く。早春賦のメロディに耳を傾けながら、信州の景色を存分に楽しむ二人だった。松本に九時十分、前方に北アルプスの雪を抱いた山々を見る、安曇野の風景の中を車は走り、二五一〇㍍のトンネルと三三六二㍍の長いトンネルを通り抜け、姨捨ＳＡに八時四十分に着いた。標高六七六㍍の所に新しくできたＳＡである。ここで二人は朝食をとる。広重の田毎《たご》の月の絵が掛けてあった。姨捨ＳＡを九時十五分に出発し更埴《こうしょく》市に出、長野の出口を九時二十五分に出た。長野自動車道と上信越道が合流する所である。そして白馬、戸穏方面に向かう。目的地は鬼無里《きなさ》である。裾花川に沿っていくと裾花大橋に出た。川に舟が浮かんでいた。雨が降ってきて、雨の音と川の流れの音が重なって聞こえてきた。赤い橋を渡ると、長野と白馬を結ぶ道に出た。奥裾花峡谷は奇岩怪石が連なる絶壁である。

　たづねばや、心のするゑはしらずとも
　人をうらみの山のかよひぢ

という歌が刻まれた石碑がある。二人は鬼無里村に着いた。ちょうど十二時だった。たくさんの人々が訪れていて、にぎやかでほっとした。三十分くらい歩いて、水芭蕉の花の咲いている所に行った。途中、桜の花が見事に咲いていていた。

　桜咲く鬼無里の山に雪残り
　春待ち顔に水の流るる

　八十一万本もの水芭蕉が咲いている奥裾花自然公園に着いた時は、雨が降っていた。林の中の道を二人は楽しく語り合いながら歩いた。

「ねえ、こうして二人で旅をして、幸せをかみしめていても何も残さなかったら、誰も知らずじまいでしょ？　だから私は記録を書いて、いつか本にして残すつもりよ」と私が言う。夫は「僕はいっぱい、いい写真をとって残すよ」と言う。雪解け水を飲んだり、うぐいすの声に耳を傾けたり、カエルの声を聞いたりして歩いた。鬼無里を出、青木湖、中綱湖、木崎湖を右に見ながら車を走らせ、白馬村に午後二時に着く。「アルプスの街、白馬」と書かれた看板があった。一四七号線を走り続けて、大町、池田、穂高町を通過し、松本から上高地の方に川に沿って走り、トンネルの手前の道を左に入って乗鞍岳に行く道を途中右に入っていったら、白骨温泉に出る。宿は「笹屋」でこの時が初めてである。「小梨の湯笹屋」という旅館でとてもすてきな宿だ。スリッパがないのが大変気に入った。それだけ掃除がゆき届いていてきれいである。乳白色のお風呂も良かったし、夕食も大変おいしかった。すっかり気に入ってしまい、以後何回も私たち夫婦は信州の旅をする時は、笹屋に泊まっている。この日は三組の夫婦だけだった。すぐ近くに旅館「泡の湯」があり、朝散歩に行って、大きな露天風呂を外から見ることができた。笹屋を出発したのは八時十分で、上高地には九時に着いた。気温は何と五度で寒かった。

かっぱ橋が懐かしい。おしどりが川の流れに下っていくのが見られた。化粧柳の木の芽がきれいだ。山々は霧にかすんで見えない。十時に上高地を出発、山吹の花の黄色があざやかだ。更紗木蓮の赤紫色も美しく映えていた。

松本城に立ち寄り、ゆっくり内部を見て過ごした。若い頃来た事のある松本城は懐しい。松本城は黒を基調とした整然としたたたずまいから、烏城《からす》とも呼ばれている城である。五層の天守閣は市街のどこからも眺められ、城下町の雰囲気を堪能できる静かな町である。

上高地は活火山焼岳の火砕流や、土石流が山峡の川を堰き止め、中部山岳地帯の中枢部に、細長い盆地を形成したのだそうだ。堰止湖の大正池、梓川の流れ、化粧柳の群生、点在する愛らしい湖や沼、前面にそびえる穂高の峰々も、背後に迫る荒々しい山容の霞沢岳など、いつ来ても変わらない上高地である。いつも人々でにぎわっている、すばらしい観光地である。長野自動車道を走り岡谷JCTから中央高速道に入り、家には五時半に着く事ができた。

旅行中はサリン事件の事は忘れていたけれど、日常生活では毎日テレビで報道されている。五月十六日に、地下鉄サリン事件の中心人物の麻原彰晃（松本智津夫）代表が殺人容疑で逮捕され、七人死亡の松本サリン事件も、オウム真理教の犯行と断定されたのは、五月二十二日の事である。そしていよいよサリン事件も大詰めを迎え、麻原彰晃は起訴され、毎日サスペンス以上のドラマがくり広げられて、大変興味深いことだ。

ここ何ヵ月か呉服の売り上げは下がっていて、展示会をやってもなかなか売れない状況である。サリン事件の影響でお客様も少ない。五月十五日は相撲を見る会で着物の展示会があり「濱清」に行く。売り上げもパッとしない。とにかく呉服や宝石の売り上げはがくんと下がって、大変な時代になったようである。しかし、家庭生活は順調で二人だった孫も三人になり、集まる機会も多くなって、楽しい事も多くなった。一緒に暮らしている孫の美里は二歳になり、成長ぶりもめざましく、何でもしゃべれるようになり、いたずらも大変になった。トイレに一人で行くとトイレットペーパーを全部引っぱってしまったり、何をしても可愛い盛りだ。六月に入って、エルシーで、着物展示会があって、売り上げは今までの半分にもならない。予算は千二百万なのに五百五十万の売り上げだった。

この年の六月二十一日に、羽田発函館行き全日空ジャンボ機が、ハイジャックされたというニュースが流れた。休職中の銀行員が十六時間後、逮捕されている。乗客は飛行機の中に残されたままで、三時半頃強制突入して犯人をつかまえたという。犯人は五十三歳の元銀行員という事である。

とにかくこの年は、いろいろの事が起こって大変な年であったと思う。プライベートでも、夫の義母が頭の後ろを十《チセン》も切る大手術をした。六月半ばの事で、梅雨で肌寒い日の事である。無事に手術が終わるように祈った。手術は一時間もかかったが、一応無事に終わった。

この年は参議院議員の選挙もあって、とにかく忙しい毎日であった。松アキラさんの応援で、私は精一杯頑張った。長女亜紀と友人、知人宅を廻り一票でも多く「公明党の松アキラさんをよろしくお願いします」と、訴えたのである。私にとって選挙活動はとても楽しい事で、その後の選挙の度に大活躍をしたのである。

目標があって私の日常生活は大変楽しかった。

第三十九章　転重軽受

平成七（一九九五）年六月十五日から北海道の旅に出た。藤沢まで婿殿に送ってもらい、五時五分のＪＲで横浜に出、羽田行きのバスに乗車して、六時に羽田に到着した。札幌千歳行きＡＮＡ五三便に搭乗した。六時五十五分発の飛行機が離陸したのは七時十分であった。天気は晴れ、気温も二十度で大変さわやかである。千歳に着いたのは八時半、レンタカーに乗りこみ、小雨煙る千歳を出発したのは九時である。レンゲツツジが雨の中に映えて美しい。「ゆっくり走ろう北海道」と大きく書かれた看板を見た。恵庭を通り漁川《いざりがわ》の橋を渡ると、札幌市である。道央道二三四号線を旭川の方へ車は走っていく。窓の外は見事に広大な田園風景が続く、江別を過ぎ岩見沢に九時五十分、右の方に桂沢湖を見て、美唄《びばい》市に入ったのが十時で、砂川オアシスパークで休憩をした。のぼり藤の花が見事に咲いていた。滝川ＩＣを出たのが十時四十五分、国道三八号線に入って車は走り、赤平という所に十一時に着く。

「ここは昔から炭鉱の町で栄えた所だよ」と、夫が説明してくれる。なだらかな丘になっていて「赤平山スキー場」という札が立っていた。空知川に沿って車は走る。土手には白いマーガレットが咲き乱れていた。目的地の富良野に到着したのは十一時四十五分、たまねぎの畑が広がっていて、緑の風がそよいでいた。十二時に到着した所は麓郷の森である。丸太小屋造りの喫茶店や写真館や、休憩所が点在している。手造りジャムの工場の前を通り山の道を行くと、展望台に出た。ハマナスの花が咲いていていて、標高五〇〇㍍の丘に北の国からの看板があり、富良野の町が一望できた。アカシアの木に白い花が咲いていて、一面にラベンダー畑が広がっている。モノローグの木があり、メルヘンの木の見える丘である。緑の牧草、青い空、白い雲の流れの美しい風景に、二人は感動した。一時に下の野道に出、ジャムの店でお土産を買って「さあ、安全運転お願いします」と車に乗りこんだ。車はゆっくり野の道をゆく。ラベンダーの発祥の地ポプリの里を後にして、富良野の町に出て何か食べる店を探していた。右に見える山は富良野岳一九一二㍍で、十勝岳二〇七七㍍に続いている山である。山の向こうには十勝岳温泉があるという。上富良野町の日の出公園のラベンダー園に車は向かっていた。お腹が空いていたのでチョコレートの袋を手にして食べようとしていたその時、一台の車が左から走ってくるのが見えた。夫はとっさにスピードを上げたのだが、左からきた車を避けられず、車の後ろに激突された。私はシートベルトをしていたので命は助かったけれど、車はメチャメチャで下りる事ができない。夫はすぐ外に出て無事だった。車は横倒しになって下の田んぼに落ちかかっていた。何が何だかわからず、私が戸惑っていた数分の間に、まわりは人だかりになっていた。ようやく車から脱出した私に、相手の車の主が「よかった無事で」と声をかけてきた。救急車がすぐきて、三人はとりあえず病院に連れて行かれた。

富良野協会病院という総合病院で、三人はとりあえずレントゲンを撮った。幸町（当時）にある病院である。私がレントゲンを撮っている間に、夫は事故の後始末を全部すましてくれたらしい。警察の人が、田んぼに落ちた二人の旅行カバンを届けてくれた。レンタカーはメチャメチャである。相手の女性の名は高下三千代さん。四十代の人、私がなかなか車から出てこないので、すごく心配していたらしい。とにかく三人とも無事でよかった。九死に一生を得た事故であった。人の両肩には生まれた時から「同生天」と「同名天」がいて、その人の善悪を記録し、天に報告している、という事を私は聞いている。特に信心している人の両肩には、諸天善神がいつもいて守ってくれると言われている。命拾いした私はこの時、つくづく信心していたお陰だと思って、胸をなで下ろしたのである。

この時警察の人から十日ほど前にあの場所で、九州から来た老夫婦がトラックと衝突し、亡くなっている話を聞いて、信心のすごさを実感したのであった。この時の事故は、高下さんが一時停止をしなかった事が原因とされた。レンタカーを借りた所に、おまわりさんに連れていってもらい、五万円を支払った。元に車をもどさない場合は、そういう決まりになっているとの事、それからタクシーを呼んで白金温泉に行って、旅の続きをしたのであった。運転手さんも、定年のお祝いに北海道旅行をしたという、九州の老夫婦の亡くなった話をしていた。私たちと同じ年の人だったと聞いて、気の毒に思ったのだ。

白金パークホテルに六時に着いて、一日目に大変な事故にぶつかった事を心から反省し、とにかくどこも怪我をせず、命も助かって、どんなに嬉しく思ったかわからない。ところがその日の宿の食事はのどを通らず、何でもないのにびっくりして、心が大変傷ついていたらしい。精神的にショックを受けていた。命の尊さをつくづく思い知った宿の一日目は、更けていった。御本尊様本当にありがとうございました。と私はひたすら心で祈っていた。次の日夫と私は、前の日の出来事を思い出し、本当に生きていてよかったと、そのまま旅を続ける事にしたのである。朝七時四十分発の旭川行きのバスに乗車し、とりあえず旭川に行ってレンタカーを借りる事にした。九時半に旭川を車で出発し一路深川から留萌へと向かう。石狩川の支流の雨竜川を渡り、深川を通過したのが十時半である。美しい田園風景が続き、エゾカンゾウの黄色の花が咲いているのを眺めながら、車を走らせた。事故の後のせいか、青い空も白い雲もすべてがきれいで感動した。海辺の街留萌に十一時に着いた。左側に日本海が広がっていて、美しい風景である。

　小平《おびら》町を過ぎると鬼鹿漁港だ。金浦原生花園に入り、さわやかな風の中を二人でゆっくり歩いて、花々を見て過ごした。一時過ぎ、二三二号線を車は走った。オロロンラインと呼ばれている道で、右にオロロン鳥の大きな像がある。羽幌町を過ぎた海岸沿いの道の右側は牧場で丘陵地が続く、日本最北の街稚内に着いた。

「ここは利尻、礼文航路の発着地だよ」と夫が言う。宗谷湾をはさんで宗谷岬に稚内灯台がある。日本第二位の高さを誇る灯台だ。ノシャップ寒流水族館があり、宗谷岬からサハリンまでは約四三キロしか離れていないという。稚内公園からサハリンを眺めることができた。ピンクのアルメリアの花が見事に咲いていた。昭和天皇・香淳皇后陛下の御歌が刻まれた石碑がある。

樺太に命をすてしたをやめの
心を思へばむねせまりくる

樺太につゆと消えたる乙女らの
みたまやすかれとたゞいのりぬる

ここでオホーツクの海を見、礼文島や野寒布岬を見、北防波堤ドームに行ってみた。長さ四二七㍍七十本の柱で支える世界唯一のアーチ型防波堤は、昭和六年から十二年にかけ建造された。しおさいプロムナードと呼ばれている遊歩道とか、利尻や礼文に行くフェリー乗り場を見てから、二人は豊富へと向かい、ホテル豊富には四時四十五分に着いた。玄関前にライラックの花が咲いていた。

二日目の宿の食事はとてもおいしく食べた。「よかったね。生きていて」とつい口にする二人だ。朝散歩に出て、小高い丘に一面芝桜が咲いているのを眺めて、写真をいっぱい撮った。「転重軽受」という言葉が心をよぎった。

うぐいすが鳴いている。青い空に白い雲が流れて、さわやかな風が肌に心地よい朝である。美しいものに感動する心が大切だと言い合っていた富良野の旅路で、突然出会った事故であった。めげないで旅をつづけている二人。

三日目の朝八時に宿を出てサロベツ原野に向かう。四四四号線を走ると、利尻富士が雲の間に見えつ隠れつしていた。八時半にサロベツ原生花園に到着。広々とした見事な園内を歩く。湿地性高山植物の群生地で五月から七月まで、さまざまな花が咲く原生花園である。ちょうど、ワタスゲの白い花がいっぱい咲いていた。エゾカンゾウ、エゾツツジの花も咲いていた。稚内市の南、豊富町と幌延町にまたがる総面積二三〇平方メートルの広大な湿原である。一周三十分の探勝路はなかなか楽しい散歩路である。三六〇度のパノラマ風景を夫と二人快く眺めたのである。

わたすげの白い花舞う北海道
風の音さらさらときくわたすげの花

広々と原野に立ちてふと思う
二人の命のとうとさを

北の国風さわやかに花満ちて
わが命こそただいとおしく

サロベツ原生花園には次の花々が咲くそうだ。エゾカンゾウ、ヒオウギアヤメ、アサヒラン、ワタスゲ、ツルコケモモ、ヒメシャクナゲ、センダイハギ、イソツツジ、エゾスカシユリ、スズラン、ハマナス、カラフトハナブシ

白い大きな花はエゾニュウというセリの仲間の花だとの事。九時半にサロベツ原野を出発、一路旭川に向けて走った。美深《ビフカ》町に十一時五十分に着いた。よく晴れて夏の雲が浮いていた。名寄に十二時十五分、天塩川を渡り和寒《ワッサム》町を一時に通過。塩狩峠で休憩。三浦綾子の『塩狩峠』の小説の碑が建っていた。旭川に一時四十分に着く。レンタカーを旭川駅で返し列車に乗車、走りゆく車窓からの眺めもまたすばらしかった。

アカシアの白い花が咲いている砂川を通り、美唄には三時二十分に着く。緑の草原が続き、札幌に四時に到着した。三泊目の宿ロイヤルホテルに着いて、ゆっくり旅の終わりを味わう。次の日は中央バスの定期観光を楽しんだ。

北海道大学のポプラ並木路を通る。四十八本の木が立ち並んでいる。クラーク博士の「青年よ大志を抱け」の有名な言葉が刻まれている。藻岩山は標高五三一㍍で小高い丘一帯が公園になっていて市街地が一望できる。ロープウェイとリフトに乗って頂上まで行った。その後バスは真駒内を通って羊ヶ丘に行った。十一時十五分に展望台に着く。市街の南東、クラーク博士のブロンズ像が立つ展望台周辺には、羊が群れ遊ぶ緑の牧草地が広がっている。十一時三十五分にバスは

月寒《つきさむ》を通り豊平川を渡る。昔、鮭がたくさん上ってきた川である。すすきのを通り、たぬき小路を通り大通公園に出て、時計台の前で二人はバスを下りた。十二時十分だった。いろいろ買い物をし街をブラブラ歩いて、北海道庁旧本庁舎まで行ってみた。明治二十一年に建築された。ネオバロック様式の赤レンガの建造物である。昭和四十四年に国の重要文化財に指定されている。池には蓮の花が美しく咲いていた。時計台の前を通って札幌駅まで歩いた。午後二時だ。二時四十九分の千歳空港行きの快速エアポートに乗り、三時半に千歳に着いた。いよいよ二人の旅の終わりである。

五時三十五分発の飛行機に搭乗し、横浜に向かう。

旅の道、思いがけず事故に会う
エゾカンゾウ咲き乱れるや北の国
わたすげの可れんな花のサロベツに咲く

横浜に八時十分に着いた。事故に遭った旅だったが、何とかこうして元気に家に帰り着いた。翌日、私がとにかく見たかったのは御書の一説である。転重軽受法門には次の通り記されている。「涅槃経《ねはん》に転重軽受と申す法門あり、先業の重き今生につきずして、未来に地獄の苦を受くべきが、今生にかかる重苦に値《あ》い候へば地獄の苦みぱっときへて死に候へば天、三乗、一乗の益をうる事の候」すごい御書である。

帰ってきた次の日、娘三人に車の事故の話をしたらびっくりして、旅をつづけてきた事にあきれていた。夫が気づかず運転していたら、間違いなく左から来た車は前のドアにぶつかって、私は死んでいたと思われる。夫が気づいてすぐスピードを上げたお陰で、うしろのドアにぶつけられたのである。とにかく、よかった。三人とも無事で本当に奇跡であった。

今までに三回も九死に一生を得る大きな体験をし、信心を試された事になる。一つ目は、着物ツアーでお客様と行った新潟の清津峡での落石事故。二つ目は新築した我が家で、泥棒に入られ、大理石の灰皿で風呂から上がった時、前頭部をたたかれ血の海になった事件、普通の人なら死んでいたはずが、急所を外れて九死に一生を得た事、そして三つ目がこの度の富良野の車の横面衝突である。

第四十章　広島、岡山の旅

平成七（一九九五）年八月十三日に私たちは旅に出た。三女すずが妊娠したので「行けないから行って」と言われて、北海道旅行でショックを受けて間もない頃なのに、旅の好きな二人は喜んで出かける事になった。のぞみ五号は八時に東京を出発し、名古屋に九時半、大阪に十時半、今回の目的地、岡山駅には十一時十一分に着く。すぐバスで後楽園を訪れた。一面緑の芝生の中に花葉の池があり、見事に蓮の花が咲いていた。この庭は江戸時代を代表する林泉回遊式庭園で水戸の偕楽園、金沢の兼六園とともに日本の三大名園のひとつで、岡山藩主池田綱政が十四年の歳月をかけて、元禄十三年、一七〇〇年に完成させたものである。広大な芝生と池の向こうに借景として、岡山城と操山を取り入れており優雅で開放的な明るさを持つ庭園である。

せみの鳴く後楽園の暑さかな
せせらぎや清き流れの水深く
一面の緑の芝生に夏の陽照りて

池には鯉がたくさん泳いでいた。唯心山をのぼって下りた所に店があり、足を水にひたして涼を味わう。白鳥も美しい姿で浮いていた。

次に行った所は鷲羽山である。文豪徳富蘇峰に「内海の秀麗ここに集まる」と言わしめたほどの、多島美を誇る瀬戸内海屈指の山である鷲羽山の西に位置する下津井は、かっての北前船の寄港地として栄えた所だと夫が言う。三時に山頂に着く。「島ひとつ土産《みやげ》に欲しい鷲羽山」と川柳にも詠まれているとおり掌にも乗りそうな緑の小島が青い海に点々と浮かんでいる。そしてその景色を分割するように瀬戸大橋が四国に向かって架けられている。美しい眺めに二人は感動し言葉を失った。

瀬戸の海キラキラ光る白い波
島々の眺め美し、瀬戸の海
真夏日《まなつび》の鷲羽山にて瀬戸海眺む

瀬戸大橋が開通したのは昭和六十三年の事である。本州と四国を初めて陸続きにした全長一二・三キロの鉄道道路併用橋で、岡山の鷲羽山と香川の坂出を結び合計六つの橋脚を下ろしている。上を瀬戸中央自動車道、下をＪＲ瀬戸大橋線が通っているのだ。

次に倉敷を訪れた。前に着物ツアーで来た事のある懐かしい所だ。四時半に倉敷美観地区にたどり着く。つたの絡まる赤レンガの建物は昔のままで門を入ると愛美工房が続いてある。愛美工房と藍染め工房に入ってみた。ここが倉敷アイビースクエアだ。明治二十二（一八八九）年に建てられた紡績工場をホテルや文化施設に再開発した場所だという。橋を渡ると大原美術館がある。昭和五年倉敷紡績二代目社長の大原孫三郎が設立した日本で最初の西洋近代美術館である。

モネ、マチス、マルケ、エル・グレコ、ゴーギャン、ロートレック、セガンティーニなどの世界の巨匠の作品は大原コレクションと呼ばれ、大正時代以降の日本の画壇の発展に大きく貢献したという。約一時間倉敷で過ごした私たちは新倉敷から新幹線十八時十八分に乗車して、広島に向かったのである。東広島に十九時に着き、タクシーでプリンスホテルに到着した。十階の部屋に落ちついてからボストンというレストランに予約を入れる。オードブルとサラダは自由に自分で盛ってテーブルに持ってきた。小魚の酢漬けは、ままかりという魚だという。となりにごはんを借りにいってでも食べたいくらい、おいしい魚だという事だ。岡山名物として有名だと夫から聞く、窓からの夜景もこの上なく美しかったし、出てくるフランス料理はどれもおいしかった。

次の日に訪れた所は秋吉台である。地下に形成された日本屈指の規模を誇る大鍾乳洞が秋芳洞で、バスを下りて土産店の道をゆくと洞窟に着く。三十万年もの歳月をかけて水が石灰岩を溶かしてできたもので、六百年ほど前に地元の人に発見され、大正十五（一九二六）年皇太子として訪れた昭和天皇によって命名されたという。ここは、年間を通じて十七度に保たれていて大変涼しい。水の流れる音がこだまして、多種多様な形状の鍾乳洞が照明に映し出されている。

青天井は洞内への入口付近にあって、巨大な空間が高さ三十㍍幅三十五㍍もあった。洞底を流れる水が外からの光に反射して、洞内を青く映すことから青天井と言われているとの事。洞窟内を人々に続いて歩き、エレベーターで外に出ると、日本を代表するカルスト台地の秋吉台が広がっている。洞窟で二時間ほど過ごして外に出たら、汗がしたたるくらい暑い陽ざしだった。洞窟の入口には星野哲郎による秋芳洞愛歌の詩が書いてある碑が建っていた。

永遠の国から涌いてくる
愛の清水に吸いよせられて
影がより添う秋芳洞よ
あゝこの水の流れのように
澄んだわたしをあなたにあげたい

秋吉台からバスで小郡に出た。そして新幹線で広島に着いたのは十五時四十分、すぐ岩国行きの山陽本線に乗車して宮島に向かったのだ。夫の案内で大変スムーズに安芸の宮島に行き着く事ができた。船の旅もまた楽しかった。

平家ゆかりの厳島神社と朱色の鳥居を見て、心が踊る。この日は花火があるので人の出が多く、どこもかしこも満員の状態だったので、あなご弁当とお茶を買って、砂浜で花火の始まる七時五十分まで待った。気の長い話である。とても美しい花火を見る事ができた。土手の石に座って見ていた私は居眠りして、もう少しで前に倒れるところを、夫に支えられて落ちずに済んだ。少し早めに舟つき場に行って、花火のクライマックスは船の上で見ることができ、よかった。

花火まつ心はおどる旅の夜
平和なり広島に来てしみじみ思う
いつくしま花火の宵のいとおしき
ひんやりと秋芳洞の道をゆく
さわやかに風吹きており秋吉台

この日の夜の宮島水中花火大会は、すばらしかった。厳島神社一四〇〇年の記念の年であった。前の夜は鳥居は砂の上にあったのに、次の日再び訪れたら海の中に朱色の鳥居があった。厳島神社の中を二人はゆっくり見学をした。

六世紀後半の創建と伝えられるが、仁安の年一一六八年に平清盛によって現在の形に造られた。社殿を中心に各摂社、高舞台、能舞台など二十数棟の社殿が配されていて、長大な回廊で結ばれている。いずれも宮廷文化を伝える檜皮葺、高床式の寝殿造りで砂浜上に建っているため満潮時には海上に浮いているように見えるのだそうだ。明治八（一八七五）年に建てられた大鳥居は宮島のシンボルでクスノキの自然木が用いられ高さ約一六メートルの四脚鳥居である。

宮島の名産のもみじまんじゅうの店がいくつも並んでいたのでお土産にいくつか買った。

次に二人が訪れたのは岩国で、ＪＲで行き、バスで錦帯橋に行く。緑の城山を背後にひかえた錦川の清流に架かる五つのアーチ状の橋はまるで一幅の絵を見るかのようである。

昔から「山は富士、滝は那智、橋は錦帯」といわれている景勝地である。創建は古く、延宝元（一六七三）年に時の岩国藩主、吉川広嘉によるものだが現在の橋は昭和二十八年に再建され、釘を一本も使わない独特の工法は昔のままだそうである。きれいな澄んだ水の川で子供たちが泳いでいた。暑い昼下がりであった。橋を渡るのに行って帰るまで十五分かかった。とにかく暑い真夏の一日である。八月十五日の終戦記念日の事である。岩国から広島までＪＲに乗る。最後に二人が訪れたのは広島原爆ドームである。市電で街中《まちなか》を行き十五分でドームに着いた。道路の向かい側には広島球場があり、人々で大変にぎわっていた。被爆直後、水を求めて無数の人々で埋まったという元安川の東畔に、原爆ドームは建っていた。むき出しの鉄骨と崩れかかった壁をあらわにした建物が、戦争の悲惨さを永遠に伝える生き証人だといえる。今では広島のみならず世界の平和のシンボルとなっている所である。平和記念公園を歩き原爆死没者慰霊碑の前で手を合わせ、心にじいんとくる思いを感じていた。「安らかに眠って下さい。過ちは繰返しませぬから」と石に文字が刻まれている。平和の灯は昭和三十九年八月一日に点火され、この灯が消されるのは、世界中から核兵器が全廃される日だという。原爆の子の像は平和の灯の北側に立っている。両手で金色の折り鶴をささげ持った少女のブロンズ像である。昭和三十三年に造られた像である。広島平和記念資料館に入ってパネルや写真や模型、そして熱線で変化したガラスや屋根瓦など、遺物の展示により、戦争の悲惨さを充分に知る事ができた。四時頃市電に乗って、広島駅にゆき、駅の中でいろいろお店を見てお土産をたくさん買って、帰りののぞみ号を待った。九州地方の豪雨のため、のぞみは三十分遅れた。六時に出たのぞみは東京駅に九時五十一分に着いた。そしてすぐ九番線の快速に乗って、無事にわが家にたどり着くことができた。

今回の旅で一番心に強く残ったのは宮島水中花火大会で、厳島神社御鎮座一四〇〇年を記念して暦の舞と題して八景の企画構成がなされた。

第一景　飛鳥古人《いにしえびと》の夢　飛鳥時代
第二景　天平白鳳の甍《いらか》　奈良時代
第三景　平安貴族の宴《うたげ》　平安時代
第四景　源平盛衰の波涛　平安〜鎌倉時代
第五景　関白太閤のうたかたの夢　戦国時代
第六景　元禄文化の華やぎ　江戸時代
第七景　文明開化の曙　明治時代
第八景　千四百年暦の舞　現在

以上の八景をあらわした花火の見事さである。毎日が夢のようで、いろいろの所に行って、充分に旅を満喫する事ができたのである。

こうして八月は夢のように過ぎ去った。

この年の夏の暑さは格別であった。何と三十七日連続で夏日で、雨が少なく猛暑続きだった。ようやく涼しくなった九月八日には、北鎌倉の「鉢の木」で四人の仲間で会席料理を楽しんできた。前に鎌倉女学院の同窓会で来た事があり、ここはとにかく落ちついて過ごせる所である。

職場はというと、このところ呉服は売れなくなって、上司はきびしい目を光らせていた。私も定年が近づいていたので、何となく定年後の自分の生き方を模索し始めたのである。

第四十一章　立山黒部の旅

この年の十月の着物の展示会で、孫の大介と美里の七五三の着物を買い揃えた。大介が五歳、美里が三歳で本当に可愛い盛りである。定年が一年半後に迫ってきていた。定年後にどう生きるか考え始めていた。「一生はゆめの上、明日をごせず、いかなる乞食《こつじき》にはなるとも法華経にきずをつけ給うべからず」「学会員としての誇りをもち、襟度《きんじ》をもち立派に理想に生きる、広宣流布のために生きる」という目標を持ったのである。

八風抄の御書を学んで知った事は八風とは四つの順風「利《うるおい》、誉《ほまれ》、称《たたえ》、楽《たのしみ》」と四違《しい》、四つの逆風「衰《おとろえ》、毀《やぶれ》、譏《そしり》、苦《くるしみ》」の事で、つまり「得をしても、損をしても誉められてもけなされても、栄誉の時も逆境の時も少しも紛動される事なく、淡々と強く信心を貫いていけば、八風に犯されないで諸天善神が必ず守る」という事を学んだのである。生きていればいろいろの事に出会うと思うけれど、信心だけはしっかりやり抜いていこうと改めて決意したのであった。

十月四日の文芸部の集いに参加して、パンプキンの挿絵を担当している人と、八王子で地方誌を出している人と知り合って駅の近くで食事をしながら、いろいろ話し合ってきた。その時何か書いて本を出す事をぜひにとすすめられたのである。今までの仕事は定年までとし、六十歳からは文学に携わる仕事をしようと考え始めた。着物を売る仕事は二十一年間したので、定年と同時に書く事で世の中のために尽くそうと考えたのである。支部総会には舞踊を頼まれていて、何かと忙しく過ごしていた。「みだれ髪」と小曲「水の出花」という曲を舞った。

秋の日にひとりしづかに筆をとる
コスモスの花美しき秋日和
秋の風汗ばむひたいに心地よく
筆をとる楽しみありて昼下がり

十月五日から黒部ダムに行くバスツアーに私たち夫婦は参加した。厚木駅の南口から二十三名が乗りこみ、一行二十五名の旅が始まった。

東名高速道路に入ったのが、ちょうど八時だった。バスは足柄インターで休憩。大月から中央高速道に入り、ブドウや桃の畑が広がる景色を眺めていると、長さ四七一〇㍍の笹子トンネルに入った。トンネルを出ると九時五十分、正面に南アルプス連峰が見えてきた。甲府盆地を抜け、いよいよ八ヶ岳山麓が見えてきた。十時半である。

八ヶ岳すそ野の緑の美しさ

右手に南八ヶ岳と北八ヶ岳が見え、左手に南アルプスの山々が見えた。美しい裾野がまるで着物のように美しい。甲斐駒ヶ岳は二九六七㍍北岳は三一九二㍍だという。諏訪湖、小渕沢を通り茅野市に入る。

秋の旅黄菊あざやか山裾に咲く

私たちの乗ったツアーバスは、豊科インターを長野自動車道から下りて穂高ドライブインに入った。ここで昼食をとり安曇野を走っていく。カンナの花が咲いていて、コスモスが風にゆらいでいた。アスパラの畑が広がっていた。大町から扇沢まであと一時間くらいかかるという。化粧柳や白樺や、ダテカンバの林が続く道。秋の色に少し色づいていた。扇沢に一時二十分に到着した。二時にトロリーバスに乗り、黒部ダム駅に二時十五分に着いた。昭和三十一年七月に立山黒部の電源開発が始まり三十三年にトンネルが貫通し、三十五年十月に黒部ダムに水を落とし三十八年に完成、黒部湖ができたという事だ。そして四十二年に黒部ケーブルカートンネルと、室堂トンネルが貫通、黒部ケーブルカーが四十四年に運行を開始した。四十六年六月に立山トンネルトロリーバス、立山ロープウェイ、全線地下式黒部ケーブルカーが開通し、立山黒部アルペンルートの全線開通が実現したという。三十三万五千キロワットの発電をするダムが完成、一千万人の労働者が、これに携わったといわれている。日本でトロリーバスはここだけだという。黒部平は一八二八㍍の高台で、眼下に黒部湖が、頭上には立山連峰が眺められる所である。中部山岳国立公園で、大観峰は標高二三一六㍍である。

美しい紅葉を眺めることができた。トロリーバスに乗って着いた所が室堂で、ホテル立山の入口だった。一度このホテルに泊まりたいと思っていたので、念願がかない嬉しかった。立山は標高二四五〇㍍で気圧が七五四ヘクトパスカルなので、お米が九二度で沸騰してしまいよく炊けないそうだ。ホテルの開業は昭和四十七年だそうだ。次の日の朝、初冠雪で外は雪が積もっていて、冷たい風が肌を刺すようであった。夫は黄色、私は緑色の軍手をして、二人で雪の上を歩き、みくりが池やエンマ台や、地獄谷などを見て廻ったのである。見渡す限り銀世界で、大変美しい眺めであった。

さらさらと初雪舞うや室堂に
つららみて初冠雪を思うなり
冷たさに頬染めるなり立山の旅

九時二十分、バスは室堂のホテル立山を出発。弥陀ヶ原に出ると見事な紅葉であった。あまりの美しさに嘆声が上がる。前に六月に来た時は高い雪の壁であった道から、山の紅葉を眺める事ができた。弥陀ヶ原は標高一九八〇㍍の広大な草原である。春スキーのメッカで、六月まで滑ることができるらしい。美松坂を九時半に通過。上の小平、下の小平を通過し、称名滝をバスの中から眺めた。いよいよバスは美女平に着く。立山杉やブナ、トチなどの千年を経た巨木の原生林の中に遊歩道がある。立山までケーブルに乗って七分、十時二十分に出て立山駅に十時二七分に到着した。

二泊目は宇奈月国際ホテルである。ホテル立山とは姉妹館だという。宇奈月温泉は黒部川が峡谷を抜けて幅を広げる地点にあり、黒部渓谷は立山連峰と後立山連峰の間にある深い峡谷である。笹平まで往復で九十分かかり、昭和二十八年から黒部川に沿ってトロッコ電車が走っている。それに十三時八分に乗ることができた。

紅葉には少し早かったけれど、本当に楽しむ事ができた。

快き心豊かに宇奈月の宿
語り合う妻と夫と旅の宿にて
美しきトロッコで眺む黒部川
なつかしむ黒部ダムにて音を聞く

次の日は親不知に向かった。国道八号線を走り小川温泉を通過。横尾トンネルを出ると、ヒスイ峡で左手に北陸本線が見えてきた。そしてやがて日本海が見えて、新潟県に入る。このあたりを旅した芭蕉が残した句がある。

一家《ひとつや》に遊女も寝たり萩と月

親不知インターに入ったのが十時四十分で、四五一〇トメールの長いトンネルを出ると糸魚川市である。右側は山で左側が海でずっと杉並木がつづく。十一時十分に上越市に入った。そして上信越自動車道に入り、柿崎町に十一時半に着く。前方に三角形の米山が眺められた。

波しぶき美しきかな日本海

米山トンネルを出ると上輪大橋があり米姫神社は安産の神様だという。小千谷市を通り六日町や塩沢を通って、石打ＳＡを午後二時十分に、湯沢を二時半に通過。前方に谷川岳が見えた関越トンネルは、昭和五十二年に工事が始まって昭和六十年に完成したという、日本で一番長い約十一キロの山岳トンネルである。トンネルを出ると群馬県で下に利根川が流れている。一九六三トメールの谷川岳を眺めながら車は水上温泉を通過した。

月夜野インターが二時五十分、沼田市に四時に入り、長野からの高速道路と出会う所に大沼《おの》小沼《この》がある。埼玉県の三芳ＰＡに夕方四時に着く。厚木で皆降りてしまい、私たち夫婦だけバスに残り藤沢まで行った。夜七時半に家に着いた。

平成七年もあとわずかになった。職場では高級呉服の売れゆきが下がり、次第に景気が悪くなっていった。十月二十一日には文芸部の研修旅行に行っている。十一時三十一分発のひかりに乗車し米原駅に着いてすぐ、バスで研修道場に向かう。屋根が若草色でお城のような建物の滋賀研修道場に、四十五名の文芸部員が到着した。戸田先生の記念の部屋に次の詩が描かれていた。

山を抜く山はみちたり若き身に
励み闘へ妙法の途にし　城聖――

六時半からの研修会でいろいろの人と知り合う事ができた。江川弘美さんは若いマンガ家、森本和子さんは児童文学者、磯貝景美江さんは詩人、重本恵津子さんは潮大賞を受賞したばかりの人で女優さん、片野典子さんは、ハンガリーでパプリカ通信にエッセイを書いている人。すばらしい体験を聞く事ができた。

さゞなみや琵琶湖に思い残すなり
色づきし木の葉の向かうに琵琶湖あり

万葉集に残っているのは

近江《おうみ》の海夕波千鳥なが鳴けば

心もしのに古《いにしえ》思ほゆ

翌日はバスで観光。奥琵琶パークウェイで休憩し、米原から長浜市を通って湖北町、高月町を通過、伊吹山を眺めながらバスで行く。長浜城は秀吉が築いた城で昭和五十八年に復元されたものだという。黒壁スクェアと呼ばれる明治銀行跡に行く。ギャラリー、工房、レストランなどいろいろあって楽しい所である。一泊二日の滋賀研修道場への旅は終わった。

平成七（一九九五）年は、こうして楽しい旅をいろいろ味わった年であった。十一月十五日は孫大介五歳と美里三歳のお祝いをした。藤沢会館で十一時から七五三の記念勤行会があった。家族全員参加し大変有意義な日であった。夜は楽しく宴会をした。

平成八（一九九六）年一月三十一日に、小田急案内所時代の先輩四人と、箱根の南風荘で久しぶりに会食をした。関谷さん、滝本さん、吉岡さん、沢崎さんの四名は私が大変お世話になった人たちである。何十年と会っていなかったのに、懐しさでいろいろ話し合い大変楽しいひとときだった。藤沢までＪＲで吉岡さんと一緒に帰れた事は本当によかったと思う。

そして二月十一日から私たちは待ちに待った沖縄旅行に出かけたのである。

日本航空九〇三便は十時五十分に離陸した。二時間半で沖縄の那覇空港に到着。すぐバスに乗車して東南植物楽園に向かった。

基地の嘉手納を通過し名護に向かう。左側に米軍のキャンプ場が続く。米軍基地は沖縄県の総面積の約八パーセントを占めているらしい。沖縄本島は南北に一二〇キロ東南に二八キロの細長い島である。沖に浮かぶ縄のような島という事から沖縄という名前が生まれたらしい。沖縄には電車は全く走っていなくて、車だけの所だという。

第四十二章　沖縄旅行

私たちの乗ったバスは国道五八号線を走った。右手は基地風景が続き中央にココヤシという種類のヤシの木の並木が続く。左手は嘉手納の浜で右手には飛行場がある。

基地には米軍が三万人、家族を含めて五万人が住んでいるという。県道に二時四十五分に入り、目的地の東南植物楽園に到着したのである。四十万平方㍍と広大な敷地を持つこの植物楽園は県内随一の規模を誇っている。ちょうどブーゲンビリアの花が見事に咲き乱れていた。トックリヤシやユスラヤシの並木があり、シマナンヨウスギという南国では変わった葉の杉があった。ガジュマルの大きな木や、クジャクヤシやビョウダコの木や、センネンボクなどの変わった木の間を、二人は歩いて行った。

白さぎの飛ぶ影映りし水の面
夏の陽ざしに輝きており

噴水のしぶきに虹の美しき

色映えて眺めおるかな

錦ヶ池、緑ヶ池、ポリネシアンレイクの三つの池に囲まれた水上楽園は、本当にすばらしい。オオベニゴウカンの花は、毛糸のまりみたいな真っ赤でとても可愛らしい花だ。ハイビスカスの色あざやかな花が見事である。総面積一千坪を誇る東南植物楽園を、四時十分にバスは出て宿のロイヤルホテルに向かう。

基地のまわりには夾竹桃の花が咲いていた。花言葉は「平和」でほとんどが白い花である。沖縄市の花はハイビスカスで花言葉は「希望」である。県の花は梯梧《でいご》の木である。バスは読谷村に着く。花織の里である。右手はさとうきび畑が広々としていて、左に曲がり一路残波《ざんぱ》岬に向かう。東シナ海に突き出した岬で、北側は高さ三十メートルにも及ぶ隆起サンゴの断崖が続いている。先端の灯台からは北は恩納《おんな》海岸から本部《もとぶ》半島、伊江島まで西は慶良間諸島まで展望できるのである。岩に座って写真を撮ったり、灯台まで歩いて眺めを楽しんだりした。白い波が高く上がって砕けるのが美しかった。

波しぶき美しきかな沖縄の
残波岬に白き花咲く

一日目は残波岬のロイヤルホテルに宿泊、夕食後はロビーで沖縄の踊りを見て楽しんだ。次の日八時四十五分にバスはホテルを出発した。さとうきび畑の続く道を、バスは一路読谷村から恩納村に向かう。ブーゲンビリアの花が咲く並木道を走って、八時五十分に琉球村に到着。百年前の伝統的な民家を移築して造られた施設である。ハブとマングースの決闘を見、庭園を散策して楽しんだのである。黒砂糖作りや機織りの実演や陶芸作品を見た。

十時にバスは琉球村を発ち国道五八号線を走り、エメラルドブルーの美しい東シナ海を見た。ここは東西の幅が一番狭い地点で、恩納海岸は沖縄きってのリゾート地である。右側が恩納岳で高さは三六三㍍で、沖縄で一番高い山は四九八㍍だそうである。ここにはサンゴの加工所があるらしい。十時十五分に谷茶《たにちゃ》に到着、白くきれいな砂浜に感動する。海上にワニや、クマやカメの形をした岩が並んで見られた。万座毛《まんざもう》に十時半に着きバスを下りて断崖を見学する。上からのぞくと吸いこまれそうな蒼い海と砕ける白い波が見られてすばらしい。離れてみたら象の形をしている断崖だ。

十時五十分にバスは出た。石造りの家が続いている屋上に、鉄の棒が四本立っているのは、建て増しができるようにするためだという。コートの木には黄色い花が咲いていた。ピンクとオレンジ色の花もあるそうだ。桜の花が咲いていた。カンヒザクラである。花の色が濃い桜である。

白鳥は悲しからずや空の青

海の青にも染まずたゞよう

この歌のように美しい海が広がっていて七色に輝くこともあるらしい。バスは名護市に十一時に着いた。名護市は本部半島の付け根に位置し、名護湾を取り囲むように市街地が広がっている。名護市庁舎にはシーサーが五十六個も並んでいるという。右手には立派なお墓がいっぱい並んでいて、左手には名護球場があり、十一時半に琉球ガラスの里に着く。いろいろのガラス工芸品を見てお土産を買ったりして、三十分くらい過ごした。

次に訪れたのは沖縄フルーツランドである。ここで昼食をとり、近くの黒糖工場とパイン畑を見学する。バスは十三時十五分に出発して海洋博記念公園に向かった。名護大通りにはひんぷんガジュマルの巨木が立っている。ひんぷんとは門と家の間にあるついたてで、魔除けの意味があるらしい。バスは一路国営沖縄記念公園に向かう。一時四十五分に到着。

「花のカーニバル'96」が開催されていて、花の香りがむんむんしていて、ひと足早い春に出会えたようである。菜の花、パンジー、三色すみれ、マリーゴールド、コチョウラン、ブーゲンビリア、インパチェンス、ゼラニュームなど色とりどりに花が見事に咲き誇っている会場である。

私と夫は石段を下りてまっすぐ水族館に向かった。すばらしい水族館である。十年前に私はここを訪れていた。大きなサメやエイが泳いでいて、見ていて気持ちがよかった。楽しいひとときであった。外に出てすぐ下の砂浜に下りた。とてもきれいな砂浜である。向こうには伊江島がくっきり浮かんで見えた。花のカーニバル会場は人々で大変にぎわっていた。

ここは昭和五十年に海洋博が開かれたところである。午後三時にカーニバル会場を後にして、名護から高速道路に入り那覇へ向かう。

波立ちぬ沖縄の海の美しさかな
陽に光る海に白波立ちており
すきとおる水に映りしひとでかな
陽は高く南国の海輝けり
花園に色とりどりに春が咲く

午後四時半に那覇市に入る。バスは首里城公園に向かった。一四二九年に国王が琉球を統一し、中国の四君城をまねして造ったものだという。エレベーターで上に出たらそこは守礼門でたくさんの人々でにぎわっていた。一五三〇年（享禄三年）の頃、琉球国王の即位を認定する中国の使者（冊封使《さっぽうし》）を迎えるために、創建されたといわれている。戦火で焼失したが一九五八年に修復されたのである。

夫と二人で首里城を見学し、感激した事は言うまでもない。バスは五時二十分に出て、都ホテルに向かう。つたの絡まる石積みの門が何とも古めかしいホテルである。夕食はステーキキャプテンに行き、鉄板焼ステーキを目の前で料理してもらって食べて楽しんだ。

そして二月十三日、三日目の朝を迎えた。バスは五十名を乗せ八時五十分に都ホテルを出発、天気は良好さわやかな朝である。一〇九五㍍の泊大橋を渡り、国際サンゴ加工場に向かう。橋の入口に交番があった。

娘たち三人にはサンゴのネックレスを、婿殿にはタイピンを、自分には帯止めをお土産に買い、九時四十分に発車するバスに乗車。

次に訪れたのは玉泉洞で日本で唯一の隆起サンゴ礁から生まれた鍾乳洞である。すべてサンゴが長い時間かけて変化したもので、その数や形の不思議さには目を見張るばかりだった。

昭和四十二年に発見され三十万年も前にできたと言われている。全長が五㌔に及ぶとの事、外に出ると暑い陽ざしがまぶしくて、夏の感じがした。バスは具志頭村《ぐしかみそん》を通過、左側はさとうきび畑が広がり、右側には極楽鳥花の赤い花が見事に咲き並んでいた。各家の屋根にあるシーサーは口を開いているのがオス、閉じているのがメスで、一度つかんだ幸せを逃がさないという意味でセットで飾り、中国から四百年前に伝えられた魔除けなのだそうだ。バスは糸満市のひめゆりの塔に向かう。沖縄戦では軍人が九万五千人、一般人十五万人が亡くなっている。沖縄平和祈念公園には四十五㍍の沖縄平和祈念堂が建てられている。

喜屋武岬《きゃんみさき》は太平洋戦争の終盤に戦火を追われた住民が身を投げた悲劇の岬で、「死の断崖」と呼ばれている所である。先端に平和の塔が立っている。ひめゆりの塔に着いたのは十一時半、十年前に訪れた時はひっそりとしていたけれど、すっかり観光地化して賑わっていた。ひめゆりの塔は、沖縄戦時下に沖縄陸軍病院の看護要員として沖縄県立第一高等女学校と、沖縄師範学校女子部の先生と生徒二一九名によって編成された、ひめゆり学徒隊の慰霊塔である。多くの尊い命が奪われて戦後真和志村民の協力で、遺骨を収集し第三外科壕跡に建てられた塔である。入口にカンヒザクラが見事に咲いていた。ひめゆり会館を見て午後の一時にバスは出発した。琉球の館で織物を織っているのを見学し、糸満街道を走って那覇飛行場に向かう。午後三時に着いて、全員で記念写真を撮って別れた。

二時間で羽田空港に着き、家に無事帰り着く事ができた。三日間の楽しい沖縄旅行は終わった。

青空も、海も美し、沖縄の旅
あたたかな陽ざしの中に花美しく

旅から帰って四日目に母の七回忌の法要をした。腰越の通りにある「柿屋」で会食をした。

二月の半ば過ぎは着物ナンバーワンでホテルニューオータニに二日続けて行く。一日目は雨、二日目は雪で大変だった。沖縄旅行中は三日間晴れていて本当に良かったと思う。

三月に入ると三女のすずが出産のため家に来ていてにぎやかになった。夫の誕生日と同じ三月九日に赤ん坊が生まれた。女の子である。母子ともに元気で五日目には退院することができた。

赤ん坊は夫が上手に産湯をつかわせた。四人目の孫なのでとても慣れた様子である。赤ちゃんがいるとこんなにも楽しいのかと、毎日浮き浮きした気持ちで過ごしていたと思う。

仕事は次々と展示会があって忙しかったけれど、売り上げはこの所伸びていない状態だ。社会部の集まりで立川文化会館に行った。第二東京社会部のスローガンは「ともに社会の勝利者に」という事で、使命の職場に信頼と実証を示していこうという事であった。幹部の北原さんから早く老ける人は、無口で無感動の人、動かない人、笑わない人だという話を聞いた。池田先生は一番幸せな人は人生の最終章で、悔いがなかったと言いきれる人だと指導されている。

この時はまだ、私の最終章はずっと先の事と思っていたと思う。

第四十三章　みちのくの旅

平成八年三月九日に四人目の孫、瑠莉が誕生した。夫一郎の誕生日と同じ日ということだ。

三月二十四日の日曜日に私の姉洋子と春子がお祝いに来てくれた。可愛い可愛いと言って大変、抱っこしたり写真を撮ったりとても嬉しそうだった。その日に長女が二人の息子を連れて来て次女と次女の子とでドリームランドに遊びにいった。三女の義父も来て、大賑わいとなる。江崎のお父さんが面白い事を言ったので大笑いとなる。「わたしは、酒も煙草もやらないから、お金が余ってしょうがない、お札を敷いて寝ています」なんて言って皆を笑わせた。長い間会社の社長をして来た人でとても穏やかで優しい人柄の人である。

赤ちゃんのお陰でこうして皆が集って大変楽しい一日を過ごす事が出来たのである。

職場では、呉服は売り上げが伸びず、展示会をしても今迄の様にはなかなか売れない日が続いていた。来年の春、定年を迎える私は何の未練もなく職場を去る覚悟も出来た。

赤ん坊は順調に育ち三千五百グラムになった。すずもいつの間にか母らしくなり一生懸命育てている。赤ちゃん可愛さで婿殿も泊まっていく。抱っこしているとスヤスヤ眠る。本当に可愛い。目が大きくてニコニコしていると抱きしめてしまう位いとしいものである。よく動く元気な子である。四月十四日の日曜日に孫の家族は狛江の家に戻ってしまい、淋しくなってしまった。職場では事務係の和澤さんが五月で退社するとの事で、呉服部のお母さんの様な人が居なくなってしまう事が私には大変悲しかった。

社会部で世話になった平居さんも二月に職場を去ってしまったので信頼していた友人が二人もいなくなってしまって淋しい限りだ。

職場ではここのところリストラが行われ、働き盛りの人々がどんどん仕事を止めていった。そんな中、マネキンさんに励まされて何とか売り上げを上げ頑張っていたけれど、心は定年後の事をいろいろ考えていた日々である。

四月になり家族で大庭公園の桜を見にいったり、近くの日大の桜を見にいったりしていた。四月の半葉は花冷えの日々がつづき、せっかく花開いた桜がこごえそうな感じである。

花冷えの四月の空に飛行機が
音高々に飛び去りゆきぬ

四月二十四日に私達は三春の桜を見に出かけた。横浜のベイブリッジを通った時にはまだ陽が出ないで暗かった。五時に館林に入った。

第四十三章　みちのくの旅

朝ぼらけ　旅ゆく心　浮き浮きと
目ざすは　三春の滝桜かな

山の端に　朝陽のぼりて空赤く
木々の梢の新芽　美し

五時二十七分に車は栃木県に入る。家を出て丁度二時間たった。鯉のぼりが田園風景の中に元気に泳いでいて、水田に映っていた。

塩原インターの手前で桜が見事に咲いているのを見た。桜並木がきれいに水田に映って美しい。利根川を渡り、佐野ＳＡで休憩。那須連峰に雪が残っていて冬の名残りを感じた。那須高原ＳＡで朝食をとった。

みちのくの　花を訪ねて二人旅
晴れ渡る　花の旅路は美しく

三春のインターに七時半につき郡山市街を通過して三春の桜を目ざして車は走る。

梅と桜、菜の花、桃の花といっぺんに咲く事から三春という名がついたらしい。水仙も咲き夕ンポポもいっぱい咲いていて、鯉のぼりが風に泳いでいた。七時五十分に三春の桜、滝桜のある場所に到着した。

この滝桜は国の指定天然記念物になっている。今にも咲きそうにつぼみがピンク色にふくらんでいて、残念な事に開花が五日〜十日遅れているという。見事に咲いた風景を想像して何枚か写真を撮って来た。本当に残念だった。

三春は東北の鎌倉と呼ばれる城下町だという。三春の滝桜の木のまわりは広々として、のどかな田園が広がっている。

車は会津若松に向かう。鶴ヶ城に十時につく。戊辰戦争で穴だらけにされた古城は明治時代にこわされ、今ある五層の天守閣は昭和四十年に再現されたものだそうだ。

城内の桜もつぼみで今にも咲きそうにふくらんでいた。中には美しい花を咲かせている木もあって多くの人々が散策していた。今回は城の中に入って磐梯山の美しい眺めを見た。お昼は喜多方ラーメンを食べた。ラーメンの元祖である志那そばである。喜多方の街には馬車が走っていて、なかなか風情があり、みちのくの倉敷と云われている意味がわかった気がする。二時半に東北道に入り黒磯サービスエリアに寄って一路わが家に向けて帰って来た。

五月十一日に栃木研修場に行く事になり、立川文化会館に社会部の人が九時半に集合。

バスは九時四十五分に会館を出発。蓮田サービスエリアで昼食をとり十二時半にバスは栃木研修場に向かった。二時十五分に到着した。

玄関前で記念撮影をし、徳岡さんと散歩して、彼女の話をいろいろ聞く事が出来た。目の見えないお母さんと、息子の三人家族。ご主人とは離婚し、いろいろつらい目にあったらしい。四仙堂というちりめんの洋服店で働いていたけれど、店長にいじめられやめて、五月からコシノヒロコの店で働く様になったとの事。とてもきれいで若く見えたけど四十二歳だという。二人で林の道を散策して楽しかった。

四時半から勤行、唱題をし、五時半から食事をした。町田社会部のメンバーは五人。六時から研修が始まり、二人の体験を聞く。そして婦人部長の御書講義を受けたのである。

「いい時も悪い時も水の流れる様な信心をしていけば、祈りの中ですべていい方にいく。悩みがあるから真剣に題目が上がる。題目を上げて、上げて上げ切っていきなさい」との先生の指導を話して下さった。感動して聞く事が出来た。九時からは皆でスクエアダンスや歌をうたって楽しんだのである。

お風呂に入り皆と枕を並べて寝た。目が覚めると翌朝は雨が音を立てて降っていた。

七時半から勤行唱題をして、朝食のあとはそれぞれの場所を掃除して十時半に出発した。途中みちのく民芸館に立ち寄って、たくさんのこけし人形を見て、お土産を買ったりした。

次に訪れたのは那須高原の小さなスイスと云われる、りんどう湖ファミリー牧場である。丁度お昼だったので三階の食堂でジンギスカンの焼き肉定食を皆で一緒に食べた。

チューリップや菜の花が今をさかりと咲いていた。一時半にバスが出て、蓮田サービスエリアについたのは三時で、皆疲れて眠っていた。立川文化会館に四時半頃ついて町田で皆と別れ、一人電車で帰って来た。有意義な研修旅行をして、心もすがすがしく晴れやかだった。

さざ波のりんどう湖に浮く小舟かな
春の旅　きのこの里の緑かな
木もれ陽の　美しきかな　那須の道
那須連山　春の陽ざしに　残雪光る

あとがき

私が初めて出版した本『華凛』は平成十一年三月十二日に初版本が出来ました。あの東北大地震があった翌日の事です。私達夫婦の結婚五十周年記念の日に華凛という本が誕生しました。本の最後には娘の、明日結婚式を迎える心情が綴られています。千年に一度と言われた大津波が東北地方の美しい海岸と町を襲って多くの人の命を奪ってしまいました。この世のものとは思われない恐ろしい情景をテレビで見て、夢だったらよいと、どれ程多くの人が思ったことでしょう。

連日のテレビを見て涙を流し、心を痛め、その後の余震に心おののく日が続きました。平和で幸せな日常は一変し、自粛ムード一色に染められ、節電、停電と不安な生活が続きました。この様な時に私はとても自分の本を売る気になれず、家族、友人、知人に少し落ち着いてから配りました。あれから九年経って令和二年コロナが流行し、外出がままならなくなり、何かしなくてはと思い立って「華凛Ⅱ」の原稿を書き、二冊目の出版を鳥影社にお願いいたしました。華凛は私の踊りの名取り名です。

一冊目は私の青春物語で副題は「湘南の海の恋物語」とし、二冊目の副題は「日記をひもとく心と旅の物語」といたしました。

これは、片隅で幸せに生きて来た平凡な女の物語です。いつも前向きに生きて来て、あと一年で定年を迎えるまでのお話です。

定年を迎えたら何をしようか考えて、わくわく心を躍らせていました。平成八年の春に旅をした福島と栃木の思い出が最後ですが、六月にはヨーロッパ旅行をし、その時旅を一緒に楽しんだ四組の夫婦がその後の人生で。深いかかわりを持つ様になった事など、まだまだ楽しい事がいっぱいある人生です。

つづきを書くのがとても楽しみです。

表紙の絵は吉田秀子先生のスイトピーの花の絵を使わせていただきました。今も絵を描いて世界のあちこちの美術館で、人々の目を楽しませていらっしゃる先生に心から感謝を申し上げます。またこの度も鳥影社の百瀬精一社長や、スタッフの皆様には大変お世話をおかけし、ご迷惑をおかけしましたが、温かな心くばりやお力添えをいただき、心より感謝申し上げます。

二〇二三年　　　　　　　　　　高橋道子

〈著者紹介〉
高橋道子（たかはし　みちこ）
小田急電鉄（株）に7年勤務
町田小田急呉服部に21年勤務
舞踊で海外文化交流
　アメリカのニューヨーク（カーネギーホール）
　オーストラリアのシドニー（オペラハウス）
　ドイツのビューディンゲン市（野外劇場）
　アメリカのサンフランシスコ（歌舞伎座）
市内の老人ホームに踊りのボランティア活動

〈カバー画〉
吉田秀子（よしだ　ひでこ）
日本水彩画会湘南支部会員
鎌倉美術展4回入選
鎌倉ギャラリーにて展示会5回
ヒルトンホテルにて展示会2回
世界14カ国の美術館に花の絵を展示、講演会を実施

〈本文中歌詞〉
JASRAC　出　2304526-301

華　凜 Ⅱ
日記をひもとく心と旅の物語

2023年7月12日初版第1刷発行
著　者　高橋道子
発行者　百瀬精一
発行所　鳥影社 (choeisha.com)
〒160-0023 東京都新宿区西新宿3-5-12トーカン新宿7F
電話 03-5948-6470, FAX 0120-586-771
〒392-0012 長野県諏訪市四賀229-1（本社・編集室）
電話 0266-53-2903，FAX 0266-58-6771
印刷・製本　モリモト印刷

ISBN978-4-86782-037-7　C0093